일본어교육과 학습전략
─ 제2언어습득 이론을 중심으로 ─

안정자

Publishing Company

머리말

일본어를 공부하다 보면 주위 사람들로부터 "어떻게 하면 일본어를 잘할 수 있는가?" 라는 질문을 자주 받는다. 예전의 나는 "글쎄. 열심히 공부하다 보면 어느 사이엔가 잘하게 되지 않을까요?" 정도의 어중간하고 조금은 무책임한 말로 얼버무리곤 했다. 그런데 일본어를 학습하는데 있어서 효과적인 방법이 있고 그것은 이미 여러 연구에 의해 체계화되어 있다는 사실을 알게 되었다. '언어학습전략이론'이라는 것인데 이 이론을 접한 후 나는 더 나아가 한국인만의 특징을 잘 살려서 학습하면 더욱 효과적이지 않을까 하는 생각으로 "한국인용 일본어 학습방법"을 연구하게 된 것이다.

1980년대에 미국을 중심으로 활발하게 전개되었던 '학습전략' 연구가 일본어교육에 응용된 것은 해외의 일본어교육에서부터였다. 그 후 해외에서 돌아온 유학생들과 강연회 활동 등을 통하여 일본에 전해졌고, 일본 국내에서는 1990년대부터 연구 활동이 시작되었다. 여러 대학에서 이루어진 연구 활동과 함께 강연회나 학회, 세미나 개최, 관련 잡지의 발간, 교재개발 등 꾸준한 발전을 거듭하여 지금은 그 성과를 일본어교육에 응용하는 연구가 활발하게 이루어지고 있다.

　　최근 우리나라에서도 학습자의 연령층, 학습동기, 학습환경 등이 다양화되고 의사소통능력의 향상이 중시되면서 지금까지와 같은 교사 중심의 교육으로는 학습자의 다양성을 따라갈 수 없다는 반성과 함께 학습자 중심의 외국어교육의 필요성이 증대되고 있다. 그러나 우리나라의 일본어교육에서는 학습전략 이론을 중점적으로 다룬 연구들이 거의 없으며 해외의 일본어교육에서 이루어지고 있는 학습전략에 관련된 연구도 소개된 것이 별로 없고, 한국인 학습자가 사용하는 학습전략에 대한 조사도 이루어지지 않아 정리된 것도 매우 적다.

　　따라서 본서에서는 먼저 국내외의 일본어교육에서 이루어지고 있는 학습전략에 관한 연구의 발자취를 조사하여 소개하고, 그리고 한국인 일본어 학습자가 구사하는 학습전략을 조사, 분석한 후 효과적인 일본어 학습을 위한 제언을 하였다. 특히 한국의 일본어교육이 가지고 있는 몇 가지 특성 즉, 한국어와 일본어는 유사한 언어체계를 가지고 있고 일본어교육은 한일관계의 특수성에 기인한 역사적 정치적 영향을 받을 수밖에 없기 때문에 다른 나라의 학습자들과는 다른 한국인 학습자만의 독특한 학습방법이 있을 것이라는 가정을 염두에 두고 서술하였다.

　　효과적인 학습을 하고자 하는 사람들의 궁금증에서 시작된 '학습전략 연구'가 이제는 언어학습에도 응용되어 이론화, 체계화를 거쳐 실제학습에도 사용되고 있다. 그리고 뚜렷한 학습목표를 가지고 끊임없이 자신만의 학습방법을 개발해 가는 학습자와 그렇지 못한 학습자는 학습성과 면에서 뚜렷한 차이를 보이고 있는 것도 사실이다. 그런 의미에서 '일본어 학습전략' 연구가 일본어교육에서 차지하는 위상은 날로 커지리라 생각한다.

한국 일본어교육에서 '일본어학습전략' 연구는 아직은 생소한 분야이지만 본서를 통해 한국인학습자가 일본어학습전략을 이해하고 자신만의 구체적인 사용방법을 개발하여 자신의 일본어학습에 책임을 지고 능동적으로 임할 수 있도록 하는데 조금이라도 도움이 되었으면 하는 바람에서 이 책을 출간하게 되었다.

끝으로 이 책이 출간되기까지 끊임없이 지도 편달해 주신 정기영 교수님과 제이앤씨 출판사 관계자분들, 그리고 그 외 여러분들께도 감사말씀을 올린다.

2009년 12월
안정자

목 차

표목차

그림목차

일본어교육과 학습전략

― 제2언어습득 이론을 중심으로 ―

Ⅰ. 일본어교육 흐름의 변화

1. 학습자 중심의 언어학습으로

근대교육에서 교육이란 '교사가 수업을 계획하고 실천에 옮기는 과정'[1]으로 인식되었기 때문에 수업의 주도자는 어디까지나 교사이며, 학생은 그 지시를 따르는 수동적인 존재에 불과했다. 언어교육 즉 외국어교육에서도 이런 생각은 그대로 적용되어 어떻게 하면 잘 가르쳐서 학습자의 언어능력을 향상시킬 수 있을지가 관심의 대상이었으며, 언어교수법의 발전이 곧 언어교육의 발전으로 이어진다고 여겨졌다.

그러나 1960년대에 언어능력 배양을 목표로 한 인지적 접근법이 나오면서 언어교육에도 많은 변화가 일기 시작했다. 인지주의 학습법에서 학습의 성과는 교사가 학습 자료를 어떻게 제시하느냐보다는 학습자에게 제시된 정보를 학습자가 이미 가지고 있는 인지구조와 어떻게 관련

---

1) 宮崎里司, JVネウストプニー(1999), 日本語教育と日本語学習 ―学習ストラテジー論に向けて―, くろしお出版, p.3

시키고 또 어떻게 처리하느냐에 따라 학습의 성과가 달라지는 것이라고 보고 있다. 그러므로 언어학습도 인지주의적인 관점으로 보면 학습자가 언어를 학습할 때 이미 선행되어진 학습과의 관계나 학습상황에 따라 능동적으로 반응하여 이루어지는 결과라고 생각하였기 때문에 학습자의 특성이나 능동적인 역할이 중요시되게 되었다.

또한 제2언어습득 연구의 결과도 학습자 중심의 교육관에 많은 영향을 끼쳤는데, 그 이유는 그동안 언어교수법의 꾸준한 발전에도 불구하고 학습자의 오용이나 학습상의 애로점은 개선되지 않았고, 결국 학습자의 언어능력의 향상이 과연 교육에 의해서만 가능한 것일까 하는 반성이 일기 시작했기 때문이다. 학습자의 적극적인 역할에 대한 관심에서 학습자의 자율성을 존중하게 되었고, 학습자가 사용하는 '학습전략'의 중요성에도 눈을 돌리게 되었다.

1980년대에 미국을 중심으로 활발하게 전개되었던 학습전략 연구가 일본어교육에 응용된 것은 해외의 일본어교육에서부터였다. 그 후 해외에서 돌아온 유학생들과 강연회 활동 등을 통하여 일본에 전해졌고, 일본 국내에서는 1990년대부터 연구 활동이 시작되었다. 그 무렵 일본 국내에서도 일본어 학습자의 증가와 더불어 많은 일본어학교가 생겨나면서 '일본어 학습자를 파악하자'는 움직임과 함께 학습자 중심의 교육에 대한 관심이 증대되고 있었다. 일본 국내에서 학습전략의 연구 분야는 성공적인 언어학습자의 특징을 소개하는 연구와 일본어교육에서 실증적 연구의 필요성을 주장하는 연구, 그리고 이론을 실제로 검증해가는 연구가 주로 이루어졌다. 여러 대학에서 이루어진 연구 활동과 함께 강연회나 학회, 세미나 개최, 관련 잡지의 발간, 교재개발 등 꾸준한 발전을 거듭하여 지금은 그 성과를 일본어교육에 응용하는 연구가 활발하게 이루어지고 있다.

최근 우리나라에서도 학습자의 연령층, 학습동기, 학습환경 등이 다양화되고 의사소통능력의 향상이 중시되면서 지금까지와 같은 교사 중심의 교육으로는 학습자의 다양성을 따라갈 수 없다는 반성과 함께 학습자 중심의 외국어교육의 필요성이 증대되고 있다. 영어를 중심으로 한 외국어교육에서는 학습전략 이론을 바탕으로 한 학습자 중심의 교육 이론이 도입되어 실증적인 연구들이 조금씩 이루어지고 있다. 그러나 일본어교육 분야에서는 학습전략 이론을 중점적으로 다룬 연구들은 조금밖에 없으며 해외의 일본어교육에서 이루어지고 있는 학습전략에 관련된 연구도 소개된 것이 없고, 한국인 학습자가 사용하는 학습전략에 대한 조사도 이루어지지 않아 정리된 것이 거의 없는 실정이다.

2. 학습전략과 일본어교육

학습전략(Learning Strategies)이란 학습자가 학습상의 장애를 극복하고 학습능력을 향상시키기 위해 의식적으로 사용하는 나름대로의 학습방식이다. 학습자가 언어를 학습하는 한, 그리고 학습의 장애를 만나는 한, 학습자는 의식적으로든 무의식적으로든 자기 나름대로의 학습전략을 사용하게 되므로 효과적인 학습을 위해서는 학습자의 학습전략을 연구할 필요가 있다.

존 루빈(Rubin 1975)은 "학습자마다 서로 다른 학습능력이 있으므로 우리는 훌륭한 학습자가 사용하고 있는 학습전략을 파악하여 이용할 필요가 있다"고 주장하였다. 같은 교실에서 같은 교수법으로 학습한 학습자라도 학습결과가 모두 다르듯이 언어 학습자 중에는 빠른 시간 내에 언어능력을 향상시킬 수 있는 학습자, 즉 성공적인 학습자와 그렇지 못한 학습자가 있어서 성공적인 학습자가 사용하는 학습전략을 파악하여 그렇지 못한 학습자에게 적용시키면 그렇지 못한 학습자들도 그만큼 효율적인 언어학습을 할 수 있지 않을까 하는 발상에서 나온 말이다.

네우스토프니(J.V.Neustupny 1999)는 "학습전략 이론은 현대의 언어교육에서 혁명적인 변화의 하나"라고 언급했다.[2] 이 또한 학습전략 이론의 중요성을 피력하는 말로 학습전략이론 덕분에 현대의 언어교육은 교육의 일변도에서 벗어나 언어학습의 길을 걷게 되었다는 것을 의미한다. 즉 학습자의 자율성을 인정하고 학습자의 개인차를 고려하여 언어교육을 실시할 수 있게 되었다는 것이다.

---

2) 宮崎里司, JVネウストプニー(1999)『日本語教育と日本語学習』くろしお出版

한국에서 이루어지고 있는 일본어교육의 큰 특징 중의 하나는 다른 언어교육과는 달리 한일 간의 역사적 정치적 거리감을 극복하기 어렵고 그것은 학습자의 학습동기나 학습의욕에까지 영향을 미친다는 것이다. 이덕봉(1998)은 일본어를 배우는 목적에 대해 "대립적이고 추상적인 인식을 심어주기 보다는" 학습자에게 "현재의 한일관계 유지는 물론 미래사 창조를 위한 선구자라는 신념과 긍지를 심어주는 것"이 중요하며 그것을 학습자의 심리전략으로 이용하면 일본어학습이 더 용이해질 것이라고 했다.[3] 그리고 한국인은 언어학습을 할 때 기억에 많이 의지하면서도 실제로는 기억전략을 매우 소홀히 한다고 지적했다. 문자나 어휘를 외울 때, 문법의 활용이나 음운변화, 조사, 조동사를 암기할 때에도 기억하기 쉽도록 짜인 전략이 없다는 점을 지적하고 일본어학습에서 학습전략 사용의 중요성을 강조하였다.

또 다른 특징으로 한국어와 일본어의 유사성을 들 수 있다. 우선 두 언어는 어순이 같고 문법구조가 비슷하며 한자와 조사, 그리고 경어 사용 등의 공통된 특징을 가지고 있다. 이러한 유사점을 근거로 한국인은 일본어를 쉽게 배울 수 있다고 생각하지만 실제로 공부를 시작해 보면 일본어도 역시 외국어의 하나이며 생각만큼 습득이 진척되지 않는다고 고민하는 학습자들을 보게 많이 보게 된다. 그것은 자신의 학습 스타일에 맞는 학습방법이 필요하다는 사실을 아직 깨닫지 못하고 있기 때문이며 이러한 언어적 특징을 전략적으로 이용할 줄 모르기 때문이다.

이처럼 한국어와 일본어는 많은 유사점을 가지고 있고 역사적으로나 문화적으로 특수한 상황 아래에 놓여 있는 한일 관계를 고려할 때, 일본

---

3) 이덕봉(1998), 「일본어교육의 이론과 방법」 시사일본어사. pp.189-190

어를 학습하는 한국인은 다른 언어를 학습하는 사람이나 일본어를 학습하는 다른 나라 학습자과는 다른 나름대로의 독특한 학습전략을 구사하고 있으리라 추정된다. 그러나 지금까지 한국인의 학습전략 사용실태를 조사한 연구가 거의 없는 실정이기 때문에 한국인의 일반적인 전략사용의 경향을 알기 어려웠다. 그러므로 언어학습에서 학습전략 사용의 중요성을 인식하고 한국 일본어교육의 특징을 이해하여 효율적인 일본어교육을 실시하기 위해서는 한국인 학습자의 학습전략 사용 실태에 관한 조사와 정리가 필요하다. 지금이야말로 한국인 학습자만의 특성을 고려한 효과적인 학습방법에 대한 기초 연구나 일본어교육에 학습전략 이론을 적용시켜 실제로 검증해가는 연구가 필요한 시점이라고 하겠다.

3. 학습전략 연구의 대상과 방법

한국인 학습자의 언어학습전략의 사용 실태와 각 언어 기능별 학습 전략 사용 실태를 알아보기 위해 설문조사 방법을 취하였다. 조사 내용 은 두 가지인데 하나는 한국인 학습자의 언어학습전략의 사용 실태를 알아보는 것으로 Oxford(1990)의 언어학습전략 조사표인 SILL(Strategy Inventory for Language Learning)을 바탕으로 하여 본 연구자가 일본어 학 습에 필요한 사항을 가감하여 조사내용을 재구성한 '한국인 학습자의 학습전략 조사표(총 50문항)'를 이용하였다. 그리고 각 언어기능별 학습 전략의 사용실태를 알아보기 위해서 伴紀子(1989)의 '과제별 학습전략' 을 바탕으로 본 연구자가 한국인 학습자에게 맞도록 조사내용을 재구성 한 '한국인 학습자의 각 언어기능별 학습전략 조사표(총 51 문항)'를 이용 하였다.

조사 시기는 2005년 3월에 온라인과 오프라인으로 동시에 실시하여 총 624명의 설문을 조사·분석하였다. 온라인 조사의 대상은 열린사이 버대학(Open Cyber University: OCU)에 개설된 일본어과 과목의 수강생으 로 하였고, 오프라인 조사의 대상은 부산외국어대학교 일본어과 과목의 수강생을 대상으로 하였다. 전국의 14개 대학이 참여하여 전국적인 네 트워크를 가지고 있는 열린사이버대학의 수강생을 대상에 포함시킨 것 은 한국인 대학생들의 일반적인 학습전략의 사용실태를 알아보는데 있 어 조사대상의 지역적인 편중을 극복하기 위해서였다.

조사 분석은 총 설문응답자 중에서 일본어 관련 어학시험인 일본어 능력시험이나 JPT시험에서 일정점수를 획득한 사람을 일본어학습에 성 공한 학습자로 간주하여 분석하였다. 점수 기준에 따라 A, B, C군으로 분류하였는데 일본어능력시험 2급 또는 3급을 획득한 학습자나 또는 JPT 500점 이상을 획득한 학습자를 A군으로, 일본어능력시험 1급 이상이나 JPT 700점 이상을 획득한 학습자를 B군으로 분류하여 A, B군을 일본어학습에 성공한 학습자로 간주하고, 그렇지 못한 학습자를 C군으로 분류하여 학습전략 사용상의 차이점을 분석하였다.

　설문 이 외의 연구 방법으로는 일본어교육 전문가들이 제시하는 한국인 학습자를 위한 일본어 학습방법에 관한 서적 등을 활용하였다. 일본어교육 현장에서 한국인 학습자를 대상으로 일본어교육을 해 온 연구자로 이덕봉과 정기영의 일본어 학습방법을 소개하였고, 일본어 동시통역사로 활동하면서 한국인 학습자만의 일본어 학습방법을 따로 연구해야 한다고 하는 양미선의 학습방법을 소개하였다. 그리고 마지막으로 일본어학교 교사이면서 한국어를 공부한 嶋田和子의 학습방법을 소개하였다. 嶋田는 한국어와 일본어의 유사점과 차이점을 이용하여 효과적인 일본어 학습을 할 수 있도록 제언하였다.

Ⅱ. 제2언어습득이론에 관한 고찰
(Second Language Acquisition; SLA)

　사람이 태어나서 처음으로 습득하는 것이 제1언어(First Language) 즉 모어(Mother Language)이다. 그리고 제1언어가 습득된 이후에 이루어지는 것이 제2언어(Second Language)습득으로 제2언어는 외국어일 가능성이 높고 '목표언어(Target language)'라고도 한다. 그러므로 제2언어습득은 많든 적든 간에 제1언어의 영향을 받을 수밖에 없고, 또 제1언어의 습득과정과 비슷한 경로를 거쳐 습득이 이루어질 것이라는 생각 때문에 제2언어습득연구에서는 제1언어습득과 제2언어습득과의 관계에 연구자들의 관심이 집중되었다.

　이 장에서는 제2언어습득 이론의 원리와 제2언어습득 이론에 가장 큰 영향을 끼친 Chomsky의 보편문법(Universal Grammar)을 중심으로 한 습득이론과 모델을 살펴보고 제2언어습득을 제1언어와의 관계에 의해 설명하려는 대조분석과 오용분석 그리고 학습자 언어인 중간언어 연구를 구체적으로 살펴보기로 한다.

1. 제2언어습득 이론의 원리

1.1. 제2언어습득 이론의 흐름

1960년대는 제2언어습득 연구에서 다양한 발전을 보이는 시대였다. 1940년대부터 시작된 음성학이나 구조주의의 영향을 받은 '청각구두 접근법(Audio-Lingual Method)'이라는 교수법이 교육현장에서 한계를 드러내면서 그때까지의 교수법 위주의 언어교육관에 대한 반성이 일어났다. 또한 언어습득 이론의 주류를 이루었던 대조분석이 많은 비판을 받게 되었고 Chomsky의 보편문법이론에 근거한 제1언어습득 이론의 발전은 제2언어습득에서도 그와 유사한 습득과정을 보일 것이라는 생각을 하게 되어 제2언어습득 이론의 발전으로 이어졌다.

1960년대에 Chomsky의 언어능력 배양을 목표로 한 '인지적 접근법'이 나오고, 1970년대 사회언어학 발달의 영향으로 언어지식보다 언어사용 능력의 함양을 강조한 '의사소통적 접근법'과 인본주의심리학의 영향으로 학습자의 정서적영역과 교육과의 관련성을 중요시하는 학습자 중심의 '정의적 접근' 등 여러 교수법들이 나타나게 되었다.

이러한 언어교육의 변천과정을 배경으로 제2언어습득 이론 연구(Second Language Acquisition)가 활발하게 이루어졌는데 제2언어습득 이론은 Chomsky의 언어습득 이론에 입각해서 이루어졌던 제1언어습득 이론(First Language Acquisition)의 맥을 이어온 학문이라고 할 수 있다.

제2언어습득 연구자들이 제일 먼저 관심을 가진 것은 제2언어습득에 있어서 제1언어의 관여에 관한 것이었다. 1940년대 이후 언어습득 연구의 주류를 이루었던 대조분석은 행동주의 심리학과 구조언어학에 이론적 근거를 두었다. 대조분석에서 언어학습은 시청각 자극에 대한 행동적 반응에 불과한 것으로 간주되었고 제1언어 즉 모어가 제2언어습득을 방해하는 존재이므로 두 언어의 그 차이점과 유사점을 발견하여 문제점을 해결하는 것이 효과적이라고 했다(Fries 1945, Lado 1957). 그러나 대조분석은 모어가 다른 학습자 사이에서도 같은 종류의 오용이 보고되거나 언어학습에 관여하는 것은 모어의 영향만이 아니라는 연구 결과가 나오면서 쇠퇴의 길로 접어들었다.

그 뒤를 이은 오용분석에서는 제2언어 학습자는 계통적인 오용을 낳는 공통된 언어습득 시스템을 보유하고 있어서 제2언어습득자가 범하는 오류는 체계적이므로 학습자의 오용을 분석하여 그 원인을 밝혀내고 지도법을 연구하는 것이 제2언어습득에 도움이 된다고 생각했다.(Corder 1967, Dulay와 Burt 1973, 1974, 1975). 그러나 오용분석에서도 오용의 판정이 어렵다거나 학습자의 회피는 분석을 할 수 없다는 등의 한계가 드러나면서 학습자 언어인 '중간언어(interlanguage)'연구로 넘어가게 되었다.

제1언어와 제2언어 사이의 중간적이고 과도적인 자연언어체계라는 의미에서 '중간언어'라는 말을 사용하였는데 이것도 이와 같이 오용분석 안에서 생겨난 것이다. 1960년대 후반에서 70년대 초반에 걸쳐서 Selinker를 비롯한 여러 연구자들은 학습자의 언어체계에 관심을 가지고 학습자특유의 언어체계를 관찰하여 제2언어습득 과정을 밝히려고 했다(Selinker 1972, McLaughlin 1987). 1970년대 중기 이후에는 오용과 정용, 또 오용과 정용의 양상 변화의 과정을 단순히 음성, 음운, 형태소,

통어의 레벨뿐 아니라 언어행동이라는 커뮤니케이션 레벨에까지 확대해서 관찰하게 되었다. 그러나 중간언어 연구에서는 연구자마다 중간언어를 칭하는 용어가 달랐으며 중간언어의 실체를 확립이 어렵다는 등의 문제점이 대두되기도 하였다.

1.2. 제1언어습득과 제2언어습득의 관계

1.2.1. 제1언어습득(First Language Acquisition)

인간이 태어나서 제일 먼저 습득하는 언어를 제1언어(First Language) 또는 모어(Mother Language)라고 한다. Halliday(1975)는 언어발달이 시작되기 전인 한 살 이전의 아동은 요구나 찬성 반대 등의 의사소통기능에 대한 지식을 먼저 발달시킨다고 했다. 어린 아이는 아직 자신의 힘으로 할 수 있는 일이 없기 때문에 자신의 욕구를 충족시키기 위해서는 주위 사람들과 의사소통을 해야 할 필요성을 느낀다. 주위에 있는 보호자들은 끊임없이 아이에게 말을 걸고 많은 메시지를 전달하려 한다. 즉 아이의 제1언어습득을 위한 모델은 주위의 보호자들이며 쓰기언어보다는 회화체 언어가 주가 되는 것이다.

아동은 초기에는 의미나 구조보다 발음을 중시하며 그 다음은 구조보다 전체적 의미를 중시하거나 다른 것은 무시하고 구조에 주의를 기울이기도 하는데(R. Clark, 1975) 제1언어 습득 순서는 크게 세 시기로 나누어 설명이 되고 있다.

(1) 1단계(2-6세): 음의 체계, 대부분의 통사론, 추상적 어휘가 아닌 구체적인 어휘를 습득하는 시기

(2) 2단계(7-10세): 좀 더 복잡한 음운규칙, 소리와 문자와의 관계, 복잡
　　한 통사론, 더 많은 어휘를 습득하는 시기
(3) 3단계(11세 이상): 추상적 의미개념을 포함한 대부분의 어휘를 습
　　득하는 시기

　한편 제1언어습득의 원리는 환경적인 능력에 의해서인가 아니면 생
득적인 능력에 의해서인가에 대해서도 견해가 엇갈리고 있다.
　환경적인 능력에 의한 의견은 행동주의 심리학적인 관점에서 나온
것으로 주어지는 자극(입력)에 대한 반응으로 습득이 이루어진다고 했
는데 주위의 자극에는 한계가 있고 어린 아이의 언어에는 어른의 언어
에서는 볼 수 없는 언어(유아어 등)가 있다는 점에서 비판을 받기도 했다.
　생득적인 능력이라는 생각은 인지주의 심리학적인 관점에서 나온 것
으로 인간이 태어날 때부터 가지고 태어나는 어떤 능력이 있어서 외부
의 자극의 질이나 양과는 관계없이 언어발달이 가능하게 된다는 생각인
데 이 생각 역시 주위 자극의 양이나 질은 언어발달과 큰 상관관계가
있다는 연구가 나오면서 설득력이 떨어졌다.
　따라서 제1언어습득의 원리는 환경적인 능력과 생득적인 능력을 모
두 인정해야 하며 부모나 주위사람들의 관여, 문화적 환경, 자연적 환
경, 언어 이외의 인지능력 등을 모두 고려하여 설명이 되어야 할 것이다.

1.2.2. 제1언어습득과 제2언어습득의 차이
　제2언어습득 연구에서 문제시되는 것은 습득이 시작되는 시기, 즉 나
이에 관한 것이다. 제1언어습득에 비해 제2언어습득은 대부분의 경우
제2언어와 접촉을 시작하는 연령이 높고 이미 커뮤니케이션의 유효한

수단(모어)을 가지고 있으며 인지적으로도 일정한 영역을 확보한 후에 이루어진다. 제1언어를 사용하는 사회의 일원으로서 이미 학습자 자신의 정체성도 확립되어 있는 상태이다. 따라서 제2언어의 입력과 학습자와의 관계는 제1언어의 입력과는 크게 다르다는 것을 처음부터 예측할 수 있다. 어린 아이의 언어습득 과정에 대한 연구에 의하면 제1언어가 일정한 기초수준에 도달하지 않은 상태에서 제2언어습득이 시작된 경우에는 양 언어 모두가 충분히 발달되지 못한 케이스가 관찰되지만 제1언어가 충분히 발달된 다음에 제2언어습득이 시작된 경우에는 이러한 케이스는 별로 보이지 않는다는 결과도 나와 있다(Cummins 1978).

제1언어습득과 제2언어습득의 또 다른 점은 제2언어에 접촉할 기회가 얼마나 많은가 하는 점이다. 제2언어습득에서는 접촉할 기회가 한정되어 있고 학습자가 가지고 있는 학습조건이나 성격, 학습스타일 등도 습득의 결과에 영향을 주기 때문에 원어민 정도의 언어능력을 획득하는 경우도 있기는 하지만 대부분은 도중에서 정체되거나 그 이상 언어능력이 신장되어 가지 않는 현상, 즉 화석화라고 불리는 상황에 직면하게 된다.

그러나 이들의 차이점으로 제1언어습득과 제2언어습득의 과정이 본질적으로 다르다고는 간단히 결론지을 수 없다. 예를 들면 학습자의 모어와 상관없이 공통된 오용을 보이기도 하는데 그것은 제2언어와의 접촉이 계속되고 제2언어 능력이 높아짐에 따라 없어진다는 것을 알 수 있다. 즉 학습자 자신에 의해 어느 사이엔가 정정되어 가는데 언어사용이 계속되어감에 따라 오용이 정정되어 간다는 점은 제1언어습득과 공통된 점이라고 할 수 있다.

1.2.3. 제1언어와 제2언어의 상호의존

언어교육 현장 연구의 결과 제1언어습득과 제2언어습득은 서로 어떤 영향을 주는가에 관한 문제에 대해 두 가지의 견해가 있다(Cummins & Swain 1986).

제1모델은 분리심층능력(separate underlying proficiency)모델로 제1언어능력과 제2언어능력은 전혀 별개의 것으로 상호간에 분리되어 있고 가정이나 학교에서 한 언어와 접촉하면 할수록 그 언어능력은 신장된다는 생각이다. 즉 양 언어의 능력은 서로 분리되어 있기 때문에 제1언어를 통해 학습된 내용이나 기능은 제2언어에 전이되지 않고 역방향으로의 전이도 일어나지 않는다.

두 번째 모델은 공통심층능력(common underlying proficiency)모델로 특히 읽기와 쓰기에서 제1언어나 제2언어 중 어느 하나를 사용하고 학습동기가 있으며 학교 가정 지역사회에서 그 언어와 충분히 접촉할 수 있다면 그 언어뿐 아니라 다른 쪽 언어능력도 발달된다는 것이다. 즉 한쪽 언어의 발달은 다른 쪽 언어의 발달에 공헌하고, 양 언어 사이에 상호의존적인 발달관계가 성립된다.

이들 두 모델에 관한 연구에서는 연소자의 제1언어와 제2언어 습득 사이에는 상호의존 관계가 성립되어 있다는 결과가 나왔다. 성인의 경우에도 제1언어의 읽기능력이 뛰어난 경우에는 제2언어의 읽기 능력도 뛰어나다는 점과 쓰기에서도 같은 경향이 있다. 또한 제1언어 상황에서 이미 형성되어진 개념이나 개념조작이 제2언어를 습득할 때도 영향을 주어 제1언어의 개념이나 개념조작 위에 제2언어의 라벨이 덧씌워진다는 구조로 두 언어습득 사이의 상호의존관계를 설명할 수 있을 것이다.

2. 제2언어습득 이론 및 모델

2.1. 보편문법이론(Universal Grammar Theory)

Chomsky의 변형생성문법이 주류를 이루던 1960년대 후반 이후 언어습득연구에 가장 큰 영향을 끼친 이론이 보편문법이론이다. Chomsky에 따르면 보편문법이라는 것은 인간내부에 선천적으로 타고나는 언어습득장치(Language Aquisition Device; LAD)가 있어서 그것을 바탕으로 언어를 습득하게 된다는 것이다. 즉 언어습득장치 덕분에 어린 아이가 주위에서 보고 듣는 한정된 입력만으로도 인간언어를 구성하는 매우 복잡한 체계를 습득할 수 있게 되는 것이다. 보편문법이론에 의하면 인간의 언어는 핵심문법(Core grammar)과 주변문법(Peripheral grammar)으로 이루어져 있다. 핵심문법은 원리(Principles)와 매개변항(Parameter)으로 구성되어 있는데 원리는 모든 사람들이 모어를 습득하기 전에 가지고 태어나는 능력이며 매개변항은 언어간의의 차이를 가지고 오는 몇 가지 특징적인 자질이라고 한다. 주변문법은 어떤 한 언어만이 가지는 독특한 특징이므로 연구자들의 관심의 대상이 되지는 못했다.

1980년대 중반이후 원리-매개변항 이론을 제2언어습득 연구에 적용시키려는 움직임이 활발히 일고 있다. 즉 제2언어습득 과정에서도 보편문법이 작용하는지 하는 것과 작용한다면 그것이 제1언어습득의 과정과 동일한 경로를 밟는가에 대한 연구이다. 하지만 기본적으로 제1언어습득과 제2언어습득은 습득환경이 다를 뿐 아니라 제1언어가 습득된 후에 제2언어가 습득되기 때문에 제1언어의 관여를 생각해야 하며 제2언어는 오랜 기간에 걸친 습득에도 불구하고 완벽한 습득이 어렵다는 점 등을 들어 제2언어에 관한 모든 것은 '습득'이라기보다는 '학습'에 의하는 것이라는 의견도 많이 나오고 있다.

보편문법이론은 종래의 자극·반응의 반복에 의해 습관이 형성되어 그것이 학습으로 이어진다고 생각했던 행동주의적인 학습관의 문제점을 설명했고 언어학의 새로운 이론을 형성하는데 기여했다. 그러나 보편의 원리나 매개변항은 복잡한 내용이며 추상적이어서 그 실체를 관찰할 수 없으며 제2언어습득에서 보편문법의 역할 등이 문제점으로 제기되고 있다.

2.2. 문화변용모델(Acculturation Model)

Schumann이 제창한 모델로 '문화적동화 모델'이라고도 한다. 그는 "제2언어습득은 학습자가 목표언어의 문화에 적응하는 과정이다"고 생각하여 습득정도는 학습자와 목표언어문화의 사회적 거리와 심리적 거리에 의해 정해진다고 주장했다. 즉 제2언어학습자가 목표언어 집단의 문화습득과정에서 목표언어 사용자로부터 느끼는 사회적 심리적 거리는 목표언어 사회에 대한 유대감을 촉진시키거나 저해시키는 요소로 나타나 제2언어습득에 영향을 주게 된다는 것이다. 또 Schumann은 교실지도를 받은 적이 없는 코스타리카 노동자의 그룹의 영어습득을 관찰한 연구를 통해 "제2언어습득은 문화변용의 한 측면이며 학습자가 자신을 어느 정도 목표언어 집단의 문화에 동화시키는가에 의해 습득의 정도가 달라진다"는 결론을 내렸다(Schumann 1975, 1978).

이 문화변용 모델을 더욱 발전시킨 Andersen은 제2언어습득을 피진(pidgin)화 되거나 크레올(creole)화 되는 것과 마찬가지로 동화작용의 일종으로 생각하여 습득 초기단계에서는 모어화(nativization) 현상이 존재하나 습득이 진행되어감에 따라 탈모어화(denativization) 현상이 보인다고 하였다. '모어화'란 피진과 같이 학습자가 목표언어를 자신이 내적으로 간소화시킨 규범에 맞추어 수정해 가는 것이며 '탈모어화'란 외적인 규범 즉 목표언어의 규범에 맞추어 수정해 가는 것이라고 했다. 그리고 학습자가 목표언의 문화에 대해 심리적, 사회적 거리를 좁혀가는 것이 탈모어화(습득)을 촉진시킨다고 생각하여 이것을 문화적응의 단계라고 하였다(Andersen 1981, 1983).

Giles의 연구에서는 동기부여가 제2언어습득의 성공여부에 크게 영향을 끼친다는 결론을 얻었는데 그의 이론을 '응화이론(Accomodation Theory)', '발화이론', '스피치 조정이론(Speech Accomodation Theory)'이라고 한다(Giles 1979).

Schumann을 비롯한 이들 연구자들의 생각은 그때까지의 제2언어습득 연구에서 다루지 않았던 사회적 심리적 요인에 초점을 맞추어 그 역할을 각자의 입장에서 주장했다는 점이 평가받을 만하다. 그러나 모두 학습자 언어인 중간언어가 변화해 가는 언어체계라는 점과 학습자에 의해 언어습득의 성공여부가 결정된다고 주장하는데, 학습자 내부에서 목표언어가 어떤 식으로 채워져 가는지에 대해서는 설명이 없다. 그리고 '사회적, 심리적 거리'를 어떤 식으로 측정하는가에 대한 객관적인 회답을 얻을 수 없다는 문제점도 남아 있다.

2.3. 모니터모델(Monitor Model)

1970년대부터 1980년대 초반에 걸쳐 언어습득 분야에 영향을 끼친

이론으로 Krashen에 의해 주장된 언어습득 모델이다. Krashen은 1970년대에 발표된 형태소의 습득 순서 연구와 읽기테스트, 쓰기테스트 등 과제의 차이에 따라 습득순서가 달라진다는 연구(Larsen Freeman 1975)에 흥미를 가지고 제2외국어습득의 내면화 과정을 기술하기 위하여 5가지 가설을 내세우고 있다(Krashen 1976,1981,1985).

(1) 습득-학습가설(The Acquisition-Learning Hypothesis)

'습득(acquisition)'이란 어린 아이가 모어를 배울 때 자연스러운 상황 속에서 사용하면서 무의식중에 말을 배워가는 과정과 마찬가지로 의미에 초점을 맞추어 자연스러운 커뮤니케이션의 결과로서 무의식언어를 배워가는 것이다. 반면 '학습(learning)'이란 학교에서 이루어지는 외국어 교육과 같이 문법형식을 의식적으로 배운 결과로 일어나며 '학습'과 '습득'은 서로 독립된 것으로 서로 영향을 주는 일은 없다고 주장했다. 즉 학교 등에서 목표언어의 문법을 공부해도 무의식적으로 자연스럽게 그 언어를 사용할 수 있게는 될 수 없다고 생각했다. 그러므로 제2언어 커뮤니케이션 능력은 습득에 의해서만 달성되며 학습은 보조적인 역할 밖에 할 수 없고 실제 커뮤니케이션 상황에서 요구되는 '유창함'도 습득에 의해 육성되는 것이라는 견해다.

(2) 자연 순서성 가설(The Natural Order Hypothesis)

서로 다른 모어를 가진 학습자를 대상으로 서로 다른 지역에서 영어 습득을 조사한 결과 그들이 습득한 영어의 형태소순서에는 상관관계를 볼 수 있었다. 이 결과로부터 Krashen은 어른이든 아이든 모어에 차이가 있든 어디에서 누구에게 배웠든 간에 제2언어를 습득할 때는 어형변화나 문법규칙 등을 익히는데 일정한 보편적인 순서가 존재하며 그것은 예측 가능한 것이라는 가설이다.

(3) 모니터 가설(The Monitor Hypothesis)

언어의 실제적인 운용능력은 '습득'에 의해 획득되지만 '학습'에 의해서 체계적으로 배운 문법규칙이나 지식은 어느 정도 시간이 주어지는 경우에 자신의 발화나 작문의 오용을 체크하거나 정정하는 경우에 도움이 된다. 즉 모니터의 역할을 한다는 것이다. 모니터로서 활동하기 위해서는 3가지 조건을 충족시켰을 경우에 가능한데 그 조건은 충분한 시간과 언어행동의 초점이 의미가 아니라 형식에 있을 것, 그리고 그 규칙을 알고 있을 것이라는 조건이다. 또한 '모니터'는 '학습'에서 얻어진 문법규칙을 토대로 '정확한 문장'을 만들려고 하는 의식이므로 모니터 기능이 과다하면 학습자는 언어사용장면에서 너무 '정확함'만을 추구한 나머지 자연스러운 대화를 이어가지 못한다. 그런 의미에서도 제2언어 운용능력을 육성하기 위해서는 '습득'이 중요하다는 가설이다.

(4) 입력가설(The Input Hypothesis)

언어습득을 촉진하기 위해서는 이해 가능한 입력(comprehensible input)을 충분히 받을 필요가 있다는 생각이다. 입력이란 학습자에게 어떤 형태로 들어온 목표언어에 대한 정보이며 교사로부터 배운 지식이나 주위 사람들의 회화나 텔레비전이나 테이프에서 흘러나오는 목표언어회화, 읽은 책이나 신문내용 등이다. 이해할 수 없는 입력이란 듣거나 읽어도 이해할 수 없을 정도로 난해한 입력으로 학습자에게는 잡음에 지나지 않으며 습득으로 이어지지 않는다. 그에 비해 이해 가능한 입력이란 학습자의 현재의 레벨보다 조금 높은 단계의 입력을 가리키며 'i+1'의 입력이라고 했다. 'i'란 현재의 학습능력을 가리키며 'i+1'이란 그것보다 조금 높은 레벨을 나타내고 있다. 이해 가능한 입력은 모니터 모델 중에서도 중요한 생각으로 학습촉진의 기반이 되고 있다. 즉 학습을 촉진하기 위해서는 말하기보다 이해하기가 중요하다는 생각, 그 후에 이해 가능한 입력을 충분히 해 주는 것을 중심으로 한 언어 교수법인 'Natural Approach'를 제창했다(Krashen and Terrell 1983).

(5) 정의필터 가설(The Affective Filter hypothesis)

정의필터란 습득을 방해하는 '심리적 장벽'을 말한다. 학습자가 불안한 상태에 있을 때에는 입력이 여과장치인 필터를 통과하기 어렵게 되므로 기억되지 않아서 습득으로 이어지지 않는다. 즉 동기부여가 높고 자신감이 있으며 불안감이 없는 편안한 상태라면 정의필터의 벽이 낮아서 많은 입력을 받아들이기 쉽게 되어 습득이 이루어진다고 생각하고, 반대로 자신감이 없고 불안한 상태라면 정의필터가 높아서 입력을 받아들이기 어렵기 때문에 습득이 늦어진다고 생각했다. 학습자가 입력을 효과적으로 하기 위해서는 교사가 교실에서 학습자의 불안을 제거하고 학습자가 스스로에게 좋은 이미지를 가지게 하여 학습동기를 강화할 수 있도록 지도하는 것이 중요하다고 주장했다.

2.4. 유표성 차이 가설(Markedness Differential Hypothesis)

'유표성'이라는 개념을 제2언어습득 이론에 적용한 것은 Eckman (1977, 1984, 1985)이다. 그는 모어와 제2언어의 차이가 제2언어습득에 영향을

끼치는 것이 아니라 학습항목의 유표성이 높은가 낮은가에 의해 학습의
어려운 정도가 정해진다고 했다. '유표'라는 것은 형태가 더 단순하고
더 많은 언어에서 볼 수 있으며 각 언어에서 사용빈도가 높은 항목, 즉
'당연한 것'을 가리킨다. 예를 들어 "見る"와 "見ます"를 비교하면 "見ま
す"에는 "ます"라는 특별한 표식(marked)이 더 있으므로 '표식이 있다'는
의미에서 '유표'라고 한다. 반면 "見る"는 "見ます"에 비해 더 일반적인
표현이며 "ます"라는 특별한 표식이 없으므로 '무표'라고 하거나 '유표성
이 낮다'고 한다. 형용사의 쓰임에 있어서도 "長い"와 "短い"라는 말을
비교해 보면 "長い"가 "短い"보다 더 일반적으로 사용되므로 "長い"를
'무표'라고 하고 "短い"를 '유표' 또는 '유표성이 높다'고 하여 "短い"의
습득이 더 늦어진다고 하였다.

　　그러나 '유표성'이란 하나의 경향에 불과하므로 '유표'와 '무표'를 확실
하게 구분 지울 수 있는 근거가 부족하다는 문제점이 지적되고 있다.

3. 제2언어습득 연구의 발전

3.1. 대조분석(Contrastive Analysis)

3.1.1. 대조분석 연구의 흐름

성공적인 언어습득은 기계적인 훈련과 반복 연습에 달려있다고 생각한 '청각구두식 접근법(Audio-Lingual Method)'은 1950년대에 유행했던 외국어교수법의 하나다. 이 교수법에서는 교실에서 교사의 통제에 의한 문형의 반복 연습, 발음의 모방, 오디오 및 비디오테이프의 반복 청취 및 시청 등을 주요 학습 활동으로 제시했는데 학습자의 외국어 운용능력을 효율적으로 신장시키기 위해서는 학습자의 오용의 원인이 되는 모어와 제2언어의 차이점을 발견하여 학습자에게 꾸준히 반복 훈련시킴으로써 오용을 배제할 수 있다고 생각하였다. 그래서 오용을 산출하지 않게 하는 학습방법의 연구가 중요시 되었는데 예를 들면 문형연습(pattern practice)나 최소항대립어(minimal pair)를 이용한 연습방법 등이 제시되었고 이것이 대조분석 연구의 시초가 되었다.

대조분석은 구조주의 언어학(Structural linguistics)과 행동주의(Behaviourism) 심리학에 근거하여 제2언어습득의 주요 장애 원인은 모어체계의 간섭이라는 관점에서 출발한다. 이 가설은 Fries(1945)가 처음으로 주장하였고 그 이후 Lado(1957) 등의 구조주의 언어학자에 의해서 더 연구되고 발전되었다. 그리고 Lado(1957), Banathy, Trager, & Waddle(1966) 등은 두 언어의 차이만 극복하면 제2언어의 학습은 완성될 수 있다고 주장하였다.

3.1.2. 대조분석의 원리

행동주의에서는 모든 행동은 자극에 대한 반응에 의해 나타나는 것으로 자극이 만족스러운 결과를 낳으면 그 자극은 강화, 즉 반복되어 습관형성이 이루어진다. 행동주의적인 관점에서 보면 언어학습을 포함한 모든 종류의 학습도 역시 습관의 형성(the formation of habits)에 의해 이루어지는 것이므로 외국어학습에서도 바른 습관을 강화시키면 효율적인 결과를 얻을 수 있다고 생각했다. 그러나 학습자에게 이미 형성된 모어의 습관은 제2언어습득의 새로운 습관형성을 방해하는 작용을 하게 된다. 즉, 학습자의 모어와 제2언어가 비슷하면 학습이 용이해지지만 두 언어 간에 차이가 존재하면 학습이 어려워지는 것이다. 그러므로 제2언어습득을 용이하게 하려면 모어와 제2언어의 차이점을 발견하여 그 차이를 설명하고 극복할 수 있도록 반복 훈련을 시키는 것이 중요하다.

이러한 두 언어 간의 차이점을 찾아내어 분석 제시하는 방법으로 구조주의언어학이 이용되었는데 구조주의 언어학이란 여러 언어의 표면적인 구조를 비교 대조하여 그 언어의 구조와 기능을 기술하고 공통점과 차이점을 과학적으로 분석하는 학문이다. 그리고 과학적·구조적 분석을 통해 발견된 두 언어 간의 차이점들을 발견할 수 있고 나아가 제2언어 학습자가 직면하게 될 어려움들을 예측할 수 있다는 가설에 근거하여 모어와 제2언어 사이의 차이점을 비교 분석하는 대조분석이 필요하다는 것이다. 그 차이점이 제2언어를 습득할 때에 모어간섭의 원인이된다는 사실에 근거하여 대조분석에서는 모어와 제2언어의 공통점보다도 오히려 그 차이점을 밝히는 데에 역점을 두게 되었다.

대조분석에서는 학습자의 오용에 대해 다음과 같은 가설에 근거하여 설명하고 있다.

   (1) 오용은 모어와 제2언어의 차이에서 기인하고 그 차이점이 클수록 더 많은 오용이 발생한다.

   (2) 대조분석은 모어의 간섭 때문에 일어나는 학습상의 어려움이나 오용을 예측할 수 있다.

   (3) 집중적인 훈련을 하면 간섭의 영향을 억제하고 제2언어의 학습효과를 고조시킬 수 있다.

3.1.3. 대조분석의 한계

모어의 간섭은 특히 음성이나 음운에 많이 나타난다는 점에서 음성, 음운체계의 대조연구가 활발하게 이루어져 그 나름대로의 성과는 올렸지만 형태나 통어 등 문법체계의 대조연구에서는 그다지 성과가 오르지 않았다. 또 오용을 분류해 감에 따라 예측하지 못했던 오용들도 다수 발견되어 대조분석은 그 예측력이 불충분하고 일부의 오용밖에 설명할 수 없다는 점이 지적되게 되었다. 예를 들면 오용의 원인이 모어의 간섭에 의한 것이라고 했는데 모어가 다른 학습자 사이에도 비슷한 종류의 오용이 자주 일어나는 것이 발견되었고 그것은 오용의 원인이 모어의 간섭뿐만 아니라 목표언어의 규칙에 대한 불완전한 학습이라든지 언어 수행상의 여러 요인을 고려하지 않았기 때문이다.

그리하여 대조분석만으로는 목표언어 학습상의 오용예측이 힘들다는 주장이 제기되었다(Wilkins 1968, Lee 1968, Buteau 1970, Jackson 1971). 또한 Newmark & Reibel(1968)은 학습자가 학습 목표언어인 제2언어를 많이 알면 알수록 모어와 혼동될 가능성이 줄어든다는 현상에서 이 가설의 이론적 모순을 지적하였다. Wolfe(1967), Ritchie(1967), Newmark & Reibel(1968) 등은 모든 언어는 공통점이 많으므로 한 언어를 습득하면 다른 언어도 많이 알게 된다고 생각한다. 즉 두 언어는 심층구조가 상당히 유사하므로 실제 차이점이라고 생각하는 것은 피상적인 것에 불과하므로 외국어를 학습할 때는 그 언어의 심층구조가 표층구조로 표출되는 과정을 배워야 하는데 이 표출과정이 언어마다 다르기 때문에 대조분석은 외국어학습에서 무용하다고 주장했다.

그리고 White & Jackson(1972)은 대조분석은 난이도 측정 면에서도 객관성이 결여된다고 주장했다. 두 언어 간의 차이가 클수록 습득이 힘들어진다고 했는데 그 차이의 정도를 나타내는 객관적인 기준을 대조분석에서는 제시할 수 없다는 것이다.

이러한 비판에 대해 대조분석가설을 지지하는 학자들은 언어를 대조분석 한 결과를 단순히 쉽고 어려움으로 나누는 것에는 문제가 있다고 인정하고 배우기 어려운 부분들을 다음과 같이 단계별로 나누어 난이도의 계층구조(hierarchy of difficulty)를 제시하기도 하였다.

그동안 대조분석을 뒷받침하던 Skinner의 행동주의 학습이론인 자극과 반응에 대한 Chomsky(1959)의 비판과 대조분석가설에 대한 이론적 모순을 지적한 R.Wardhaugh(1970) 등의 비판을 받으며 대조분석은 서서히 오용분석으로 넘어가고 있었다.

3.2. 오용분석(Error Analysis)

3.2.1. 오용분석 연구의 흐름

학습자의 오용은 모어의 간섭에 기인한다고 생각했던 대조분석 가설이 빗나가고 예상하지 못했던 오용예가 발견됨으로써 대조분석은 많은 비판을 받은 결과 오용을 분류하고 원인을 찾아내기 위한 분석을 행하며 필요한 경우에는 교육적 관점으로부터 오용에 관한 평가도 함께 하는 오용분석연구가 그 뒤를 잇게 되었는데 오용분석은 1970년대 초반부터 시작된 인지심리학과 변형생성문법의 영향으로 시도된 제2언어습득 연구 분야이다.

1970년대의 오용분석의 계기를 만든 학자는 Dulay와 Burt였다. 그들은 영어의 문법적 형태소를 영어를 외국어로 배우는 어린아이들이 어떤 순서로 습득하는가에 관한 일련의 연구를 통하여 영어를 외국어로 습득하는 경우, 학습자의 모국어가 무엇이냐에 상관없이 영어의 형태소 습득에는 일정한 순서가 있다는 것을 발견하였다(Dulay와 Burt 1973, 1974, 1975). 또한 Dulay와 Burt(1973)는 모어의 영향에 의한 간섭 오용율은 불과 3%에 불과하며 나머지 82%는 제2언어 학습과정에서 일어나는 오용으로 보았다. 이러한 연구는 모어의 영향을 강조하던 대조분석을 정면으로 반박하는 결과가 되었으며 언어습득은 학습자가 선천적으로 가지고 태어난 언어습득장치 및 기제의 작용이라는 창조적구성가설(Creative Construction Hypothesis)에 대한 증거를 제공하기도 했다.

오용분석의 기틀을 마련한 Corder(1967)는 오류(error)와 실수(mistake)를 구별하여 언어를 운용하는 과정에서 나타나는 잘못을 'mistake', 잠재 능력에서 저지른 잘못을 'error'라고 정의하였다. 오류는 모어의 간섭이나 과잉 일반화 때문에 일어나는 경우가 많고, 실수는 일시적인 착각이나 리듬 상실 등으로 인해 의도하지 않은 표현이 튀어나오는 것이므로 오용분석의 대상이 되는 것은 오용이라고 했다.

Burt(1975)는 '전반적인 에러(global error)'와 '국부적인 에러(local error)'

를 구별하였다. 오용이 커다란 지장이 되어 문장의 의미를 이해할 수 없는 경우의 오용을 '전반적인 에러'라고 하고 문장을 이해하는데 거의 영향을 주지 않는 경우를 '국부적인 에러'라고 한다.

1970년대 중반 이후는 오용과 정용, 더욱이 오용과 정용의 양상변화의 과정을 단순히 음성 음운 형태소, 통어의 레벨뿐만 아니라 언어 행동이라고 하는 커뮤니케이션의 레벨까지 확대하여 관찰하고 제2언어의 습득 과정을 밝히는 것과 동시에 그 습득 과정을 설명하기 위해 제2언어습득 이론의 구축을 지향하는 새로운 중간언어의 연구로 이행하게 된다.

3.2.2. 오용분석의 원리

대조분석에서 오용분석으로 변해가면서 가장 달라진 것은 오용에 대한 생각이었다. 그때까지 오용은 가능한 한 배제되어야 할 부정적인 것이므로 여겨져 오용이 일어나지 않도록 하는 훈련이 중시되었으나, 어떤 오용이 어떤 원인 때문에 일어나는가를 찾아내는 과정에서 오용은 언어습득 자연스럽고 불가피한 것일 뿐만 아니라 언어습득이 진행 중인 확실한 증거이기도 하므로 오용은 필연적인 것이라고 생각하게 되었다. 또한 오용분석에서 학습자는 자신들이 세운 가설을 검증하고 있고 오용을 범하는 가운데 시행착오를 거쳐 정용에 이르게 된다고 생각하였으므로 학습자의 오용을 배제하기 교수법이 강조되었던 대조분석과는 달리 오용분석은 학습자의 언어에 눈을 돌려 학습자 중심의 언어교육에 불을 붙였다고 말할 수 있다.

Corder(1967)에 의하면 학습자의 오용은 그 학습자가 학습하고 사용하고 있는 어느 한 순간의 언어체계를 보여주는 것이다. 그러므로 오용은 교사에게는 학습자가 어떤 언어체계를 분석하고 있고 또 얼마나 그 목표를 향해 전진했는가를 말해 주는 것이며 앞으로 더 학습해야 할 부분은 무엇인지를 말해 주는 중요한 자료가 된다. 또한 언어 연구자들에게는 언어는 어떻게 학습되는가 하는 점과 언어를 배울 때 어떤 학습전략과 어떤 학습과정을 거치는지를 말해주는 중요한 자료가 되기도 하므로 오용을 범하는 것은 학습자가 학습을 하기 위해서 반드시 거쳐야 하는 과정이라고도 말할 수 있다.

오용의 종류는 표기, 음성, 음운, 형태소, 통어, 커뮤니케이션 등 각 레벨의 오용을 생각할 수 있고 오용을 원인별로 나누어 보면 크게는 모어의 간섭에 의한 오용과 비간섭에 의한 오용으로 나누어진다. 예를 들면 한국어를 모어로 하는 학습자의 경우 모음 사이의 평음이 약하게 발음되는 경향이 있는데 그 영향으로 "ひとつ"라고 해야 할 발음을 "ひどつ"라고 하는 오용을 일으키는 것이다.

비간섭 오용에는 외적인 요인에 의한 것과 학습자의 내적인 요인에 의한 것으로 나눌 수 있다. 외적인 요인이라는 것은 교사의 교습법이나 교재 등이 원인이 되어 일어나는 것이며 '유발에 의한 오용(induced error)' 또는 '훈련상의 전이(transfer of training)'에 의한 오용이라고 한다.

내적인 요인에 의한 오용에는 학습자가 '유추(analogy)'나 과잉일반화 때문에 범하는 오용이 있는데 '학습전략(learning strategy)'에 의한 오용이라고 불려진다. 내적인 요인에 의한 오용에는 '의사소통 전략(communication strategy)'에 기인한 오용도 생각할 수 있다. 전달상의 문제에 직면했을 때, 예를 들면 모어에 의지한다든지 자신의 불충분한 어휘범위 내에서 새로운 것을 표현하려고 할 때 일으키는 오용이다.

오용분석을 하는 과정에서 오용의 원인이 반드시 모어의 영향만은

아니며 제1언어, 즉 모어의 습득과 제2언어습득 사이에는 많은 공통점
이 있다는 것을 밝혀내었다. 또한 모어가 다른 제2언어학습자들이 똑같
은 식으로 계통적인 오용을 낳는다는 것을 발견하였다. 결국 제2언어
학습자는 계통적인 오용을 낳는 공통된 언어 학습의 시스템을 보유하는
것이 밝혀졌고 모어와 제2언어의 사이의 중간적이고 과도기적인 언어
체계라는 의미로 '중간언어'라는 말을 사용하게 되었는데 이것도 오용
분석의 연구결과로 생겨난 것이다.

3.2.3. 오용분석의 한계

오용분석에서는 학습자의 오용에 지나치게 관심을 가진 나머지 학습
자가 바르게 사용하는 '정용'에 대한 긍정적 평가에 인색했다. 오용의
감소가 언어숙달도의 중요한 기준이 되고는 있지만 제2언어학습의 궁
극적인 목표는 언어를 유창하게 소통할 수 있게 하는데 있다. 그러므로
오용과 동시에 정용도 만들어내는 학습자언어의 총체적인 매카니즘 및
습득과정을 오용분석은 설명할 수 없다는 비판을 받고 있다

오용분석에서는 분석의 데이터로 표출(production)데이터를 주로 이
용하였다. 말하기 쓰기와 같은 표출데이터는 분석하기 쉽다는 방법상의
편리 때문에 주로 이용되었는데 언어는 듣기와 읽기 같은 언어의 이해
과정도 제2언어습득과정에서는 똑같이 중요한 구실을 한다는 점을 간
과하고 있었다.

또한 오용분석에서는 '회피'를 다룰 수 없다는 치명적인 문제를 안고
있다. 회피라고 하는 것은 학습을 했어도 어떻게 사용하는지 모르거나
자신이 없어서 별로 사용하지 않는 상태를 말한다. 오용분석에서는 발
화에 나타나지 않는 경우는 아무것도 검토할 수가 없다. 즉 오용만을

분석대상으로 하면 표면적으로 나타나지 않는 학습자의 문제점을 밝힐 수 없다는 결론이 나온다. 하지만 오용이 발생하지 않는다고 해서 정확하게 사용할 수 있다고는 말할 수 없는 것이다.

그 외 오용분석의 객관성 문제와 오류 빈도에 따른 문제를 지적한 Schachter(1974)의 연구도 있다.

3.3. 중간언어(Interlanguage)

3.3.1. 중간언어 연구의 흐름

제2언어 학습자는 표준적인 목표언어를 지향해가는 과정에서 때로는 비문법적이기도 한 학습자 개인만의 특별한 언어체계를 가지기도 한다. 그것은 한때 오용으로 간주되어 외국어 학습상에서 배제되어야만 할 부정적인 요소로 인식되기도 했으나 학습단계에 따라 변화되어 가는 그 체계야말로 학습자가 제2언어를 습득하고 있다는 명확한 증거가 될 수 있다는 점에서 연구자들의 주목을 끌기 시작했다. 또한 오용분석 연구에서 여러 가지 문제점이 드러나면서 오용분석의 한계를 인식한 연구자들은 문제해결을 위해 오용뿐만 아니라 정용도 함께 관찰하여 학습자의 언어전체를 연구대상으로 삼을 필요성을 느끼고 중간언어 연구를 발전시키게 되었다.

Selinker는 '중간언어' 라는 용어를 처음 사용하고 중간언어의 실체를 밝히는 연구에 주력하였다. 1960년대 후반에서 70년대 초반에 걸쳐서 Selinker 이외의 연구자들도 학습자 특유의 언어체계를 인식하고 여러 가지 명칭을 사용하였다. W.Nemser는 목표언어에 점차 가까워져서 근접한 언어체계를 구축한다는 의미에서 '근사체계(approximative system)'

라고 했으며 Corder는 학습자의 언어는 항상 변해가는 특성이 있다고 하여 '과도기적능력(transitional competence)', 그리고 학습자의 언어가 모든 학습자들에게 공통으로 나타나는 특성을 모은 것이 아니라 특정 개인이 보여주는 언어적 특성이라는 의미에서 '특이방언(idiosyncratic dialects)'이라는 표현을 썼다. 또한 중간언어의 정의에 대해서도 학습자마다 조금씩 다른데 Selinker(1972)는 '목표언어와도 모어와도 다른 학습자 특유의 언어체계'라고 했으며 McLaughlin(1987)은 '제2언어 학습자가 목표언어에 도달하는 과정에서 구축하는 잠정적인 문법'이라고 했다.

Corder(1977)에 의하면 중간언어는 습득단계에 따라 변화하는 특징이 있으며 목표언어로 다가가는 과도기적 구조이므로 여러 단계의 어느 한 시점의 언어체계를 가리키는 경우와 그 습득단계에 따라 변화해가는 연속체로서의 언어체계를 가리키는 경우 모두가 해당된다고 했다.

〈그림2-1〉 중간언어의 연속체

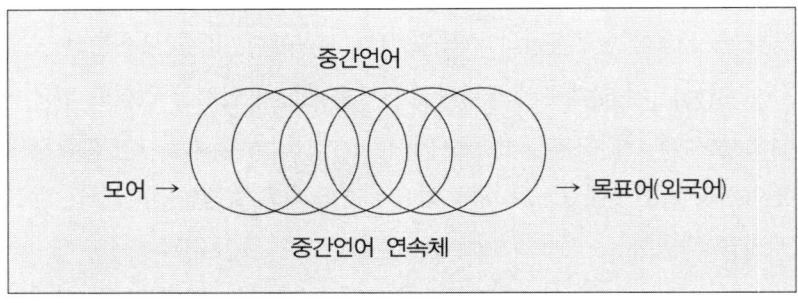

이와 같이 학습자의 언어습득과정을 밝히는 것을 목적으로 하는 중간언어 연구는 제2언어습득 연구에 큰 영향을 끼치게 되었다.

3.3.2. 중간언어의 원리

'중간언어' 란 말 그대로 모어에도 목표언어에도 속하지 않은 그 중간에 위치한 언어로서 목표언어의 바른 체계에 다다를 때까지 끊임없이 수정되고 재구조화되어 가는 '변화하는 체계'라고 할 수 있다. 중간언어는 일정한 체계성을 가지고 있으며 새로운 형식이나 규칙을 받아들여 또 다른 형식을 만들어 가는 것으로 한 개인의 언어체계 내에서도 같은 의미를 표현하는데 다른 형식이 존재하기도 한다.

또한 중간언어의 발달과정에서 과잉일반화나 모어의 영향을 받기 쉬우며 때로는 습득되었다고 생각했던 항목이 긴장 등에 의해 다시 이전의 틀린 상태로 돌아가는 '퇴행(backsliding)현상' 이나 불완전한 채로 정착되어버리는 '화석화(fossilization)현상'을 겪기도 한다. 화석화현상은 오류에 대한 긍정적인 강화 때문에 발생하는 것이 일반적이다. '긍정인적 강화' 란 목표언어와 똑같지 않은 발음이나 표현일지라도 서로 잘 통하게 됨에 따라 강화되어 버리는 경우로 이민자들 언어에 많다. 이민자들의 중간언어 형태중 하나로 모어와 목표언어를 섞어 쓰는 혼합어, 즉 '피진(pidgin)'이 있다. 피진 사용자들의 2세는 이러한 언어를 모어로 사용하게 되는데 이를 '크레올(creole)'이라고 한다.

중간언어는 학습자가 의사소통목적을 달성하기 위해 자기가 알고 있는 모든 언어지식을 이용하는 과정에서 자신의 언어체계를 바탕으로 스스로 새로운 언어체계를 창조하기도 한다는 점은 아이가 제1언어를 습득할 때와 유사한 발달단계를 보이기도 한다. 그러므로 제2언어를 학습한다는 것은 단순한 재구조화과정이 아니라 재창조적인 과정이라고도 할 수 있다. 학습자는 실수투성이의 불완전한 언어를 만들어내는 존재가 아니라 유의적인 상황에서 학습자가 목표언어의 형태와 기능에 직면

할 때 자기의 언어 환경에 따라 창조적으로 행동해 가면서 논리적으로 체계적인 습득단계를 거쳐 계속 밀고 나가는 존재이므로 중간언어 연속체는 '발전적인 연속체'로 간주할 수 있고 제2언어 학습자는 '논리적이고 체계적인 습득단계를 거쳐 가는 지적이고 창조적인 존재' 로 보아도 좋을 것이다.

Selinker(1972)는 중간언어를 만들어내는 요인으로 화석화를 지적했는데 화석화의 요인을 다음의 5가지로 요약했다.

(1) 언어전이(language transfer)

학습자의 모어가 제2언어습득에 영향을 끼치는 것을 '언어전이'라고 한다. 대조분석 연구에서는 모어가 제2언어습득에 나쁜 영향을 주었다고 생각했기 때문에 '모어의 간섭'이라는 표현을 썼는데 언어전이에는 좋은 영향을 끼치는 경우와 나쁜 영향을 끼치는 경우 모두를 생각할 수 있다. 한국인의 일본어습득을 예로 들어 보면 한국어와 일본어는 어순이 같고 한자를 사용하는 문화권이라는 점에서는 한국어가 일본어습득을 도와주는 역할을 하지만, 한국어에는 장음과 단음의 구별이 거의 없으므로 일본어의 장음발음을 습득하기에는 곤란하다는 것이 그것이다. 이와 같이 모어가 제2언어습득에 좋은 영향을 끼칠 때를 '정의 언어전이'라고 하며 나쁜 영향을 끼칠 때를 '부의 언어전이'라고 한다. 부의 언어전이가 일어난 말이 상급수준으로 숙달되어도 없어지지 않고 남아서 학습자의 오용을 유발하는데 이것이 화석화의 요인이 되는 것이다.

(2) 과잉일반화(overgeneralization)

학습자가 제2언어의 특정한 규칙이나 항목을 다른 말에도 확대해석하여 일반화시켜 버림으로써 나타나는 언어내 오용의 하나다. 일본어 형용사 과거형의 습득을 예로 들어 보면 'さむかったです'라고 해야 할 형용사 과거형을, '명사 + ~です'의 과거형이 '명사 + ~でした'라는 문법을 배우 후에 'さむいでした' 라고 형용사에도 적용시켜 버림으로서 오용을 일으키는 것으로 한국인 학습자들에게서 자주 보이는 오용의 예다.

(3) 훈련상의 전이(transfer of training)

교실에서의 지도나 연습 등이 학습자의 습득이 부정적인 영향을 끼치는 것을 훈련상의 전이라고 한다. 원인에는 교사의 교수법이나 부적절한 교재 등이 있는데 예를 들면 'you'가 'あなた'로 빈번하게 나타나는 구조 실러버스 교재가 원인으로 학습자가 윗사람에게 '*あなたはおいくつですか'라는 표현을 사용해 버리는 오용 등이 있다.

(4) 학습전략(learning strategy)

학습전략이란 학습효과를 높이기 위해서 취하는 구체적인 행동이나 태도를 칭하는데 화석화의 원인이 되는 학습전략이란 부적절한 행동이나 적용방법이 서툴기 때문에 오용으로 이어지는 전략을 가리킨다.

(5) 의사소통전략(communication strategy)

의사소통전략이란 학습자가 의미를 표현하는데 있어서 언어 지식이나 능력이 부족하여 말이나 표현이 떠오르지 않아 의사소통에 문제가 생길 때 사용하는 전략으로 의사소통을 원활하게 하는 것이 목적이다.

예를 들면 의사소통 중에 자신의 생각이 의도대로 전달되지 않을 때 다른 표현을 쓰거나 얼버무림 등으로 대화를 이어가는데 이것은 성공적인 전략으로 작용하기도 하지만 모어를 써 버리거나 메시지 전달을 적당히 회피해버리는 전략은 화석화되면 오용으로 이어지는 부정적인 전략이 되는 것이다.

3.3.3. 중간언어의 한계

중간언어 연구에서도 문제점은 있었는데 그 중 하나가 '중간언어'라는 용어의 사용이었다. 이 용어는 연구자마다 서로 다른 표현을 썼기 때문에 연구자 간에 공통 이해를 얻을 수 없었고 중간언어라는 용어를 사용해야만 할 필연성이 결여되어 있었다.

또 하나의 문제점은 중간언어의 실체가 명확하지 않기 때문에 제2언어습득 연구의 목표인 '중간언어의 실체파악'이 어려우므로 중간언어라는 용어사용에 의문점이 생겼다.

III. 학습전략이론에 관한 고찰
(Learning Strategies)

1. 학습전략 이론의 발전

1.1. 학습전략 연구의 흐름

제2언어습득 연구가 활발하게 진행되어 감에 따라 교수법의 발전도 함께 이루어졌으나 동일한 교수법으로는 모든 학습자가 동일한 학습 성과를 올리기 어렵다는 사실도 경험적으로 알게 되었다. 그 결과 연구자들은 학습의 주체인 학습자에게 관심을 가지고 학습자 개개인이 가지고 있는 '학습자의 특성'을 이해할 필요성을 느끼게 되었다.

외국어 학습전략이란 이와 같은 학습자 중심의 외국어 교육관을 배경으로 외국어 학습에서 성공한 우수한 언어학습자(good language learner)들의 특징을 찾아내어 다른 학습자에게도 공유시킨다면 효과적인 학습이 이루어질 것이라는 전제하에 시작되었다. 그리고 그 후의 연구결과들은 학습전략의 사용이 학습자에게 자신감을 주어 능동적으로 학습에 참여하게 하고 학습동기를 부여함으로써 외국어 구사능력의 향상과 상관관계가 높다는 사실을 보여주고 있다.

1970년대에 이루어졌던 초기의 학습전략연구들은 대부분 학습자들이 보고한 것이나 연구자들이 관찰한 것을 토대로 하여 학습자들이 사용하고 있는 학습전략의 목록들을 만들어 내는데 초점이 맞추어져 있었다(Huang & Van Naersson 1985, Reiss 1983, 1985, Rubin 1975, 1981, Rubin & Thompson 1982, Stern 1975, Wesche 1979).

Rubin도 개인의 특성, 유형 및 전략이라는 관점에서 우수한 언어학습자의 특징을 다음의 14개의 항목으로 정리하였다(Rubin & Thompson 1982).

① 자기의 학습에 책임을 지고 자신들의 길을 찾는다.
② 언어에 관한 정보를 조직화한다.
③ 문법과 단어를 실험함으로써 언어에 대한 '느낌'을 발전시키면서 창의적이다.
④ 교실 내외에서 언어를 사용하는 연습기회를 만든다.
⑤ 당혹감을 느끼지 않으며 모든 단어 하나하나를 이해하지 않고도 말하거나 듣기를 계속 함으로써 불확실성과 함께 생활하는 법을 익힌다.
⑥ 학습 받은 것을 회상하기 위하여 기억술과 그 밖의 기억전략 등을 사용한다.
⑦ 부정적이 아닌 긍정적인 오류를 활용한다.
⑧ 제2언어학습에서 제1언어 지식을 포함한 언어지식을 이용한다.

⑨ 이해에서 문맥을 돕기 위하여 문맥상의 실마리를 이용한다.

⑩ 총명한 추측을 하도록 학습한다.

⑪ 언어의 조각조각들을 한 뭉치로 학습하고 '자기의 언어능력' 이상 으로 언어수행을 하는 데 도움이 되도록 형식화된 일상적인 말로 학습한다.

⑫ 대화가 지속되는데 도움이 되는 일정한 재치를 학습한다.

⑬ 자기 자신의 언어능력의 부족한 부분을 메우기 위해 일정한 표출 전략을 학습한다.

⑭ 구어 및 문어의 여러 가지 문체와 상황의 공식성 여부에 따라 언 어를 달리 쓰는 방법을 학습한다.

그러나 이런 연구의 결과로써 얻어진 학습전략들이 연구자의 관심이 나 연구목적 또는 연구에 참여하였던 학습자들의 특성만을 주로 반영하 는 경향을 보여주고 있어서 일반적인 학습전략의 목록이라고 보기는 어 려웠으며 또한 학습전략의 분류도 당시에는 시도되지 않았다.

1980년대의 연구에서는 인지전략과 상위인지전략을 구분하는 연구 가 이루어진 것이 큰 성과라고 할 수 있겠다(O'Malley and Chamot1985). '상위인지' 란 인간이 자기 자신을 인지하거나 인지과정 그 자체를 자각 하는 것으로 '상위인지전략' 에는 언어학습 과정에서 학습을 계획, 모니 터, 평가하는 세 가지 전략이 설정되어 있으며, 상위인지전략은 학습자 전략의 상위개념으로 자리매김 되어 있다. 상위인지전략의 중요성이 인 식되고 상위인지전략 사용을 위한 학습자 훈련 연구가 활발해지면서 학 습전략 연구는 이론적 연구대상에서 실제의 언어교육 장면을 대상으로 한 실증적 연구로 옮겨가게 된다.

   1990년대 접어들면서 학습전략들이 보다 광범위하게 조사되어 특정한 그룹의 전략들이 분류되기 시작하였는데, 특히 O'Malley와 Chamot(1990), 그리고 Oxford(1990)의 분류연구가 유명하다.

   O'Malley와 Chamot는 학습전략을 인지전략(cognitive strategies), 상위인지전략(metacognitive strategies), 사회/정의적 전략(social/affective strategies)의 세 가지로 분류하였다.

   Oxford(1990)는 기억전략(memory strategies), 인지전략(cognitive strategies), 보상전략(compensation strategies), 상위인지전략(metacognitive strategies), 정의적전략(affective strategies), 사회적전략(social strategies)으로 여섯 가지의 세분화된 분류목록을 제시하고 있다.

   또한 학습전략의 사용과 제2언어습득 사이에 중요한 상관관계가 있음을 밝히는 연구들이 활발해지고 효과적인 학습전략을 훈련시키기 위한 자료들도 개발되었다(Chamot & Kupper1989, McGroarty & Oxford1990, Ramirez1986). 제2언어 학습자들에게 학습전략을 훈련시킨 뒤 그 효과를 측정하는 실험적 연구들은 그다지 많지 않으나 학습자들에게 학습전략에 대한 인식을 심어주고 학습전략의 훈련을 시도한 연구들은 대부분 전략 훈련의 긍정적인 결과들을 제시하였다(Cohen & Aphek1980, O'Malley 1985, Thompson & Rubin 1996).

1.2. 학습전략의 정의

   학습전략 연구가 활발하게 이루어지고 있음에도 불구하고 '학습전략'이란 용어의 정의에 관해서는 연구자마다 견해가 다르고 분류방법도 다양하다. 또한 용어의 통일성도 없어서 현재도 '학습전략(learning strategies)'과 '학습자전략(learner strategies)'이 혼용되기도 하며 일본어교육에서는 '러닝 스트라테지' 라는 영어표현을 그대로 쓰거나 '학습방략', '학습책략', '학습전략' 등 번역된 용어가 사용되기도 했는데 근래에는 '학습 스트라테지(学習ストラテジー)'라는 말이 일반적으로 사용되고 있다.

'학습전략' 이란 용어는 모두 1960년대 후반에 나타나기 시작했는데 Selinker의 유명한 「Interlanguage」라고 하는 논문에도 사용되었고 (Selinker 1972) 1970년대 전반에 Rubin의 「What the 'good language learner' can teach us」라는 제목의 논문에서도 언급되었는데 이 논문 안에 "학습자마다 다른 학습능력이 있고 우리들은 훌륭한 학습자가 사용하고 있는 학습전략을 파악하여 이용해야한다"는 주장이 나와 있다 (Rubin 1975).

'전략(Strategy)'은 전쟁의 전략이나 병법을 의미하는 고대 그리스어의 'Strategia'에서 유래된 것으로 "어떤 목적을 달성하기 위한 계획, 수단, 의식적인 행동" 등을 의미한다. 그리고 '학습전략'이란 학습자가 사용하는 전략이다.

Oxford(1990)는 "스스로 자신의 학습을 쉽고 능동적이며 자기 지시적 (Self-directed)으로 하기 위해 취하는 행위"라고 하였고 또 "학습을 보다 쉽게, 보다 빠르게, 보다 즐겁게, 보다 자주적으로, 보다 효과적으로 하여 새로운 상황에 재빨리 대처하기 위하여 학습자가 취하는 구체적인 행동"이라고도 정의했다. 그리고 언어학습 전략의 특징을 다음과 같이 12개 항목으로 정리하였다.

① 주된 목적인 의사소통능력을 향상시킨다.

② 학습자를 더욱 자율화시킨다.

③ 교사의 역할을 광범위하게 한다.

④ 문제 지향적이다.

⑤ 학습자가 취하는 구체적인 행동이다.

⑥ 단순한 인지가 아니라 학습자가 가지고 있는 많은 측면과 연관되어 있다.

⑦ 직접적으로 또는 간접적으로 학습을 도와준다.

⑧ 항상 관찰되는 것은 아니다.

⑨ 때때로 의식적인 활동이다.

⑩ 교수가 가능하다.

⑪ 유난성이 있다.

⑫ 여러 요인의 영향을 받는다.

한편 Chamot(1987)는 "학습전략이란 학습자가 자신의 학습을 촉진 시키며 정보의 언어학적인 면과 내용적인 점 모두를 회상하기 위하여 취하는 기술(techniques), 접근(approaches) 또는 의식적 행위(deliberate action)"라고 정의하였고 Rubin(1975)은 "정보를 획득하여 그것을 지속적으로 보유하고 보유된 정보를 검색하고 사용하기 위한 조작 또는 수단"이라고 했다.

이덕봉(1998)은 "외국어 구사 능력을 정복의 대상으로 보고 학습목표의 달성방법을 공격적인 전략으로 파악하고자 하는 매우 적극적인 학습 자세"라고 정의했으며 박기표(1998)는 "학습자들이 언어를 습득하기 위하여 의식적으로 사용하는 구체적인 행동 및 사고과정"이라고 정의했다.

학습전략에 관한 정의는 모두 학습자의 입장에서 서술한 것으로 학습자가 구체적인 목표를 달성하기 위해 사용한다는 점과 의식적으로 선택하여 사용한다는 점, 또 구사함에 있어서 구체적인 행동과 사고과정을 거친다는 점 등을 들 수 있으며 학습자의 자율성을 최대한 인정한 점이 가장 큰 특징이라 할 수 있겠다. 그러나 박기표(1998)는 연구자마다 정의가 조금씩 다르고 학습전략과 의사소통전략에 혼돈이 있다는 점 등을 들어 학습전략의 정의가 난해하다고 지적하기도 하였다.

1.3. 학습전략과 의사소통전략

학습전략을 논할 때 항상 문제가 되는 것은 학습전략(learning strategies)과 의사소통전략(communication strategies)의 구별에 관한 것이다. 학습전략과 의사소통전략은 독립되어 있으면서도 상호간에 영향을 주고 있다는 사실을 자주 확인 할 수 있다. 외국어학습의 목표 중의 하나는 의사소통을 원활하게 하는 것인데 학습의 성과를 올리기 위해 사용하는 학습전략은 의사소통 능력의 향상으로 이어지기 때문이다. 분류에 따라서는 학습전략 안에 의사소통전략을 포함시키는 것이 있는가 하면 Oxford의 학습전략 분류 중에서 보상전략은 의사소통을 원활하게 이끌어가기 위해서 대화 도중의 질문이나 제스처 사용하는 것으로 의사소통전략에 가까운 양상을 보여주기도 한다.

두 전략 간의 차이점을 보면 학습전략은 "목표언어의 규칙체계를 어떻게 배우는가"에 사용목적이 있으나 의사소통전략은 "목표언어의 규칙체계를 어떻게 사용하는가"에 사용목적이 있다. 또한 학습전략은 "목표언어의 능력을 향상시키기 위하여" 사용하는 것이며 의사소통 전략은 "의사소통을 원활하게 이루어내기 위하여" 사용하는 것이라 할 수 있다.

즉 학습전략은 학습자가 구체적인 학습목표를 달성하기 위하여 의식적으로 사용하는 것인데 반해 의사소통전략은 대화 도중에 장애가 발생했을 때 그것에 대처하기 위해서 사용하는 것이 일반적이다.

학습전략은 흡수된 정보, 기억, 저장 및 회상의 영역을 다루지만 의사소통전략은 정보의 생산적 소통을 통하여 언어적 및 비언어적 수단을 사용할 수 있다. 의사소통전략에는 회피나 메시지 포기, 화제전환, 직역이나 언어교환, 신조어나 대체어 사용, 우회적 표현, 권위에 호소, 반복, 무시 등의 전략이 있다. 또한 학습전략은 외부로부터 주어지는 외국어 입력을 학습자가 자기 것으로 만드는 과정에 초점을 맞춘 전략이며, 의사소통 전략은 학습자가 전달하고자 하는 메시지를 어떻게 효과적으로 전달하느냐에 초점을 둔 전략이다.

여기서 주목할 점은 의사소통전략이 가장 일찍부터 주목 받아 온 전략 중의 하나이기는 하지만 이 전략을 다루는 연구가 모두 학습전략에 관련되어 있는 것은 아니다. 의사소통상에 나타나는 부적절함을 일시적으로 회피하는 의사소통전략만으로는 습득문제를 근본적으로 해결할 수 없기 때문이다. Tarone(1983)의 지적처럼 이해와 표출은 거의 동시에 일어나는 것이므로 두 전략 간의 모호성과 그 차이를 아는 것은 전략의 본질을 이해하는데 도움이 된다고 할 수 있다.

〈표3-1〉 의사소통전략의 분류(Tarone, 1981 : 86)

〈바꾸어 말하기〉	
비슷한 말 사용	학습자가 알고 있는 하나의 목표언어 어휘항목이나 구조의 사용, 그러나 그것은 화자를 만족시키기 위하여 필요한 항목을 보편적인 의미적 어휘로 사용함
조어	학습자는 의도하는 개념을 전달하기 위하여 새로운 말을 만듦
우회적 표현	학습자는 합당한 목표언어 항목이나 구조를 사용하지 못하여 물건이나 행동의 특징 또는 요소를 묘사함
〈차용〉	
직역	학습자는 모국어의 낱말 하나하나를 직역함
언어전환	학습자는 번역을 하지 않고 모국어 용어를 사용함
도움을 호소함	학습자는 정확한 용어를 요청함 ("이것은 무엇입니까? 뭐라고 부릅니까?")
무언표시	학습자는 어휘항목 대신에 비언어적 전략을 사용함 예) 박수갈채를 나타내기 위하여 손뼉을 침
〈회피〉	
화제회피	학습자는 목표언어 항목이나 구조를 모르는 개념에 대하여 그저 말하려 하지 않음
메시지 포기	학습자는 개념을 말하기 시작하나 계속할 수 없어 중도에서 중단함

2. 학습전략의 분류

1980년대 후반부터 1990년대의 학습전략연구는 학습전략을 분류하는 연구가 많았는데 특히 O'Malley와 Chamot(1990), 그리고 Oxford(1990)의 분류가 유명하고 최근의 분류방법으로는 Neustupny(1999)와 이덕봉(1998)의 분류도 학습전략을 체계적으로 이해하는데 도움이 되는 분류방법이다.

2.1. O'Malley의 분류

O'Malley와 그의 동료들(O'Malley1985, O'Malley and Chamot 1990)은 미국에서 제2언어로서 영어학습자들이 사용하는 전략을 연구하였는데 이 전략은 고등인지전략(Meta-cognitive strategies), 인지전략(Cognitive strategies), 사회정의적전략(Socio-affective strategies) 등 3대 범주로 구분하였다.

고등인지전략은 학습과정을 조절하기 위한 전략으로 실용기능을 나타내기 위한 정보처리 이론, 학습계획과 관련된 전략, 자신의 표출과 학습관리, 문제인식, 이해에 대한 반성, 학습 활동이 끝난 뒤에 하는 학습평가 등에 사용되는 용어다. 인지전략은 특정한 학습과제로 한정되며, 학습 자료를 분석하고 종합하기 위한 전략으로 반복, 자료참고, 분류, 기록, 연역 및 귀납대체, 정교화, 요약, 번역, 언어의 전이 및 추론 등이 포함된다. 사회정의적전략(socio-affective)은 학습을 돕기 위하여 타인과의 상호접촉과 관계있는 전략으로 질문, 협동, 자아에 대한 보상 등이 있다.

〈표3-2〉O'Malley의 학습전략 분류(O'Malley, Chamot, Kupper 1990)

학 습 전 략		내 용
고등 인지 전략	사전조직	예상한 학습활동에서 조직중인 개념 혹은 원리에 대한 일반적이지만 종합적인 사전검토
	통제된 관심	대체로 학습과제에 유념하고 무관한 사항들을 무시하도록 미리 결정함
	선정적인 관심	언어입력의 특정 양상이나 언어입력의 기억보존의 실마리가 될 상황적인 세부사항에 미리 유념하도록 결정함.
	자기관리	학습에 도움이 되는 조건을 이해하고 그러한 조건의 조성을 마련함.
	기능적인 계획	장래의 언어과제 수행에 필요한 언어 구성요소에 대한 계획수립과 재수정.
	지연된 표출	처음부터 청취이해를 통하여 학습하게 하기 위하여 말하기를 미루기로 의식적으로 결정함.
	자기평가	완전성과 정확성의 내적기준을 인정하지 않고 자기 자신의 언어학습의 결과를 평가함.
인지 전략	반복	공개적인 연습과 침묵적인 복습을 포함한 언어모형의 모방.
	언어자원	목표언어 지시자료의 활용
	번역	제2언어의 이해와 혹은 표출을 위한 기준으로서 제1언어를 사용함
	분류	공통적인 속성을 기준으로 하여 학습 자료의 순서 재조정 혹은 재분류, 그리고 명칭부여 분류도 포함됨. 구두 혹은 글로 제시된 정보의 주안점, 중요사항
	기록	개요, 혹은 요약을 기록해 둠.
	연역	제2언어를 발표 혹은 이해하기 위하여 의식적으로 규칙을 적용함.
	재결합	알려진 요소 새로운 방식으로 결합함으로써 유의적인 문장이나 규모가 큰 언어순서를 구성함.

인지 전략	심상	낯익고, 쉽게 회상할 수 있는 구상화, 句 혹은 위치를 통하여 새 정보를 기억에 남는 시각 개념으로 연관시킴.
	청각표현	낱말, 句 혹은 보다 긴 언어순서를 위함 音 혹은 비슷한 音의 기억 보존.
	핵심단어	제2언어의 새 낱말로 기억함. 방법1) 새 낱말과 비슷한 음이거나 비슷한 제1언어의 낯익은 낱말을 식별하게 함으로써 2) 새 낱말과 낯익은 낱말 간의 관계를 쉽게 회상 할 수 있는 심상을 생성함으로써
	문맥 형	낱말이나 句를 유의적인 언어순서에 놓음.
	상세한 세부사항	새 정보를 기억하고 있는 다른 개념과 연관시킴.
	전이	새 언어학습 과제를 촉진시키기 위하여 이미 습득한 언어지식과 혹은 개념에 대한 지식을 활용.
	추리	새 항목의 뜻을 추측하고, 결과를 예견하거나 괄호 안에 빠진 정보를 채워 넣기 위하여 가능한 정보를 활용함.
사회 정의적 전략	협력	반응을 믿고, 정보를 공동사용하거나, 언어활동을 모형화하기 위해 하나 또는 그 이상의 동료와 협력함.
	정확성을 위한 질문	반복, 의역, 설명 및 혹은 예시를 위하여 교사나 원어민에게 물어봄.

2.2. Oxford의 분류

Oxford(1990)는 학습전략을 언어학습에 직접적으로 관계가 있는 직접전략(direct strategies)과 간접적으로 도움을 주는 간접전략(indirect strategies)으로 나누고 다시 좀 더 세분화하여 다음의 6가지로 분류 하였다. 직접전략에는 기억전략(Memory strategies), 인지전략(Cognitive strategies),

보상전략(Compensation strategies)이 있고 간접전략에는 상위인지적전략 (Meta-cognitive strategies), 정의적전략(Affective strategies), 사회적전략(Social strategies)이 있다.

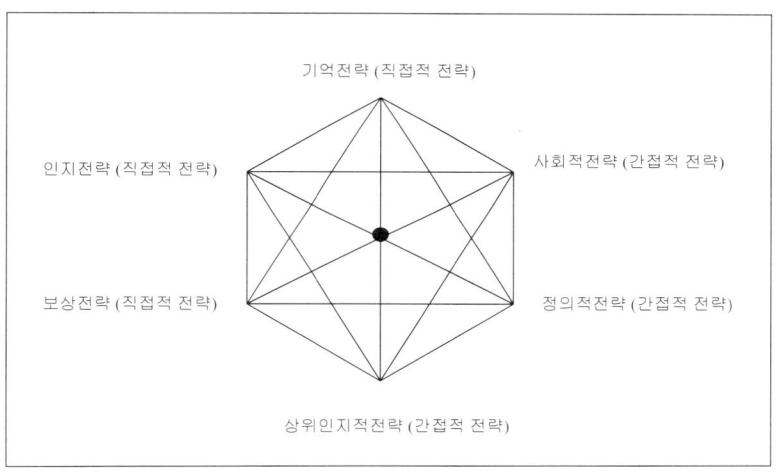

〈그림 3-1〉 Oxford의 학습전략 분류(상호관계)

위의 그림은 직접적 전략과 간접적 전략 간에 상호보완 관계가 형성 되며 각 전략 그룹은 서로 관련을 맺으며 보조하는 것이 가능함을 시시 하고 있다. 즉 기억전략만이 적용되거나 정의전략만이 적용되는 일은 거의 없다는 것이다. Oxford는 이 표를 소개하면서 듣기, 말하기, 읽기, 쓰기의 언어 4기능을 신장시키기 위해서는 어떤 학습전략을 적용시키 는 것이 좋은지를 설명하고 학습전략의 구체적인 내용을 나타내는 세부 항목을 부여해서 총 62종의 전략이 설정했다. 그리고 그 항목을 정리하 여 학습전략의 연구자가 조사에 자주 사용되는 언어학습전략조사표인 SILL(Strategy Inventory for Language Learning)[4]을 만들었다.

〈표3-3〉 Oxford의 학습전략 분류

기억전략 Memory 'strategies (직접전략)	새로운 정보를 저장하고 회상하기 위한 전략	모둠 전략 연상 전략 심상 전략 소리연상 전략 동작반응 전략
인지전략 Cognitive strategies (직접전략)	목표 언어를 이해하고 사용하기 위한 전략	반복전략 패턴인식 사용 전략 분석 및 추론 전략 모국어 지식 활용 전략 입력 및 출력을 위한 구문 만들기 전략 다양한 자료이용 전략
보상전략 Compensation strategies (직접전략)	부족한 언어 지식을 보충하기 위한 전략	총명한 추측 전략 신조어 사용 전략 동의어, 대체표현 사용 전략 제스처 사용 전략
상위인지전략 Meta cognitive strategies (간접전략)	학습 과정을 조절하기 위한 전략	목표 및 실천계획 전략 주의집중 전략 연습기회 활용 전략 학습방법 조정 전략 자기조정 및 자기평가 전략
정의적 전략 Affective strategies (간접전략)	감정, 동기, 태도를 조절하기 위한 전략	두려움과 불안감을 감소하는 전략 감정상태 점검 전략 격려와 칭찬 전략
사회적 전략 Social strategies (간접전략)	타인과의 상호 관계로 언어 학습 효과를 고조시키는 전략	질문 전략 원어민 활용 전략 협동전략 문화이해 전략

---

4) SILL은 영어학습자가 사용하는 언어학습전략을 조사하는 것으로 총 50문항으로
이루어져 있다.

  기억전략(Memory strategies)은 새로운 정보를 저장하고 회상하기 위한 전략으로 단어들을 주제별로 묶어서 학습하도록 하여 효과적으로 기억할 수 있도록 하는 모듬전략, 새로운 단어나 표현을 학습하면서 이미 알고 있던 개념들과 연결시키는 연상전략, 단어나 표현을 학습하면서 머리속에 어떤 이미지를 떠올리면서 연관 지어 생각하는 심상전략, 새로 학습하는 단어의 소리와 연관되는 특징을 연상하여 기억하는 소리연상전략, 새로운 단어나 표현을 동작으로 나타내 보거나 느낌과 연관 지어 학습하는 동작 감각 반응전략 등이 있다.

  인지전략(Cognitive strategies)은 목표언어를 이해하고 사용하기 위한 전략으로 여러 번 반복해서 말하거나 연습하는 반복전략, 일상적인 표현에서 자주 사용되는 패턴을 인식하여 사용하는 패턴 인식 사용 전략, 읽거나 듣는 것을 이해하기 위하여 또는 효과적으로 의사전달을 하기 위하여 자료를 이용하는 자료 이용 전략, 이해를 좀 더 촉진시키기 위하여 이미 알고 있는 지식들을 적용해 보는 전이전략 등이 있다.

  보상전략(Compensation strategies)은 부족한 언어지식을 보충하기 위한 전략으로 듣기나 읽기를 할 때 자신이 알고 있는 언어지식을 통해 이해의 실마리를 얻거나 또는 언어 외적인 요인들을 통해 얻은 실마리로 의미를 추측하는 추측전략, 대화 도중에 잘 표현할 수 없는 단어나 의미를 제스처로 대체하여 표현하는 제스처 사용전략, 대화 도중에 잘 표현할 수 없는 단어를 대체하기 위하여 자신이 알고 있는 단어들을 이용하여 신조어를 만들어 사용하는 신조어 사용전략, 대화도중 잘 표현할 수 없는 단어를 대체하기 위하여 비슷한 뜻을 지닌 단어나 표현을 사용하는 동의어 대체표현 사용전략 등이 있다.

상위인지전략(Meta-cognitive strategies)은 학습과정을 조절하기 위한 전략으로 필요한 내용을 선별하여 주의를 기울이며 듣거나 읽는 주의집 중전략, 학습의 단기적 목표와 장기적 목표를 정하여 자신의 학습의 진행상황을 점검하는 목표수립 및 실천계획 전략, 학습한 내용을 연습할 수 있는 기회를 적극적으로 활용하는 연습기회 활용전략, 학습자가 자신의 학습과정을 조정하면서 평가하는 자기조정 및 자기평가전략 등이 있다.

정의적전략(Affective strategies)은 감정, 동기 및 태도를 조절하기 위한 전략으로 학습에 대한 불안과 두려움과 긴장을 감소시킬 수 있는 여러 가지 방법을 택하여 사용하는 두려움 불안감 감소 전략, 학습과정에서 실수가 있더라도 스스로를 격려하고 또 성취해낸 부분에 대해서는 자신을 칭찬하는 격려와 칭찬 전략, 학습과정에서 자신이 갖고 있는 느낌과 태도를 점검하여 부정적인 요소들은 소멸시키고 긍정적인 요소들은 유지하는 감정상태 점검전략 등이 있다.

사회적전략(Social strategies)은 타인과의 상호관계로 언어학습 효과를 고조시키는 전략으로 이해를 돕기 위하여 영어가 유창한 사람에게 질문을 하거나 또는 상대방에게 좀 더 쉽게 이해할 수 있는 방법으로 표현해 주도록 질문하는 질문전략, 해당 외국어의 문화에 대한 이해를 키워 좀 더 효과적으로 의사소통을 할 수 있게 하는 문화이해 전략 등이 있다.

Oxford의 분류에서는 전략 간에 분류항목에 많고 적음의 차이가 보이는데 특히 사회적전략에 대한 분류항목이 부족하고 최근에 사회적전략으로 많이 이용되고 있는 문화적 교류나 현지여행 등의 항목이 더 첨가되어야 한다는 지적도 있다. 즉 SILL의 항목은 인지전략과 기억전략 같은 언어에 직접 작용하는 직접전략 연구자들에게는 지지를 받았으나 습득환경을 만들어가는 간접전략에 대해서는 습득과정에서 그 역할이 큰데도 불구하고 이론적 프레임워크가 개발되지 않았고 게다가 분류항목 수가 부족하였기 때문에 실증연구로의 응용이 늦어졌다는 지적을 받았다. Park(1997)은 Oxford의 분류는 학습전략을 보다 세분화하여 설명하였고, 언어학습에서 기억전략이나 보상전략의 중요성을 인식하였다는 점에서는 평가받을 만하나 각 전략 간의 상관관계가 높게 나타나서 전략의 구분이 모호하다고 지적했다.

2.3. Neustupny의 분류

Neustupny(1999)는 Oxford의 분류를 참고로 하여 일본어를 공부하는 학습자가 어떠한 '대전략'을 사용하는가를 고려하여 6개의 전략과 하위규칙을 설정했다. Neustupny의 분류에서는 사회적 환경에 작용하는 전략을 제일 앞쪽에 설정한 점과 보상전략 대신에 정정전략을 설정한 점이 특징인데 이는 대화의 자연스러운 흐름을 유지할 수 있는 전략을 강조했음을 알 수 있다.

<표3-4> Neustupny의 학습전략 분류[5]

학습 조건에 작용 (상위인지전략)	학습에 대한 계획과 실행 평가를 함	언어습득에 대해 조사
		목표설정
		프로그램(교재, 코스)을 선택
		자율학습 활동을 선택
		학습을 모니터하고 조절
		노트필기를 함
		학습 결과를 평가
학습대상에 작용 (인지전략)	언어나 그 외 학습이나 학습제재를 이해하려고 노력하고 사용	일본어 문법체계를 공부
		목표언어와 다른 언어를 비교
		문장이나 구를 단어로 분해
		모어와 비교시켜 번역
		교재 등에 코멘트를 써 넣음
		문법 어휘 등을 정리집을 만듦
기억에 작용 (기억전략)	학습자가 적극적으로 새로운 지식을 보유하려고 노력	반복하여 읽음
		재편성
		확장
		새로운 환경에서 사용해 봄
		속도를 빠르게 함
		한자 모양을 상징처럼 인식
		연상
		다른 언어와 비교
환경을 유지 (정정전략)	대화 도중에 일어나는 문제를 해결하여 발화를 유지	엄격한 언어규칙을 적용하여 발화
		다시 말함
		모어에 의존
		완곡한 표현을 사용
		언어회피
		추측
		사전사용

5) 이 표는 Neustupny가 분류한 학습전략을 보기 쉽게 하기 위하여 본 연구자가 표로 정리한 것임.

사회적 환경에 작용 (사회적전략)	학습자가 모어화자와 네트워크를 형성하여 학습기회를 넓힘	행동 네트워크에 가입
		그룹 네트워크에 가입
		네트워크 가입을 유지
		일본인의 가입을 유도
		네트워크에 자신의 적응능력을 고조시킴
		미디어 네트워크에 가입
		네트워크에서 자신의 속성을 바꾸어 맞춤
		네트워크에서 일본인 참가자의 의도를 정확하게 파악
		일본인과의 네트워크에서 자신의 적절한 태도를 선택
감정적 환경에 작용 (정의적전략)	언어학습에서 감정적 장애 발생 시 사전예측, 대화중에 조정	의식적으로 긴장을 완화시킴
		자신의 만족감을 이용
		자기평가에 관한 감정에 대해 타인과 대화

2.4. 이덕봉의 분류

이덕봉(1998)은 Oxford의 분류를 참고로 하여 일본어학습을 위한 전략을 재구성하였다. 인지전략과 보상전략을 체험전략으로, 상위인지전략과 사회성전략을 심리전략으로 통합 수정하고 새로이 지원전략을 가미하였다. 그리고 직접전략에는 기억전략과 체험전략을 설정하고 간접전략으로는 심리전략과 지원전략을 설정하였다.

〈표3-5〉 이덕봉의 학습전략분류[6]

직접전략	기억전략		· 문자, 어휘암기 · 문법이나 규칙의 재구성
	체험전략	인지전략	· 이미 익힌 언어표현으로 사고해 봄 · 해석과 표현을 위한 노력
		보상전략	· 실제장면에서 사용해 봄
간접전략	심리전략	상위인지전략	· 한일 간의 역사적 사실을 바로 보고 구체적인 학습동기를 인식
		정의적전략	· 일본어 학습의 메리트를 인식
		사회적전략	· 일본어학습에 대한 자신감 · 일본인과 대화 언어체험노력
	지원전략		· 교사가 교육자료 환경을 지원하고 학습방법을 유도 · 일본어 학습의 필요성과 전망을 역설 · 교사는 학습자의 보조자라는 인식

6) 이 표는 이덕봉이 분류한 학습전략을 보기 쉽게 하기 위하여 저자가 Oxford의 학습전략분류와 비교하여 표로 정리한 것임.

3. 학습전략훈련

3.1. 학습전략 훈련의 필요성

상위인지전략의 개념이 확립과 함께 학습자가 자신의 학습에 적극적인 역할을 하고 있다는 생각에서 학습자의 자율학습이 강조되었다. 이 자율학습과 관계된 것이 학습전략 훈련이다. 1990년대 이후 학습자훈련과 교수법에 대한 새로운 연구들이 보고되기 시작하는데 "학습전략은 훈련될 수 있다"는 것과 "훈련에 의하여 학습전략의 효율성을 고조시킬 수 있다"는 사실을 전제로 하여 이루어졌다.

Oxford(1990)는 "학습자는 학습방법을 배울 필요가 있고 또 교사는 학습과정을 촉진할 방법을 배울 필요가 있다"라는 말로 학습전략훈련의 중요성을 강조하였고 자율학습과 전략사용에서 '의식적인 기술'은 학습전략 훈련을 통해서 익혀지는 것이라고 했다. 결론적으로 학습전략 훈련을 받은 학습자가 받지 않은 학습자보다 일반적으로 학습효과가 높으며 학습효과를 높이기 위한 훈련 기술도 다양하다. 또한 전략을 학습자들에게 훈련시키기 위한 새로운 전략도 필요하다는 것도 알 수 있다.

학습전략 훈련의 방법적인 측면에서 분류해 보면 학습전략에만 초점을 맞추어 분리된 교육을 시키는 것과 언어교과 또는 언어관련 교과에서 학습전략을 자연스럽게 통합하여 교육시키는 형태가 있을 수 있다. 여러 연구자들의 의견은 별도의 학습전략 훈련을 하는 것보다는 교과를 지도하면서 학습전략을 자연스럽게 통합시켜 교육하는 것이 훨씬 효과적이며(Wenden 1987) 언어교과와 통합된 형태로 교육받은 학습전략들은 비슷한 형태의 새 과제를 수행할 때 쉽게 전이하여 활용할 수 있다는 점이 유리하다 하였다(Chamot & O'Malley 1987).

또 한 가지 분류는 학습전략 훈련은 명시적(explicit informed) 방법과 암시적(implicit blind) 방법이 있는데 명시적인 방법은 학습전략을 제시할 때 학생들에게 학습전략 교육의 목적과 취지를 충분히 이해시키고 하는 것이고 암시적 방법은 학생들에게 교육의 목적과 취지를 분명히 드러내지 않고 하는 것이다. 명시적인 방법은 학생들에게 학습전략에 대한 인식을 높여 줄 수 있기 때문에 교육의 효과가 크다고 할 수 있다. 그리고 학습전략에 대한 인식을 하고 있으면 학습자가 자신의 학습전략을 되돌아보고 조정할 수 있게 되어 학습전략 사용을 지속적으로 사용할 수 있게 된다고 한다(Brown 1986, Palincsar & Brown 1986).

학습전략 훈련을 실시하는데 있어 고려해야할 점은 O'Malley와 Chamot (1990)가 제시한 바와 같이 학생들의 특성과 필요를 고려하여 학습전략을 지도할 수 있는 교사연수가 먼저 이루어져야한다는 점과 언어능력의 수준을 고려하여 학습전략지도가 이루어져야 하며 교재개발 및 적절한 교육과정이나 교수법도 이에 맞추어 개발되어야 한다는 점이다.

또한 Rubin(1999)은 학습자가 스스로의 학습을 관리하고 컨트롤하여 학습전략을 구사할 수 있게 하기 위해서는 먼저 교사가 학습전략의 지식을 학습초기단계부터 장려하는 것이 매우 중요하다고 했다. 학습자가 안고 있는 학습상의 문제점이나 과제를 해결하기 위해서는 일찍부터 자신이 학습을 하고 있다는 의식을 가지고 임하는 것이 중요하기 때문이다.

3.2. 학습전략의 변인

학습자들이 학습능률을 올리기 위해 학습전략을 선택적으로 사용하는데 그 선택에 영향을 주는 요인을 '학습전략의 변인'이라고 한다. 학습전략 훈련과정에 학습전략의 변인을 고려하면 학습자에게 맞는 훈련 항목을 설정할 수 있고 효율적인 훈련효과를 기대할 수 있기 때문이다.

먼저 학습능력의 변인은 인지력, 연령, 언어태도, 동기, 학습전략의 사용 등 학습자의 학업성취의 차이를 나타내는 내적인 요소들과 학습환경, 교재, 교수법 등 학습에 도움을 주는 외적인 요소가 있다. 이렇게 다양한 요소들이 복합적인 방식으로 언어학습에 영향을 주는 것이다. 그리고 Oxford에 의하면 학습전략의 변인으로는 언어능력, 동기 및 태도, 신념, 나이, 국적, 성별, 성격 및 목표언어 등이 있다. 학습자들이 사용하는 언어 학습전략은 이러한 변인에 따라 결정되는데 박기표 (1998)는 「언어 학습 전략에 관한 연구」에서 다음과 같이 설명하고 있다.

(1) 언어능력

언어능력이란 일종의 언어에 대한 감각이라고 할 수 있는데 언어능력이 뛰어난 학습자들은 그렇지 않은 학습자들에 비해 특별한 학습전략을 선호하고 또 많은 종류의 학습전략을 더 자주 사용한다는 것을 알 수 있다. 성공적인 언어학습자에 관한 연구나 상관관계연구에서는 언어능력이 학습전략의 선택에 영향을 미친다는 점을 시사해 준다.

(2) 동기

동기가 학습전략의 선택에 가장 중요한 변인이라는 연구가 많이 있다(Oxford 1989). 학습에 대한 동기유발이 강한 학습자들은 그렇지 못한 학습자들보다도 형식적 연습, 기능적 연습, 일반적인 언어학습과 유도를 더욱 많이 사용한다는 사실이 발견되었고 동기의 종류에 따라서 학습전략의 선택이 결정되었는데 예를 들면 도구적 동기가 강한 학습자들은 기능적 전략보다는 형식적 전략을 많이 사용하였다는 것이다.

(3) 신념

신념은 언어 및 언어학습에 관한 사고를 의미한다. 신념이 학습전략의 선택에 중요한 변인이라는 연구는 신념과 언어학습과의 상관관계연구에서도 많이 발견되고 있다. Abraham과 Vann(1987)의 연구에서는 성공적인 언어학습자가 그렇지 못한 언어학습자보다도 인지 및 의사소통전략을 더 많이 사용한다는 사실을 밝혀냈고 Wenden(1987)의 연구에서는 언어를 학습할 때 문법의 중요성에 대한 신념을 가지고 있는 학습자들은 다양한 방법을 사용하여 문법을 학습하려 하였고 반면에 언어사용의 중요성에 대한 신념을 가지고 있는 학습자들은 목표언어로 사고를 시도한다는 사실을 발견하였다.

(4) 나이

언어학습을 시작하는데 있어서 나이의 중요성은 여러 연구에서 다루어져 왔다. 대부분의 언어 학습전략에 관한 연구는 성인을 대상으로 이루어졌다고 할 수 있는데 학습전략의 선택에도 나이는 영향을 미치는 것으로 밝혀졌다. Wong-Fillmore(1976)의 연구에서는 어린이들이 성인들에 비하여 사회적전략을 많이 사용한다는 사실이 밝혀졌다. 어린이들은 성인들이 사용하는 체계적이고 정교한 전략보다는 기계적인 반복전략을 많이 사용한다는 점을 알 수 있다. 그러므로 나이의 차이가 학습전략선택에 영향을 준다고 할 수 있다.

(5) 국적

국적도 언어 학습전략의 선택에 영향을 미친다고 하는데 국적이라는 것은 그 나라의 문화에 관한 것이라고 해도 좋을 것이다. 일반적으로 동양의 학습자들은 서양의 학습자들에 비해 기계적인 암기전략을 선호한다고 한다. Park(1997)의 연구에서는 한국 대학생들은 기억전략을 많이 사용한다는 사실이 발견되었고 O'Malley(1987)의 연구에서는 아시아의 학습자들은 기계적인 반복 전략을 선호하고 다른 전략들은 회피한다는 결과가 나왔다.

3.3. 학습전략훈련의 방법

학습전략훈련의 중요성이 높아짐에 따라 구체적인 훈련방법도 여러 가지 개발되고 있는데 실제 교실환경 속에서 전략의 적절한 선택과 훈련을 위한 지침으로는 Oxford(1990)의 교수기법교재를 활용하여 Brown(1979)이 학습전략훈련 방법을 세 가지의 방안을 제시한 것이 유명하다. 그 세 가지 방안은 (1) 학생들은 점검표를 작성하고 (2) 성공적인 학습전략과 의사소통에 관한 힌트를 자주 주고 (3) 전략기법을 만들라는 것이다. 그는 학습자마다 학습전략의 선택에 있어서 즐겨 쓰는 방법이 있어서 그것을 결정짓는 요인을 학습유형으로 설명하였는데 교재 내용은 학생들이 활용 가능한 많은 전략 중에서 어떤 전략을 사용할 것인가를 고민할 때 도움을 줄 수 있으며 교사의 입장에서 학생들에게 그 자리에서 즉흥적인 충고를 줄 수도 있는 것으로 구성되어 있다. 그리고 이 방법을 실시하기 위해서는 교사의 역할이 크며 학습자들도 교사의 지시나 전달에 의존하지 말고 자신의 학습에 책임을 져야한다는 메시지도 담고 있다. 다음은 학습전략훈련을 위한 방법을 세 가지 방안을 구체적으로 예시한 것이다.

(1) 학생들은 점검표를 작성한다.

교실에 들어오는 언어학습자들은 학습전략에 대한 개념이 전혀 없이 들어오거나 교사의 지시만을 기다리는 경우가 많은데 이런 경우에 학습 유형점검표를 작성해보는 것이 좋을 것이다. 학습자들은 점검표를 작성 한 후 "왜 그런 선택을 했는지"에 대한 토론을 하거나 다른 학습자와의 결과비교를 함으로써 성공적인 언어학습을 위한 방법의 도출을 도달할 수 있을 것이다.

〈표3-6〉 학습유형 점검표(Brown 1979)

각 항목 중에서 자신을 가장 잘 표현한 것을 골라 □에 체크하세요. A와 E는 서술한 내용이 자신과 가장 비슷한 표현이며 B와 D는 다소 비슷한 표현이며 C는 별로 관계없는 표현입니다.

	A B C D E	
1. 내가 말을 할 때 사람들이 나를 비웃든 말든 나는 상관 안한다.	□ □ □ □ □	내가 말을 할 때 사람들이 나를 비웃으면 나는 당황한다.
2. 나에게 완벽하게 자신할 수 없는 새 단어와 구분을 사용해 보고 싶다.	□ □ □ □ □	내가 맞다고 확신하는 단어만을 사용하고 싶다.
3. 이 언어에 성공할 수 있는 나의 능력에 아주 자신감을 느낀다.	□ □ □ □ □	이 언어에 성공할 수 있는 스스로의 능력에 아주 불확실한 느낌을 갖는다.
4. 개인적으로 나의 이득을 위해 언어를 학습하고 싶다.	□ □ □ □ □	어느 누군가 이 언어를 필요로 하고 있기 때문에 학습하고 있다.
5. 나는 집단으로 다른 사람들과 일하는 것을 좋아한다.	□ □ □ □ □	나는 다른 사람과 일하는 것보다는 혼자 일하는 것이 훨씬 좋다.
6. 나는 언어를 '흡수'해서 말이나 글의 일반적인 '요점'을 얻고 싶다.	□ □ □ □ □	나는 언어의 세부사항을 분석하여 말이나 글을 정확히 이해하고 싶다.
7. 능숙해진 언어에 풍부한 사항이 있다면 나는 한 번에 한 단계씩 거쳐 가려고 노력한다.	□ □ □ □ □	한꺼번에 언어자료가 제시되어 풍부한 사항이 있다면 나는 퍽 귀찮게 느낀다.
8. 나는 말을 할 때 나 자신을 의식하지 않는다.	□ □ □ □ □	나는 말을 할 때 나 자신을 세밀하게 의식적으로 감시한다.
9. 나는 실수를 할 때 언어학습에서 그 실수를 이용하도록 한다.	□ □ □ □ □	실수를 하면 그 실수는 나를 따분하게 한다. 그 실수는 나의 언어수행 정도가 얼마나 빈약한가를 보여주기 때문이다.
10. 나는 교실 밖에서 언어를 계속할 수 있는 방법을 모색한다.	□ □ □ □ □	나는 언어성공에 필요한 모든 것을 얻기 위해 교사와 수업활동에 의존한다.

(2) 성공적인 학습전략과 의사소통에 관한 힌트를 자주 주어라.

대부분의 제2언어학습자들은 언어가 숙달되기 위해서는 다소 모험적인 시도를 감행할 때도 있는데 그럴 때 주저하게 만드는 것이 높은 억압과 두려움이라고 할 수 있다. 이러한 억압이나 두려움을 떨쳐버리고 효과적인 언어학습에 임할 수 있도록 좋은 언어학습을 위한 10계명을 교사와 학습자 입장으로 나누어 제시하였다.

〈표3-7〉 좋은 언어학을 위한 10계명 (Brown 1979)

교사의 입장	학습자의 입장
1. 억압을 낮춰 주어라.	1. 두려워하지 말라.
2. 모험시도를 장려하라.	2. 꾸물대지 말고 뛰어들어라.
3. 자신감을 구축하라.	3. 너 자신을 믿어라.
4. 내적동기를 발전시켜라.	4. 그 날을 포착하라.
5. 협동적 학습을 하게 하라.	5. 네 이웃을 사랑하라.
6. 우뇌과정을 이용하라.	6. 큰 윤곽을 잡아라.
7. 모호성에 대한 관용을 키워라.	7. 혼돈에 대처하라.
8. 직관연습을 시켜라.	8. 네 육감과 병행하라.
9. 오류감응을 처리하라.	9. 실수가 너를 위해 작용하도록 하라.
10. 개인적인 목표를 설정하라.	10. 자신의 목표를 설정하라.

(3) 전략기법을 만들어라.

교실에서 학습전략 훈련을 실시하기 위해서는 효과적인 교수기법이 행위 지향적이어야 한다. 교사들은 학습자가 전략형성을 할 수 있는 수업기법을 선택해서 성공적이며 잠재의식적인 전략을 사용하도록 해 주어야 한다. 수업활동에서 전략능력을 형성하기 위한 제안을 언어학습을 위한 10계명 중 교사의 입장에 해당하는 항목을 구체화하여 수업활동으로 정리하였다.

<표3-8> 전략기법 형성(Brown 1979)

1. 억압을 내려주어라
   추측게임과 소통게임을 하라, 역할극과 촌극을 하라, 노래를 불러라, 많은 집단 활동을 이용하라, 학생들과 '함께' 웃어라, 소집단에서 그들의 두려움을 학생들과 같이 하라.

2. 모험시도를 장려하라
   언어를 시도하려는 성실한 노력을 하고 있는 학생들을 칭찬해 주어라, 그 당시 오류가 수정되지 않았던 부분에서 유창성 연습을 이용하라, 말하기나 쓰기 숙제를 수업사항 밖의 소재에서 주든지 그렇지 않으면 그 언어를 시도하게 하라.

3. 학생들의 자신감을 구축하라
   교사가 학생들을 정말로 믿고 있다고 명백히(언어적으로 그리고 비언어적으로) 말하라, 수업에서 학생들이 알고 있는 것 또는 지금까지 성취해 온 것에 대한 장점을 기록한 목록을 그들에게 작성하게 하라.

4. 그들이 내적 동기를 발전시키도록 도와주어라
   영어학습의 이점에 관해 명백히 회상시켜 주어라, 영어를 필요로 하는 일자를 서술하게 하라 (또는 찾아보도록 하라), 학기말 시험 이외에서 학생 스스로 보상을 찾는데 도움을 주기 위해 학기말 시험의 수준을 낮추어라.

5. 협동적 학습을 증진시켜라
   학생들이 자기의 지식을 남과 나누도록 지도하라, 학생들 간의 경쟁심을 낮춰라, 학급을 하나의 팀으로 생각토록 하라.

6. 우뇌과정을 이용토록 격려하라

　수업에 영화와 녹음테이프를 이용하라, 문의 단락을 속독케 하라, 훑어 읽기(skinning) 연습을 하라, 빨리 자유 작문 쓰기 연습을 하라, 수정을 받지 않고 많이 말 (혹은 쓰기)하게 할 목적으로 작성된 구두 유창성 연습을 하게 하라.

7. 모호성에 관한 관용을 증진시켜라

　학생들이 무엇인지 이해 못하고 있을 때 교사에게 그리고 상호간에 질문토록 장려하라, 이론적인 설명을 아주 간단히 짧게 하라, 한 번에 몇 개의 규칙만을 다루어라, 때로는 단어나 뜻을 명확히 알기 위해 모국어로의 번역에 호소할 수도 있다.

8. 그들이 직관을 이용토록 도와주어라

　추측을 잘 했을 때 학생들을 칭찬하라, 오류의 설명을 늘 하지는 말라, 알맞게 수정하라, 학습에 간섭이 될 것만을 주로 하여 선정된 오류만을 수정하라.

9. 실수가 학생들을 위해 작용하도록 하라

　학생들의 구두발화를 녹음해서 그들이 오류를 식별토록 하라, 학생들이 서로의 오류를 찾아 수정토록 하라, 늘 정확한 형태를 주지는 말라, 공통적인 오류목록을 작성하여 스스로 그 목록을 연구토록 권장하라.

10. 학생들이 자신의 목표를 세우도록 하라

　수업목표 이상으로 학생들이 공부하도록 강력히 격려하거나 지도하라, 특정 주간에 학생이 자율적으로 성취할 내용의 목록을 작성케 하라, 학생들이 언어를 집에서 공부하기 위해 시간표를 작성케 하라, "여분의 학점"을 부여하는 공부를 시켜라.

한편 Rubin(1999)은 학습전략을 초기단계의 학습자에게 의식화시킴으로써 보다 효율적인 학습 성과를 올리기 위하여 다음의 12가지 교수방법을 제시하였다.

1. 자각하게 할 것 – 학습자가 학습전략과 사용법을 익히는 것(자각하는 것)이 학습자를 도와주는 첫걸음.
2. 직접 성공으로 이어지는 학습전략을 도입할 것.
3. 학습전략의 모델을 제시하여 교사자신의 학습과정을 표층화할 것.
4. 어떤 학습전략이 언제 그리고 왜 유용한가를 문제시할 것.
5. 학습전략을 목표와 결과에 관련시킬 것.
6. 학습전략은 학습문제의 결과로서 나오는 것이며 반드시 나와야 할 것.
7. 학습전략지식을 양성함과 동시에 특정한 과제에 집중할 것.
8. 학습전략의 교수법을 평소의 언어학습의 일부로서 통합할 것.
9. 학습자가 학습과정을 컨트롤하도록 도와주는 최선의 방법은 상위 인지전략과 지식을 더하는 것.
10. 인지전략은 좋고 나쁨이 문제가 아니라 학생 개개인, 과제, 학습기술에서 보다 적절한가 아닌가가 문제라는 사실을 인식할 것.
11. 학습자 자신이 가지고 있는 배경지식을 이용하도록 원조할 것
12. 재활용할 것(자신에게 맞는 학습전략을 고르도록 여러 상황에서 여러 전략을 제시할 것)

그 외 학습전략 훈련의 방법으로 Cohen(1998)은 SBI(Strategy-Based Instruction)라고 하는 학습전략 훈련을 소개하고 있다. 이것은 학습자가 목표언어를 학습하거나 사용하는 경우에 이해 및 생성을 도와 보다 효과적으로 그리고 지속성 있는 학습을 계속하는 것을 목적으로 한 훈련

이다. 교사는 클래스에서의 SBI 트레이닝 장면에서 (1) 효과적이라고 보이는 전략의 설명, 모델 제시, (2) 학습자 자신의 경험에 근거한 전략의 추가, (3) 소그룹 및 클래스 전체의 토의를 통한 전략사용의 근본이유, 선택한 전략의 효과적 평가, (4) 폭 넓은 전략사용의 장려, (5) 명시적 암시적으로 언어과제에 도입하면서 문맥에 맞는 전략을 실제로 사용하게 하기 위한 과제에서 사용하는 교재 안에 어떻게 통합시켜 갈 것인가와 같은 활동을 시킨다(Cohen 1998).

그리고 학습전략 훈련을 위한 교재로 Rubin은 고등학생이나 성인학습자가 외국어 초급레벨의 코스를 시작하기 전에 사용하는 인터액션 타입의 비디오 디스크를 개발했다. '인트로덕션', '일반적인 학습전략', '독해, 청해 및 회화'에 관련된 전략의 3부로 구성된 이 디스크는 학습자의 학습전략과 일반적인 학습 프로세스에 관한 의식을 고조시켜 전략을 어떻게 새로운 과제 안에 도입해야 하는가를 소개하고 또 학습중의 경과에 책임을 지도록 하는 목적으로 제작되어 있다(Rubin 1996, Cohen 1998).

4. 일본어 학습전략에 관한 선행연구

4.1. 일본의 학습전략 연구의 동향

4.1.1. 초기 학습전략 연구의 동향

伴紀子(1989)[7]에 의하면 1990년대는 일본어교육에서도 학습자중심의 언어교육에 관심이 높아지면서 일본어학습자를 파악하려는 움직임이 일고 있었다. 당시 미국을 중심으로 한 학습전략이론의 발전이 유학생 등을 통하여 일본으로 들어오면서 일본어교육에서 학습전략연구는 여러 분야에서 개별적으로 이루어지기 시작했다. 초기의 연구는 우수한 언어학습자를 특징짓는 학습전략을 체계적으로 소개함과 동시에 일본어교육에서 실증적 연구의 필요성을 호소하는 연구가 주류를 이루었으며 그 후 학습전략의 기초적 기술연구인 실증적 연구가 이루어졌다. 여기서 '초기연구'라고 하는 것은 학습전략이론이 일본어교육에 소개되기 시작한 때부터 1990년대 중반까지의 연구를 말한다.

일본어교육에 학습전략연구와 교육활동이 제일 먼저 이루어진 것은 모나슈대학의 일본어과였다. 1990년에 Neustupny의 강의에서 학습전략을 다루었고 1992년에 Rubin이 초빙되어 그의 지도 아래 '학습자전략훈련'이라는 세미나가 개최되었다. 이 세미나에서는 학습전략의 영역을 전반적으로 다루고 언어기능과 결부시키기 위해 여러 연습문제를 부과하였다.

---

7) 伴紀子(1989) 「日本語教育における学習ストラテジー研究事始め」『日本語教育と日本語学習 学習ストラテジー論にむけて』くろしお出版.

일본 국내에서는 1990년에 처음으로 학습전략 연구집회가 개최되었는데 주최는 국립국어연구소에서 결성된 연구회(대표 田中望)인 NALC (Nishigaoka Applied Linguistic Club)이었다. 이 연구회의 목적은 연구발표와 학습전략 관련의 문헌을 정리하는 것으로 학습전략의 총체적인 소개와 학습전략의 연구방법 등이 소개되었다. 그 후 1992년에 お茶の水대학에서 개최되었던 Neustupny의 강연회를 통하여 일본어 교사들도 학습전략이라는 개념과 중요성을 알게 되었다. Neustupny는 학습자전략 연구를 자율학습을 주장하는 연구자(Dickinson, Holec)의 연구와 의사소통 전략연구(Tarone, Faerch and Kasper), 그리고 우수한 언어학습자에서 출발하여 그것을 더욱 넓게 이론화한 연구(Rubin, Chamot and O'Malley, Wenden, Oxford)의 세 흐름으로 분류하고 Oxford가 체계화한 학습전략 시스템의 각 학습전략을 논평한 후 일본어교육에서는 학습자전략의 취급에 수정이 필요하다고 결론지었다.

4.1.2. 1990년대 중반 이후 연구의 동향

宮崎里司(1998)에 의하면 1990년대 중반부터는 그 이전에 비해 학습전략연구의 활동영역이 크게 확대되었고 학습전략에 대한 연구자의 의식도 고조되었다고 할 수 있다.[8] 그리고 인터액션능력의 습득을 코스에 도입한 수업분석 등의 논문이 특히 해외의 사례에서 나타나기 시작했으며 이런 논문은 새로운 액티비티를 도입으로 학습전략을 사용할 필요성이 생겨나 결과적으로 많은 전략이 적용되는 것은 아닌가 하는 가설을 세우게 된다.

---

8) 宮崎里司(1998)「最近の学習ストラテジー研究のいくつかの動向」『日本語教育と日本語学習 学習ストラテジー論にむけて』くろしお出版.

　일본어교육에서도 Oxford의 SILL을 이용한 연구가 시도되었는데 Oxford의 학습전략분류에서는 사회적전략의 분류항목이 충분히 개발, 조정되지 않았고, 일본어교육의 목표를 사회문화 능력을 포함한 인터액션 능력으로 대치해야한다는 현대형 패러다임이 확립되지 못했기 때문에 1990년대 후반의 학습전략 연구 중에는 사회적전략에 관한 실증연구가 별로 보이지 않는다. 실증적 연구로는 해외에서 이루어지는 일본어교육이 접촉 장면에서 일본인과의 인터액션이나 리소스에 접속하는 것에 제약을 받고 있기 때문에 학습자의 자율학습이나 자연습득 장면을 코스 안에 디자인하려는 시도를 하게 된 것이 있고 연소자에 대한 일본어교육에 관련된 연구(岡崎 1995, 矢崎 1998)와 상위인지전략의 중요성을 인식하여 학습자훈련에 관한 연구가 이루어졌다.

　그리고 이 시기에는 그때까지 일본어교육연구 전문가들 사이에서만 관심사였던 학습전략 연구가 다른 연구자들과 일본어교사의 관심까지 끌게 되었다. 학습전략연구의 범위가 확대되고 강연회나 학회, 세미나 등의 개최와 교재출판 및 관련 잡지가 발간되면서 학습전략이론이 확대된 시기이기도 하였다. 宍戸와 伴(1994)이 Oxford의 '언어학습전략− 외국어교사가 알아두어야 할 것'이라는 서적을 일본어로 번역 소개함으로써 그 후의 학습전략연구를 크게 전진시켰다.

　'일본어교육'100호 기념호(1999)에 게재된 일본어교육학회 주최의 연구발표회 및 연구집회나 학술대회(1992년부터 년 2회 개최)에서의 구두발표 제목 중에 95년부터 98년 9월까지의 일람(210-227항목)을 보아도 학습전략 관련의 발표가 증가되었다는 것을 알 수 있다. 해외에서는 예를 들면 호주일본연구학회(Japanese Studies Association of Australia)대회에서도 학습전략에 관한 발표가 있었고 일본 국내에서는 1997년 1월에 南山

대학에서 개최된 연구세미나가 개최되었는데 이 세미나는 일본어교육에서의 학습전략연구의 의의와 앞으로의 연구의 발전 가능성을 확인하는데 있어서 중요한 의미가 있었다. 이어서 1998년 3월 25일과 26일에는 北海道대학 유학생센터가 주최한 1998년도 일본어 일본어교육 강연회인 '일본어교육과 학습전략'이 개최되었다.

4.2. 일본의 학습전략 연구

일본국내의 학습전략에 관한 연구는 여러 분야에서 개별적으로 발전을 이루어 지금은 문법적 전략과 어휘 및 한자전략, 독해전략, 청해전략 등 각 영역별 학습전략의 적용을 연구하는 실증적 연구와, 학습스타일과 학습전략, 학습전략과 신념, 학습전략은 학습자를 행복하게 하는가 등 학습자의 개인차나 심리적인 부분에 관심을 가진 연구가 이루어지고 있다.

4.2.1 언어기능별 학습전략 연구

(1) 문법전략에 관한 연구

西村(1993, 1994)는 수업을 교사와 학습자의 상호작용으로 파악하여 그 안에서 학습자의 내정과정을 조사할 목적으로 일본어 문법수업 장면을 녹화하여 재생자극법을 응용하여 학습전략을 조사하였다. 西村(1993) 수업 과정을 녹화하여 수업이 끝난 후에 학습자에게 보여주며 질문지에 장면마다 무슨 생각을 하고 있었는지를 쓰게 하였고, 西村(1994)에서는 학습자가 교사나 교재로부터 언어적 입력을 어떤 식으로 조작 변형시켜 적용하고 있는가, 어떤 학습전략을 사용하여 정보를 이해하고 정착시키며 출력할 수 있는지를 밝히려고 했다. 연구 결과 학습자가 사용하는 학습전략에 대해 구조연습을 하는 수업장면에서는 성적이 높은 학생일수록 자신이나 다른 사람의 말에 귀를 기울이며 이전에 학습했던 문법을 조회하거나 비교분석하는 경향이 있었다. 그리고 그러한 선행지식을 되돌아보는 것은 적절한 경우에는 유효하게 기능하지만 적절하지 못한 경우에는 정체가 일어나서 새로운 입력을 받아들일 태세를 갖추지 못한 채 수업이 진행되는 바람에 비문을 만들게 된다고 했다.

(2) 어휘 및 한자 학습에 관한 연구

어휘 및 한자 학습에 관한 연구도 많이 이루어졌는데 일본어 어휘는 단어 하나에 관한 것이 아니라 한자와 결부되어 있는 것이 많고 어휘 수도 대단히 많으므로 기억전략에 의지하는 경향이 있다. 한자 학습에서 한자의 형태를 보고 의미나 음을 관련시켜 학습하는 방법으로 기억전략의 하나인 이미지연상법을 이용한 연구로는 酒井(1994)의 연구가 있는데 그는 비한자권 학습자를 한자의 의미에 해당되는 일러스트를 그려서 보여주면서 지도한 학습자와 일러스트를 사용하지 않은 학습자로 나누어서 한자의 정착정도를 비교하였다. 그 결과 일러스트를 보면서 학습한 학습자는 그렇지 않은 학습자보다 한자테스트에서 정답률이 높게 나왔기 때문에 이미지연상법을 이용한 방법이 효과적이라고 하였다. 그러나 한자 중에서 그 형태를 그려서 의미와 결부시킬 수 있는 것은 상형문자 정도이기 때문에 모든 한자학습에 적용시킬 수는 없다는 것이 문제로 지적되고 있다.

어휘에 관련된 또 다른 연구로는 王(1990)의 연구가 있다. 王은 학습자가 신출단어를 기억할 때에 적용하는 학습전략을 관찰하여 모어나 기존에 습득한 일본어를 중개어로 사용하여 검색을 통해 유사한 의미 혹은 음과 결부시켜 기억하는 방법, 기존의 지식을 이미지화하여 사용하는 방법을 추출했다. 그 외에도 한자의 글자형태 이용을 연구한 高木 (1993), 글자모양의 인지력과 습득 레벨에 관한 연구의 加納他(1998), 한자의 의미나 음운 등을 이용한 연구의 石田(1989) 등의 연구도 유명하다.

(3) 청해전략에 관한 연구

청해전략에 관해서 水田(1995)는 일본인 모어화자와 중국인 일본어학습자의 혼잣말 청해전략을 회상법에 의해 조사하여 청해과정에서 관찰된 문제와 피험자의 그 후의 문제처리 전략을 분석하였다. 청해 도중에 문제가 일어나는 원인은 6개의 레벨로 분류했는데 이 원인들은 일본인 화자에게서도 중국인 학습자에게서도 관찰되었다. 다른 점은 일본인 화자가 내용의 의미해석에 기인하는 문제가 많은 데 비해 중국인 학습자는 언어인지의 부족이 큰 원인이 되고 있다. 그 외 문제처리전략의 비교 등 상위레벨에서의 전략의 차이에 대해 분석했다.

(4) 독해전략에 관한 연구

독해전략연구로는 谷口(1991)는 학습자가 스스로 행하는 독해전략의 '의식화'를 수업활동 중에 관찰하였는데 학습자는 자신이 사용하고 있는 전략을 의식할 수 있고 동시에 그 전략이 효과적인지 아닌지를 판단할 수 있고 새로운 전략을 시도해 볼 수 있다는 것이다.

保坂(1992)는 과학기술분야의 문헌을 읽을 때에 전문가와 비전문가에게 각각 키워드를 고르도록 하는 연구로 독해과정에서 학습자의 전략에 대한 인식을, 신념(읽는 사람이 자신감을 가지고 사용하고 있는 확신전략), 수정(독해에 실패했을 때 사용하는 수정전략), 효과(효과적으로 읽기를 진행한다고 느끼는 전략), 어려움(읽기를 어렵게 하고 있는 것) 등을 조사하여 일본어능력과의 관계, 한자계와 비한자계의 관련에 대해 분석하였다. 加納의(1993) 연구는 추측과 예측의 독해전략을 키워드에서 분석하고 있다. 또 杉山 외(1997)는 문법의 예측능력이라는 관점에서 일본어학습자가 독해를 할 때의 언어능력을 연구하였는데 특히 접속표현에 관한 지식이 중요하다는 사실을 발견하였다.

4.2.2. 그 외 학습전략에 관한 연구

(1) 학습스타일에 관한 연구

谷口(1990)는 초급일본어 학습자의 학습스타일에 주목하여 학습모드(시각형인지, 청각형인지, 개인학습 선호형인지, 그룹학습 선호형인지)와 애매함에 대한 관용도를 조사했다. 이 연구에서는 구체적으로 학습스타일의 차이점에 따라 학습전략 사용이 변화한다는 점은 증명하지 못했으나 애매함에 대한 관용도가 일본어성적을 크게 좌우한다는 사실을 지적했다.

(2) 커뮤니티와의 접촉에 관한 연구

또한 1990년대 이후에 커뮤니티와의 접촉에 관한 연구가 주로 이루어졌는데 岸本(1995)는 대학의 초급후반 레벨의 일본어 학습자에게 일주일에 몇 번 일본인 가정을 방문하는 것을 의무화시킨 '양자인연맺기' 제도를 도입한 프로그램에서 거둔 효과를 보고하였고, 植田(1995)도 태국의 카세사트대학에서 디자인한 2박 3일의 홈 스테이 프로그램이 지역 일본인과의 네트워크를 확대하여 일본어학습 의욕의 향상에 효과가 있었다고 보고하고 있다. 일본 국내에서도 보고된 일본어교육 프로그램으로는 溝口(1995)나 橫須賀와 村上(1995)의 프로그램이 있는데 리소스로서 지역의 일본인을 일본어교육에 유효하게 이용한 케이스다. 이 연구들에서는 새로운 액티비티의 도입이 학습전략의 습득 가능성을 시사하고 있다.

(3) 네트워크형성에 관한 연구

滝沢(1995)는 학습전략과의 관계에서 네트워크 형성의 문제점을 다루었는데 외국인 유학생과 일본인이 네트워크를 구축하는 경우에 어떤 요인이 친소에 영향을 미치는가를 검증한 결과 수업습관의 차이, 행동양식이나 사회적 통념의 차이, 유학생에 대한 일본인의 태도 등이 주된 요인이라는 점을 알게 되었다.

(4) SILL을 이용한 연구

Oxford의 언어학습전략 조사표인 SILL(Strategy Inventory for Language Learning)을 이용한 연구로는 伊東(1993)와 石橋(1993)의 연구를 들 수 있다. 伊東는 일본어학습의 유무, 국적, 성별의 세 가지의 다른 각도에서 일본어학습자의 언어학습전략의 사용경향을 검토하였는데 일본에서 일본어학습을 할 경우와 그렇지 않은 경우에 학습전략의 사용이 달라지는가에 대한 것이었다. 그리고 동양인은 일반적으로 기억전략이나 언어규칙을 똑바로 따르는 형식의 전략을 자주 사용한다고 하는데 동남아시아출신의 대상으로 한 이 조사에서는 그러한 결론은 나오지 않았다. 이에 대해 伊東는 그 이유로 자국에서 받은 교수법이나 학습환경, 집에서 사용하는 모어와 학교나 사회에서 사용하는 다른 언어와의 관련 등의 사회 환경요인을 들고 있다. 石橋는 일본어성적이 상위인 그룹과 하위인 그룹으로 나누어 각 그룹별로 학습전략사용의 유의차를 조사했다. 이 조사에서도 일본어 성적에 상관없이 사회적전략의 사용빈도가 높다는 사실을 알아냈다.

4.3. 한국의 학습전략 연구

한국의 일본어교육에서는 제2언어습득에 관련된 연구로서 학습자의 오용을 찾아 분석하고 원인을 규명하는 연구가 주로 이루어지고 있으며 한국인 학습자를 위한 효율적인 교수법에 관련된 연구도 조금씩 나오고 있다. 그러나 학습자에게 초점을 맞추어 학습자의 개인차를 고려한 학습방법 연구나 학습전략에 관한 연구는 아직 저조한 실정이며 학습자 개개인에 맞는 학습전략의 적용에 관한 연구도 거의 없다. 한국에서 학습전략 이론을 도입한 연구로는 영어나 독일어 이태리어 등의 외국어교육에서 활발한 연구가 이루어지고 있다. 특히 영어교육에서는 연소자들을 위한 여러 학습전략들이 조사되고 효과적인 훈련방법들이 많이 제시되고 있다. 여기서는 한국의 일본어교육과 학습전략 연구를 조사하고 그 외 영어 및 독일어교육에서 조사된 한국인의 언어학습전략을 소개하여 참고하고자 한다.

4.3.1. 일본어교육과 학습전략 연구

한국인 일본어 학습자의 학습전략 사용 실태를 조사한 연구로서 먼저 안정자(2002)[9]의 연구에서는 일본어학습자의 학습방법을 조사하기 위하여 일본어전공 대학을 대상으로 학습자가 효과적이라고 생각하는 학습방법을 구체적으로 서술 받아 분석하였다. 설문조사에서는 기초조사로서 학습자의 일본어수험결과를 조사하여 일본어능력시험 2급 이상의 합격자와 JPT(Japanese Proficiency Test)시험 600점 이상을 따로 분리하여 일본어학습에 성공한 학습자로 간주하였다. 설문의 분석결과 일반학습자와 학습에 성공한 학습자 간에는 학습방법에서 다소의 차이가 있음을 알게 되었다.

일반 학습자는 효과적인 방법으로 문장이나 문형암기가 1위를 차지하였고 2위는 일본 TV나 드라마를 보는 것, 3위는 일본인과의 접촉으로 나타났다. 그 외 종합적 학습, 반복학습, 어휘 단어학습, 테입 듣기 등이 있다. 한편 성공한 학습자의 학습방법은 1위가 일본여행, 홈스테이 등을 통한 동기유발이며 2위는 일본 드라마나 방송을 언제나 켜두고 보면서 자연스럽게 익히는 것이며 3위는 일본노래 뉴스 등을 의식적으로 보며 따라 읽기를 하는 것이다. 그 외 녹음해서 자기발음을 듣거나 인터넷을 활용하여 메일교환을 하고 동호회에 가입하여 일본에 관련된 정보를 얻거나 단어장을 활용하여 어휘정리를 하는 등 자신만의 학습방식이 있다고 대답한 학습자가 많았다. 즉 성공한 학습자는 일본어학습 목표를 확실하게 하고 일본에 관한 정보를 얻을 수 있는 상황을 적극적으로 만들며 자기평가를 하는 등 상위인지전략을 자주 구사하고 있음을 알 수 있었다.

안정자의 연구에서는 성공한 학습자와 일반학습자를 나누는 방법에 있어서 일본어수험결과를 기준으로 삼았다. 실력은 있으나 수험하지 않은 학생들이 있기는 하지만 대외적으로 공신력 있는 시험결과를 반영한

---

9) 안정자(2002) 「한국인 대학생을 위한 효과적인 일본어 학습법」 부산외국어대학교 교육대학원 석사논문.

것은 성공한 학습자를 나누는 기준이 아직 애매한 상황에서 유의미하다고 할 수 있다. 다만 설문의 분석 방법에 있어서 학습전략이라는 구체적인 방법이나 분류를 따르지 않았다는 점과 설문조사 결과를 일반화하는데 설문조사의 대상이 한 지역에 한정되었다는 것을 문제로 지적할 수 있다.

최덕렬(2001)[10]의 연구에서는 학습전략 중에서 효과적인 독해전략과 훈련과정을 검증하였는데 독해전략을 시연전략과 정교화전략, 이해점검전략으로 나누어 한국인 학습자가 주로 사용하는 독해학습전략을 조사하였다.

초급과정을 거친 일본어를 전공하는 대학 2학년과 3학년을 대상으로 하였고 독해학습 자료는 국제교류기금에서 실시하는 일본어능력시험 문제 중에서 2, 3급 독해 문제를 제시하여 시연전략 훈련을 받은 그룹과 정교화전략 훈련을 받은 그룹, 그리고 이해점검전략 훈련을 받은 그룹 간의 시험성적을 비교하였다. 그 결과 시연전략, 정교화전략, 이해점검 전략에서의 훈련적용 효과는 모두 약간의 차이를 보였으며, 훈련의 적용결과 독해학습 자료에서 시연전략이 가장 효과적으로 나타났다. 그리고 독해학습전략과 독해시험전략은 조금 차이가 있으므로 학습과제수행에 있어서 가장 효과적인 학습전략은 각각의 학습과제에 따른 적절한 학습전략 적용이 가장 효과적이라는 결론을 내리고 있다.

최덕렬의 연구에서는 독해전략이 도움이 되었다고 생각되는가라는 항목에 시연전략, 정교화전략, 이해점검전략 모두 '도움이 된다'가 9명,

---

10) 최덕렬(2001)「일본어교수법에 관한 고찰 :독해학습전략과 훈련적용과정을 중심으로」인천대학교 교육대학원 석사논문.

9명, 5명인데 비해 '그저 그렇다' 가 24명, 20명, 12명으로 나왔고 '도움이 안 된다'가 19명, 24명, 35명으로 전략적용이 실패한 결과가 나왔다고 할 수 있다. 독해학습전략의 적용이 기대치보다 큰 효과를 거두지 못한 결과가 나왔는데 이것은 독해학습 자료를 배부하여 10분간 훈련시킨 후에 문제를 풀게 하여 훈련 시간이 너무 짧았던 데에 문제가 있다고 여겨진다. 학습전략이란 효과를 보기 위해서는 지속적이며 반복적인 훈련습득에 의해서 얻어지는 것이기 때문에 단기간에 습득되었다고는 볼 수 없는 것이다. 그러나 학습전략을 적용하여 그 효과를 검증하려는 시도는 좋았고 앞으로도 그런 실증적인 연구가 많이 나올 것으로 기대된다.

4.3.2. 그 외 외국어학습과 학습전략연구

(1) 영어교육과 학습전략 연구

박영예(1999)[11]의 연구에서는 한국의 초등영어수업에서 효과적으로 학습전략을 지도할 수 있는 방법을 소개하고 학습전략을 지도하고자 할 때 고려해야 될 요인들과 지도의 방향을 설정하는데 필요한 일반적인 지침을 제시하였다. 그리고 현재 학습전략 연구에서 가장 널리 사용되고 있는 Oxford(1990)의 학습전략 분류목록[12]을 바탕으로 그 하위분류인 구체적인 항목을 활용하여 한국의 초등영어수업에서 적용시킬 수 있는 학습전략들과 교수방법을 구체적으로 제시하였다. 박영예는 초등학

---

11) 박영예(1999), 초등 영어수업에서의 학습전략 지도방향과 방법. 초등영어교육 5.
12) Oxford(1990)의 학습전략은 크게 6가지로 분류되는데 직접전략에는 기억전략, 인지전략, 보상전략이 있으며 간접전략에는 상위인지전략, 정의적전략, 사회적전략이 있다.

생들이 사용하고 있는 학습전략에 대해 광범위한 자료가 수집되고 분석되어서 초등학생들의 학습전략이 체계적으로 분류되면, 현실적으로 좀 더 공감할 수 있는 구체적이며 상세한 지도방안을 마련할 수 있을 것이라고 지적하면서 앞으로 초등학생들의 학습전략 사용에 관해 본격적인 연구가 활발하게 이루어지려면 초등학생들의 학습전략 사용을 보다 적절하게 조사할 수 있는 측정도구의 개발이 시급한 과제라고 하였다.

조은옥(2000)[13]의 연구에서는 학습전략이란 무엇이며 어떻게 분류되고 있는가 하는 기초적인 기술과 한국인 초등학생의 영어능력을 신장시키기 위하여 초등학교 영어수업에 적용해 볼 수 있는 학습 전략의 지도방법을 모색하였다. 조은옥도 Oxford의 학습전략 분류 목록을 기준으로 그 지도방법을 연구하였는데 학습전략을 실시하기 위해서는 다음 몇 가지의 문제점을 해결하기 위해서는 다음사항을 고려해야 한다고 지적하였다. 첫째, 학습자들에게 학습전략을 지도할 교사가 많지 않고 둘째, 학습전략이 들어 있는 지도교재가 개발되어야 한다. 셋째, 학생들의 특성과 필요에 적절한 학습전략을 지도할 수 있는 교수방법이 같이 개발되어야 하며 교육과정 또한 연계 편성되어야 한다. 넷째, 학습전략 사용에 관한 측정도구의 개발이 필요하다. 그 외 학습전략이 담긴 수업을 실시하기 전에 교사들은 학습전략 훈련의 효율성을 높일 수 있는 방법에 대한 고려가 필요하며 훈련의 방법이나 시기 등의 결정에도 신중해야 한다고 지적하였다.

---

13) 조은옥(2000) 초등영어 수업에서의 학습 전략·적용 The Korea Association of Elementary school Teachers No.4.

　김영민(1998)[14]의 연구에서는 한국의 초등학생들도 모든 범주의 학습
전략들을 전반적으로 골고루 사용하고 있다고 나타났다. 초등학생들이
자주 사용하는 학습전략은 상위 인지전략, 사회적 전략, 인지전략, 정의
적 전략, 보상전략, 기억전략의 순으로 사용하고 있으며 상위인지 전략
이 가장 많이 사용되고 있다는 사실은 주목할 만하다. 초등학생들도 나
름대로 영어 학습에 대한 목표와 계획을 세우는 것이 중요하다는 것을
인식하고 있으며 자기조정이나 평가를 통해 이를 실천해 나가려는 노력
을 하고 있다는 것을 보여주고 있다. 의사소통능력의 향상이 현재 초등
영어 교육의 목표 중의 하나라는 점에서 학생들이 상위인지전략과 더불
어 사회적 전략을 많이 사용하고 있다는 점도 긍정적인 현상으로 받아
들일 수 있다.

　박기표(1996)[15]는 대학생을 대상으로 하여 학습전략 훈련에 관한 연
구를 하였는데 39명의 대학생들에게 8주간에 걸쳐 8가지의 독해전략을
교육한 후에 그 효과를 검증하였다. 그리고 학습전략 훈련의 성과를 측
정하기 위해 TOEFL 문제 중 독해력을 측정하는 30문항만을 선별하여
구성한 문제로 평가시험을 실시하였다. 그 결과 학습전략 훈련을 받은
학생들의 독해실력은 유의미한 향상을 보여주었다. 또 글을 읽고 회상
하는 과제(recall protocol)에서도 독해전략을 교육받은 학생들이 교육을
받지 않은 학생들보다 회상하는 능력에서 유의미한 향상이 이루어졌음
을 알아내었다.

---

14) 김영민(1998)「초등영어교육에서의 학습전략의 효과적 사용」영어교육. 53(2).
15) 박기표(1998)「언어학습전략의 연구에 관한 고찰」Studies in English Education
　　3(1).

(2) 독어교육과 학습전략 적용에 관한 연구

김옥선(2002)[16]의 연구에서는 자율적이며 독자적인 학습으로 이끄는 학습전략의 중요성에 대한 인식을 바탕으로 한국인 독일어 학습자의 어휘학습전략과 어휘학습전략의 교수방법을 고찰하였다. Oxford(1990)의 언어학습전략 측정도구인 SILL(Strategy Inventory for Language Learning) 중 어휘학습전략과 관계있는 항목을 참고하여 연구자가 새롭게 작성한 설문(총17문항)을 이용하여 독일문화원 개설된 강좌에 등록한 137명의 수강생을 대상으로 설문조사를 실시하였다. 연구결과 어휘학습에서 한국인 독일어 학습자가 가장 손쉽게 사용하는 전략은 단순반복형 어휘암기와 모르는 단어의 의미를 사전에서 즉각 찾아보기이다. 이들은 단어의 의미나 단어가 사용되는 상황을 내적으로 상상하기, 단어의 의미를 행동을 옮겨보면서 익히기, 직접 단어를 의사소통에 활용하여 단어의 의미 및 어용적 맥락을 체험하기 등과 같은 다양한 감각채널을 사용하지 못하며 어휘학습에서 문맥을 활용하거나 학습단어가 문장 이상의 단위로 확장되어 텍스트를 형성하지 못하고 있다고 지적했다. 그 원인으로 교사의 단순암기 형식을 유도하는 어휘교수방법에 문제가 있으며 학습자도 교사도 학습전략을 깨닫지 못하고 있기 때문에 지도하는데도 학습하는데도 별로 효율적인 전략을 구사하지 못한다고 했다.

---

16) 김옥선(2002) 「한국인 독일어 학습자의 어휘학습전략」『독어교육』 제24집.

Ⅳ. 학습전략의 사용실태 조사

1. 언어학습전략의 전략유형별 사용실태

1.1. 조사내용

1.1.1 설문의 목적

학습자는 누구나 학습과정에서 학습전략을 구사하고 있다. 한국인 학습자도 일본어 학습과정에서 나름대로의 학습전략을 구사하고 있을 것으로 추정된다. 본 설문의 목적은 한국인 학습자 중에서 대학생이 구사하는 언어학습전략의 사용실태를 파악하는 것으로 구체적인 사항은 다음과 같다.

1) 한국인 학습자가 구사하는 언어학습전략의 일반적인 경향을 전략별로 알아본다.
2) 각 전략 간의 사용정도를 비교하여 즐겨 사용하는 전략과 필요하

지만 부족한 학습전략을 알아본다.

3) 어학시험에서 일정 자격을 가진 학습자와 그렇지 못한 학습자의 언어 학습전략 사용에 있어서 차이점을 알아본다.

4) 특히 어학시험에 일정 자격을 가진 학습자의 언어학습전략의 사용에 주목하여 성공한 학습자의 학습전략을 알아본다.

1.1.2. 설문대상 및 방법

본 설문은 2005년 3월에 온라인과 오프라인으로 동시에 실시하였다. 총 624명의 일본어전공 대학생 및 타과전공 대학생의 설문을 조사 분석하였다.

온라인 조사의 설문대상은 열린사이버대학교(Open Cyber University: OCU)에 개설된 일본어과 과목인 '사이버와 효과적인 일본어학습법', '초급일본어1', '초급일본어2', '초급일본어3'을 수강하고 있는 대학생들로 하였다. 그리고 오프라인 조사의 대상은 부산외국어대학교 일본어과에 개설된 전공과목인 '기초일본어회화', '정보일본어', '일본어실무JPT', '재패니메이션의 이해'를 수강하는 학생들로 하였다. 온라인 조사는 컴퓨터상에 나타난 창에 접속하여 학습자가 직접 입력하는 방식을 이용하였고 오프라인 조사는 설문지 회수 방식을 이용하였다.

1.1.3. 설문의 구성과 기준

한국인 일본어 학습자의 언어학습전략 사용실태를 파악하기 위해서 이 논문에서 사용한 설문지는 Oxford(1990)의 언어학습전략 조사표인 SILL(Strategy Inventory for Language Learning)을 바탕으로 하여 본 연구자가 일본어 학습에 필요한 사항을 가감하여 조사내용을 재구성한 '한국인 학습자의 언어학습전략 조사표(총 50문항)'를 이용하였다.

　일본어교육에서 SILL을 이용한 연구는 일본 국내에서는 다양하게 이루어지고 있으나 한국의 일본어교육에서는 거의 찾아볼 수 없었다. SILL은 학습자가 구사하는 언어학습전략을 알아보는데 매우 효과적인 조사표로 인정을 받고 있기는 하지만 몇 가지 문제점도 지적받고 있다. 먼저 설문문항 중에 습득과정에서 그 역할이 큰 데도 불구하고 이론적 프레임워크가 개발되지 않은 전략도 있고 분류항목 수가 부족하였기 때문에 실증적인 연구로의 응용이 늦어졌다는 등의 지적을 받은 항목도 있다.[17] 그리고 설문문항도 영어학습자를 위해 만들어진 것이기 때문에 일본어교육에 그대로 적용하는 데는 문제가 있다는 지적도 받고 있어서 일본어교육에서는 일본어 학습자를 위한 조사표로 재구성된 것이 이용되었다.

　본 연구에서도 SILL의 문항을 한국인 일본어 학습자를 위한 설문문항으로 재구성한 '한국인 학습자의 언어학습전략 조사표'를 이용하였다. 언어학습전략의 일반적인 사용 경향을 알아보기 위하여 필요에 따라 본 연구자가 더하거나 제외시킨 문항이 있다. 예를 들면 SILL의 사회적전략 항목 중에서 '다른 사람과 일본어로 이야기 한다' 와 '일본어로 질문을 한다' 를 제외시키고, 그 대신에 본 설문 조사표에서는 '(44)수업이나 회화 중에 이해가 가지 않는 부분은 적극적으로 질문한다, (47)일본인을 친구로 만든다, (48)일본어 학습 동호회 활동에 적극 참여한다, (49) 일본인과의 교류 프로그램에 적극적으로 참가한다' 등의 항목을 설정하였다. 이것은 학습자가 네이티브와의 네트워크를 형성하여 학습기회를

---

17) 宮崎里司, JVネウストプニー(1999) 『日本語教育と日本語学習』くろしお出版

넓히기 위한 전략으로 최근에 의사소통을 중시하는 언어교육에서 사회
적전략으로 주목받고 있는 항목이다.

　'한국인 학습자의 언어학습전략 조사표'에 나타난 50개의 문항은
Oxford가 설정한 6개의 큰 전략을 다시 세분화하여 하위전략으로 분류
한 것으로 〈표4-1〉과 같은 분류기준에 의해 정해졌다.

〈표4-1〉 언어학습전략 설문문항의 분류기준

〈파트A〉 기억전략 Memory strategies (직접전략)	1. 모둠 전략 (문항1, 2) 2. 연상 전략 (문항3, 4) 3. 심상 전략 (문항5, 6) 4. 소리연상 전략 (문항7) 5. 동작반응 전략 (문항8)
〈파트B〉 인지전략 Cognitive strategies (직접전략)	1. 반복전략 (문항9) 2. 패턴인식 사용 전략 (문항10) 3. 분석 및 추론 전략 (문항11) 4. 모국어 지식 활용 전략 (문항12) 5. 입력 및 출력을 위한 구문 만들기 전략 　　(문항13, 14, 15, 16) 6. 다양한 자료이용 전략 (문항17, 18)
〈파트C〉 보상전략 Compensation strategies (직접전략)	1. 총명한 추측 전략 (문항19, 20, 21, 22) 2. 신조어 사용 전략 (문항23) 3. 동의어, 대체표현 사용 전략 (문항24, 25) 4. 제스처 사용 전략 (문항26)
〈파트D〉 상위인지전략 Meta cognitive strategies (간접전략)	1. 목표 및 실천계획 전략 (문항27, 28, 29) 2. 주의집중 전략 (문항30) 3. 연습기회 활용 전략 (문항31, 32) 4. 학습방법 조정 전략 (문항33, 34) 5. 자기조정 및 자기평가 전략 (문항35, 36)

〈파트E〉 정의적 전략 Affective strategies (간접전략)	1. 두려움과 불안감을 감소하는 전략 (문항37) 2. 감정상태 점검 전략 (문항38, 39, 40) 3. 격려와 칭찬 전략 (문항41, 42)
〈파트F〉 사회적 전략 Social strategies (간접전략)	1. 질문 전략 (문항43, 44) 2. 원어민 활용 전략 (문항45, 46, 47) 3. 협동전략 (문항48) 4. 문화이해 전략 (문항49, 50)

그리고 각 문항에 대해 1(전혀 또는 거의 해당되지 않는다), 2(대체로 해당되지 않는다), 3(어느 정도 해당된다), 4(상당히 해당된다), 5(항상 또는 거의 해당된다)의 정도에 따라 5단계로 응답하도록 하였다. 응답자들에게 구체적인 전략의 명칭은 제시하지 않고 파트A~파트E로 제시하여, 설문 실시의 의도에 구애받지 않고 자유롭게 선택하도록 하였다.

1.2. 설문결과

1.2.1. 언어학습전략의 사용실태 분석

(1) 분석방법

설문내용은 SAS(Version8.01)을 사용하여 분석한 뒤 응답자 수를 백분율로 표시하여 문항별 사용정도를 조사하였다. 50문항을 기억전략, 인지전략, 보상전략, 상위인지전략, 정의적전략, 사회적전략의 6개 파트로 나누어 각각을 표로 나타내고 사용경향을 분석하였다.

각 문항의 사용 경향을 알아보는 방법으로 그 문항의 학습전략을 사

용함에 있어서 부정적인 의견을 가진 응답자수와 긍정적인 의견을 가진
응답자수의 비율을 비교하여 분석하였다.

즉, 1(전혀 또는 거의 해당되지 않는다)과 2(대체로 해당되지 않는다)를 선
택한 응답자들의 의견은 '그 문항의 학습전략을 사용하지 않거나 사용
하는데 서툰' 부정적인 의견으로 간주하고, 4(상당히 해당된다)와 5(항상
또는 거의 해당된다)를 선택한 응답자들의 의견은 '그 문항의 학습전략을
즐겨 사용하거나 선호하는' 긍정적인 의견으로 간주하여 그 차이를 비
교하였다. 그리고 3(어느 정도 해당된다)을 선택한 응답자들의 의견은 중
간의견으로 간주하여 분석에서 제외시켰다. 각 의견의 차이가 클수록
응답자들의 학습전략사용에 관한 기호의 정도가 크다고 할 수 있다.

(2) 응답자 분석

본 설문에 응답한 응답자는 〈표4-2〉에서와 같이 총 624명으로 남녀
비율에서는 남학생 응답자가 33.8%, 여학생 응답자가 66.2%로 나타났
다. 그리고 전공에 관해서는 일본어를 전공하는 응답자가 25.%, 전공하
지 않는 응답자가 74.7%로 나타났다. 이는 설문대상으로 삼았던 일본어
과목에 교양과목이 많았기 때문이라고 추정된다. 학습기간별 비교에서
는 자세하게 5그룹으로 나누어 비교하였는데 〈표4-2〉에서와 같이 학습
기간이 1년 미만의 응답자가 53%로 제일 높게 나타났고, 학습기간이 1
년-2년 이하의 응답자는 19.9%로 학습기간이 2년 이하의 학습자를 합하
면 거의 70% 정도를 차지하는 것을 알 수 있다. 그리고 학습기간이 2년
이상인 응답자는 26.6% 정도로 나타났으며, 4년 이상인 응답자도 4.7%
정도로 나타났다.

어학시험 자격에 관해서는 세 그룹으로 나누어 비교하였는데 A군은

일본어능력시험 2, 3급을 가지고 있거나 JPT시험에서 500점∼700점을 획득한 응답자로 15.5%이며, B군은 일본어능력시험 1급을 가지고 있거나 JPT시험에서 700점 이상을 획득한 응답자로 7.4%로 나타났다. A군과 B군을 합한 22.9%를 일본어 학습에 성공한 학습자로 간주하였다. 그리고 수험경험이 없는 응답자나 수험경험이 있으나 일정자격에 미달한 응답자를 C군으로 분류하였는데 그 비율은 77.4%로 나타났다. 분석결과 일정자격에 미달되는 응답자인 C군의 비율이 높게 나타났는데, 이는 응답자 중에서 비전공의 학습자가 많고 학습기간이 1년 이하로 짧은 학습자가 많았기 때문이라고 추정된다.

〈표4-2〉 언어학습전략 응답자 분석표

분류기준	학습자 특성	응답자수(명)	비율(%)	총계
성별	남	211	33.8	624(100)
	여	413	66.2	
전공별	전공	158	25.3	624(100)
	비전공	466	74.7	
어학시험 자격	A군: 일본어능력시험 2.3급 또는 JPT500점~700점	95	15.2	624(100)
	B군: 일본어능력시험1급 또는 JPT700점 이상	46	7.4	
	C군: 비수험자, 자격미달자	483	77.4	
학습기간	1년 미만	334	53.5	624(100)
	1년~2년 미만	124	19.9	
	2년~3년 미만	87	13.9	
	3년~4년 미만	25	4.0	
	4년 이상	54	8.7	

(단위, 응답자수:명, 비율:%)

(3) 전략별 사용 실태

1) 기억전략의 사용

기억전략 사용의 결과를 보면 한국인 학습자는 기억전략을 그다지 선호하지 않는다는 것을 알 수 있다. 전체적으로 부정적인 의견이 긍정적인 의견보다 높고, 그 비율의 차이도 크게 나타났다. 다음 〈표4-3〉은 기억전략의 각 세부 문항을 나타낸 표이며 〈표4-4〉는 기억전략의 문항별 사용실태를 백분율로 표시한 표이다.

〈표4-3〉 기억전략의 문항

1. 단어를 외울 때는 특징이나 의미에 따라 모아서 외운다.(색깔단어들, 날씨단어들...)
2. 단어를 외우기 위해 플래쉬 카드(단어장)를 만들어 사용한다.
3. 새로 학습한 단어와 이미 학습한 단어 사이의 관계를 생각한다.
4. 새로운 단어는 관련단어와 함께 외운다.(아이스크림- 차다, 맛있다, 모양이 예쁘다..)
5. 새로운 단어의 음과 이미지를 그림으로 결부시켜 외운다.
6. 그 단어가 사용될 장면을 마음속으로 상상하며 외운다.
7. 새로운 단어를 외우기 위해 음운(리듬, 노래 등)을 이용한다.
8. 새로운 단어는 행동으로 표현하며 외운다.(걷는다, 노래한다...)

〈표4-4〉 기억전략의 문항별 사용실태

전략	문항	1 전혀 또는 거의 해당되지 않는다	2 대체로 해당되지 않는다	3 어느 정도 해당된다	4 상당히 해당된다	5 항상 또는 거의 해당된다	missing	Total	부정적 의견	긍정적 의견
기억전략	1	75	143	241	126	37	2	624		
		12.02	22.92	38.62	20.19	5.93	0.32	100.00	34.94	26.12
	2	143	145	174	106	55	1	624		
		22.92	23.24	27.88	16.99	8.81	0.16	100.00	46.16	25.80
	3	45	105	254	157	61	2	624		
		7.21	16.83	40.71	25.16	9.78	0.32	100.00	24.04	34.94
	4	99	185	187	102	50	1	624		
		15.87	29.65	29.97	16.35	8.01	0.16	100.00	45.52	24.36
	5	76	161	208	132	45	2	624		
		12.18	25.80	33.33	21.15	7.21	0.32	100.00	37.98	28.36
	6	55	120	216	163	67	3	624		
		8.81	19.23	34.62	26.12	10.74	0.48	100.00	28.04	36.86
	7	125	183	199	82	34	1	624		
		20.03	29.33	31.89	13.14	5.45	0.16	100.00	49.36	18.59
	8	126	193	185	91	28	1	624		
		20.19	30.93	29.65	14.58	4.49	0.16	100.00	51.12	19.07

〈표4-4〉에서와 같이 기억전략의 문항 중에서 긍정적인 의견이 높은 것은 문항3과 문항6 정도이며, 문항1, 문항2, 문항4, 문항5, 문항7, 문항8에서는 모두 부정적인 의견이 높게 나타났다. 특히 문항2, 문항4, 문항7, 문항8에서는 부정적인 의견이 긍정적인 의견보다 10% 이상의 차이를 보이며 높게 나타났는데, 이 결과로부터 한국인 학습자는 기억 전략을 소홀히 하고 있다는 사실을 알 수 있다. 그러나 이덕봉이 지적한 것처럼 한국인 학습자는 기억전략에 많이 의지하고 있다고 알려져 있는데

이와 같은 결과가 나온 것은 기억전략을 사용함에 있어서 효과적인 학습전략을 사용할 줄 모른다는 의미로 분석된다. 예를 들면 단어들을 주제별로 묶어서 효과적으로 기억할 수 있도록 하는 모둠 전략이나 새로운 단어를 학습하면서 이미 알고 있는 개념과 연결시키는 전략, 단어의 의미나 음운 등에 따라 구조화하거나 음운, 그림, 행동 등과 결부시켜 기억하는 전략 등의 사용에는 서툴다는 것을 알 수 있다.

한편 단어를 기억할 때 전체적인 쓰임을 생각하며 기억하는 전략은 긍정적인 의견이 높게 나타났는데 이는 앞으로 그 단어를 사용하는 장면에서 도움이 되는 좋은 방법이기 때문에 한국인 학습자에게서 그 항목이 높게 나타난 것은 바람직한 일이라고 할 수 있겠다.

2) 인지전략의 사용

메시지수용 및 전달, 분석 및 추론, 입력된 구조와 표출된 구조 등을 창출해 내는 전략인 인지전략의 사용결과를 보면 한국인 학습자는 거의 모든 전략에서 긍정적인 의견이 우세하게 나타났다. 이는 한국인 학습자가 인지전략을 효과적으로 구사하고 있다는 것을 의미한다. 다음 〈표 4-5〉는 인지전략의 각 문항을 나타낸 표이며 〈표4-6〉은 인지전략의 문항별 사용실태를 백분율로 표시한 표이다.

〈표4-5〉 인지전략의 문항

 9. 새로운 단어를 몇 번이고 써 보거나 말해본다.
10. 일본어 안에 일정한 규칙이 있는지 찾으려고 노력한다.
11. 어려운 단어나 문장은 분해해서 의미를 이해하려고 노력한다.
12. 일본어 새 단어와 비슷한 말이 한국어에도 있는지 찾아본다.
13. 알고 있는 단어를 여러 문장 안에서 사용해 본다.
14. 일본인처럼 말하려고 노력한다.
15. 일본어 발음연습을 주의를 기울여서 해 본다.
16. 읽거나 들은 것을 일본어로 요약해 본다.
17. 일본어로 메모나 편지 보고서 등을 작성한다.
18. 일본어로 된 텔레비전 프로나 영화 등을 본다.

〈표4-6〉 인지전략의 문항별 사용실태

전략	문항	1 전혀 또는 거의 해당되지 않는다	2 대체로 해당되지 않는다	3 어느 정도 해당된다	4 상당히 해당된다	5 항상 또는 거의 해당된다	missing	Total	부정적 의견	긍정적 의견
인지전략	9	13	43	177	204	185	2	624		
		2.08	6.89	28.37	32.69	29.65	0.32	100.00	8.97	62.34
	10	22	97	240	187	77	1	624		
		3.53	15.54	38.46	29.97	12.34	0.16	100.00	19.07	42.31
	11	32	94	245	176	75	2	624		
		5.13	15.06	39.26	28.21	12.02	0.32	100.00	20.19	40.23
	12	30	97	228	179	90	0	624		
		4.81	15.54	36.54	28.69	14.42	0	100.00	20.35	43.11
	13	27	121	255	150	71	0	624		
		4.33	19.39	40.87	24.04	11.38	0	100.00	23.72	35.42
	14	23	84	200	174	142	1	624		
		3.69	13.46	32.05	27.88	22.76	0.16	100.00	17.15	50.64

15	23	77	225	174	125	0	624		
	3.69	12.34	36.06	27.88	20.03	0	100.00	16.03	47.91
16	68	186	236	106	26	2	624		
	10.90	29.81	37.82	16.99	4.17	0.32	100.00	40.71	21.16
17	113	184	192	101	34	0	624		
	18.11	29.49	30.77	16.19	5.45	0	100.00	47.60	21.64
18	39	79	194	143	166	3	624		
	6.25	12.66	31.09	22.92	26.60	0.48	100.00	18.91	49.52

〈표4-6〉에서와 같이 긍정적인 의견이 높은 것은 문항9, 문항10, 문항 11, 문항12, 문항13, 문항14, 문항15, 문항18이며, 특히 문항9, 문항14, 문항15, 문항18에서는 긍정적인 의견이 부정적인 의견보다 30%이상의 차이를 보이며 높게 나타났다. 이것은 한국인 학습자가 일본어를 학습 할 때 문법적인 사항을 체계적으로 정리하고 한국어의 지식을 잘 활용 하고 있음을 의미하는데, 한국인 학습자는 언어학습에서 문법과 읽기 학습을 중시하기 때문에 인지전략의 사용에서 긍정적인 의견이 높게 나 타난 것으로 여겨진다. 또한 반복을 통하여 효과적인 학습을 하거나 그 림이나 사전이나 잡지, 단어장과 같이 활자화된 자료나 오디오·비디오 테이프, TV, 라디오, 영화 등을 이용하여 다양한 자료를 이용하는 인지 전략을 효과적으로 구사한다는 것을 알 수 있다.

그러나 문항16과 문항17에서는 부정적인 의견이 높았는데 학습한 내 용을 일본어로 표출하는 기능인 구문 만들기, 요약하기, 테마에 맞는 쓰 기 등을 전략적으로 이용할 줄 모른다는 사실을 알 수 있다.

3) 보상전략의 사용

부족한 언어지식을 보충하기 위한 전략인 보상전략의 사용 결과를 보면 긍정적인 의견이 우세하게 나타났다. 이는 한국인 학습자는 거의 모든 전략에서 보상전략을 효과적으로 구사하고 있다는 것을 알 수 있다. 다음 〈표4-7〉은 보상전략의 각 문항을 나타낸 표이며 〈표4-8〉은 보상전략의 문항별 사용실태를 백분율로 표시한 표이다.

〈표4-7〉 보상전략의 문항

19. 새로운 단어의 의미를 이해하려고 그 뜻을 추측해 본다.
20. 일본어로 읽을 때에는 한 단어 한 단어 찾지 않는다.
21. 일본어 회화에서 다른 사람이 다음에 뭐라고 할지 추측해보려고 노력한다.
22. 그 상황에 맞는 말이 무슨 말일지 추측해 본다.
23. 일본어로 적절한 말을 모를 때에는 새로운 말을 만들어 사용한다.
24. 일본어 단어가 떠오르지 않을 때는 같은 의미를 가진 동의어나 대체어를 사용한다.
25. 일본어 단어가 떠오르지 않을 때는 다른 단어로 설명해서 사용한다.
26. 회화 중에 적절한 단어가 떠오르지 않을 때는 제스처를 사용한다.

〈표4-8〉 보상전략의 문항별 사용실태

전략	문항	1 전혀 또는 거의 해당되지 않는다	2 대체로 해당되지 않는다	3 어느 정도 해당된다	4 상당히 해당된다	5 항상 또는 거의 해당된다	missing	Total	부정적 의견	긍정적 의견
	19	20	91	293	161	58	1	624		
		3.21	14.58	46.96	25.80	9.29	0.16	100.00	17.79	35.09
	20	60	200	212	112	38	2	624		
		9.62	32.05	33.97	17.95	6.09	0.32	100.00	41.67	24.04

보 상 전 략	21	32	159	244	147	41	1	624		
		5.13	25.48	39.10	23.56	6.57	0.16	100.00	30.61	30.13
	22	14	72	254	210	72	2	624		
		2.24	11.54	40.71	33.65	11.54	0.32	100.00	13.78	45.19
	23	52	172	213	140	47	0	624		
		8.33	27.56	34.13	22.44	7.53	0	100.00	35.89	29.97
	24	28	87	222	209	75	3	624		
		4.49	13.94	35.58	33.49	12.02	0.48	100.00	18.43	45.51
	25	26	82	218	198	99	1	624		
		4.17	13.14	34.94	31.73	15.87	0.16	100.00	17.31	47.60
	26	23	66	190	182	163	0	624		
		3.69	10.58	30.45	29.17	26.12	0	100.00	14.27	55.29

〈표4-8〉에서와 같이 문항19, 문항22, 문항24, 문항25, 문항26에서 긍정적인 의견이 우세하게 나타났으며, 특히 문항22, 문항25, 문항26에서는 긍정적인 의견이 부정적인 의견보다 30%이상 높게 나타났다. 이것은 한국인 학습자가 듣기나 읽기를 할 때 자신이 알고 있는 언어지식을 통해 이해의 실마리를 얻거나 또는 언어 외적인 요인들을 통해 얻은 실마리로 의미를 추측하는 전략인 보상전략을 유용하게 구사하고 있다는 것을 의미한다. 그리고 대화 도중에 잘 표현할 수 없는 단어나 의미를 제스처로 대신하거나 대체어를 사용하는 등 상황에 맞는 표현을 고르기 위한 전략을 구사하고 있다고 할 수 있다. 보상전략은 읽기, 쓰기 등의 학습을 할 때에도 필요한 전략이지만, 의사소통을 위한 소통전략에도 도움이 되는 전략이다.

보상전략 중에 문항20과 문항23에서 부정적인 의견이 높게 나왔는데, 이는 한국인 학습자는 부족한 언어지식을 보충하기 위해 바로 사전에 의지해 버리고, 대화 도중에 같은 의미를 가지는 새로운 말을 만들어 보충하려는 전략은 그다지 사용하지 않는다는 것을 의미하고 있다. 하지만 긍정적인 의견과의 차이가 근소하고, 의사소통을 위해 제스처를 사용하거나 대체어를 사용하는 전략의 사용이 높은 것을 보면, 새로운 말을 만드는 전략을 사용하는데도 서툴지는 않을 것으로 추정된다.

4) 상위인지전략의 사용

학습자가 자신의 학습과정을 조정하고 평가하는 전략인 상위인지전략의 사용결과를 보면 한국인 학습자는 대체로 잘 이용하고 있으나 부족한 전략도 많다는 것을 알 수 있다. 다음 〈표4-9〉는 상위인지전략의 각 문항을 나타낸 표이며, 〈표4-10〉은 상위인지전략의 각 문항별 사용실태를 백분율로 표시한 표이다.

〈표4-9〉 상위인지전략의 문항

27. 뛰어난 일본어 학습자가 되기 위해서는 어떻게 하면 좋은지 생각해 본다.
28. 자신의 일본어 학습목표를 늘 생각하며 학습한다.
29. 계획을 세워 일본어 학습에 충분한 시간을 할애한다.
30. 다른 사람이 일본어를 사용하고 있을 때는 집중해서 들으려고 노력한다.
31. 일본어로 말을 걸 수 있는 사람을 찾는다.
32. 가능한 한 일본어로 읽을 기회를 찾는다.
33. 일본어 기능을 높이기 위한 구체적인 방법들을 생각해 본다.
34. 여러 가지 학습방법을 시도해 보고 자신에게 맞는 방법을 찾으려고 노력한다.
35. 자신의 일본어 학습의 발전 정도를 체크한다.
36. 일본어 학습기록표나 점검표를 만들어본다.

〈표4-10〉 상위인지전략의 문항별 사용실태

전략	문항	1 전혀 또는 거의 해당되지 않는다	2 대체로 해당되지 않는다	3 어느 정도 해당된다	4 상당히 해당된다	5 항상 또는 거의 해당된다	missing	Total	부정적 의견	긍정적 의견
상위인지전략	27	37	94	220	178	94	1	624		
		5.93	15.06	35.26	28.53	15.06	0.16	100.00	20.99	43.59
	28	39	104	260	142	79	0	624		
		6.25	16.67	41.67	22.76	12.66	0	100.00	22.92	35.42
	29	39	180	275	98	32	0	624		
		6.25	28.85	44.07	15.71	5.13	0	100.00	35.10	20.84
	30	19	60	227	200	117	1	624		
		3.04	9.62	36.38	32.05	18.75	0.16	100.00	12.66	50.80
	31	59	181	206	110	66	2	624		
		9.46	29.01	33.01	17.63	10.58	0.32	100.00	38.47	28.21
	32	41	130	235	144	73	1	624		
		6.57	20.83	37.66	23.08	11.70	0.16	100.00	27.40	34.78
	33	40	119	261	156	48	0	624		
		6.41	19.07	41.83	25.00	7.69	0	100.00	25.48	32.69
	34	37	89	279	154	63	2	624		
		5.93	14.26	44.71	24.68	10.10	0.32	100.00	20.19	34.78
	35	58	179	239	108	40	0	624		
		9.29	28.69	38.30	17.31	6.41	0	100.00	37.98	23.72
	36	180	212	161	52	19	0	624		
		28.85	33.97	25.80	8.33	3.04	0	100.00	62.82	11.37

위의 〈표4-10〉에서와 같이 긍정적인 의견이 우세한 것은 문항27, 문항28, 문항30, 문항32, 문항33, 문항34이며, 특히 문항30의 전략에서는 30% 이상의 차이를 보이며 긍정적인 의견이 높게 나타났다. 이는 학습자가 자신의 학습목표를 설정하고 효과적인 학습방법이 무엇인가에 대

해서 생각하고 있다는 것을 의미한다. 그리고 문항30에서와 같이 필요한 내용을 선별하여 주의를 기울이며 듣거나 읽는 전략, 연습기회 활용전략은 효과적인 일본어학습을 하는 데 도움을 주는 전략이다.

그러나 상위인지전략의 가장 중요한 역할의 하나인 자신의 학습에 대해 계획을 세우고 자신의 학습 진행상황을 점검하는 전략의 사용은 소극적이라는 결과가 나왔다. 문항29, 문항31, 문항35, 문항36에서 부정적인 의견이 높게 나타났는데, 이는 자신의 학습목표에 맞추어 계획하고 목표대로 잘 진행되고 있는지 점검표를 만들어 정기적으로 확인하는 전략은 소홀히 한다는 것을 의미한다. 일본어학습에서 스스로 생각한 것을 실천해 보고 어느 정도 발전하였는지 자기 스스로 평가해 보기 위해서는 언어학습 일기, 언어학습 기록장, 점검표 등을 만드는 전략을 적극적으로 활용해 보아야 할 것이다.

5) 정의적전략의 사용

학습자가 자신의 감정이나 동기, 태도 등을 조절하여 학습능률을 올리는 전략인 정의적전략의 사용 결과를 보면, 한국인 학습자는 대체로 부정적인 의견이 높게 나타나 정의적전략을 잘 활용하지 못한다는 것을 알 수 있다. 다음 〈표4-11〉은 정의적전략의 각 문항을 나타낸 것이며, 〈표4-12〉는 정의적전략의 각 문항별 사용실태를 백분율로 표시한 표이다.

<표4-11> 정의적전략의 문항

37. 일본어 사용 중 자신이 없거나 어려움을 느낄 때 극복하는 방법을 연구해 본다.
38. 일본어 학습 중에 긴장하거나 신경질적인 상태가 되는 것을 스스로 느낄 수 있다.
39. 일본어 학습 일기에 자신의 감정을 기록한다.
40. 일본어 학습 중의 자신의 감정을 다른 사람에게 이야기해 본다.
41. 일본어로 능숙하게 말했을 때는 스스로를 칭찬한다.
42. 실수를 두려워하지 않고 일본어로 말하도록 스스로를 격려한다.

<표4-12> 정의적전략의 문항별 사용 실태

전략	문항	1 전혀 또는 거의 해당되지 않는다	2 대체로 해당되지 않는다	3 어느 정도 해당된다	4 상당히 해당된다	5 항상 또는 거의 해당된다	missing	Total	부정적 의견	긍정적 의견
정의적전략	37	49	172	271	104	27	1	624		
		7.85	27.56	43.43	16.67	4.33	0.16	100.00	35.41	21.00
	38	121	171	193	97	40	2	624		
		19.39	27.40	30.93	15.54	6.41	0.32	100.00	46.79	21.95
	39	206	223	129	44	20	2	624		
		33.01	35.74	20.67	7.05	3.21	0.32	100.00	68.75	10.26
	40	124	177	203	91	28	1	624		
		19.87	28.37	32.53	14.58	4.49	0.16	100.00	48.24	19.07
	41	40	91	215	176	100	2	624		
		6.41	14.58	34.46	28.21	16.03	0.32	100.00	20.99	44.24
	42	41	134	224	158	67	0	624		
		6.57	21.47	35.90	25.32	10.74	0	100.00	28.04	36.06

<표4-12>에서 나타난 바와 같이 문항41과 문항42에서만 긍정적인 의

견이 높게 나타났을 뿐 대부분의 문항에서는 부정적인 의견이 높게 나타났다. 문항41과 문항42에서 긍정적인 의견이 높다는 것은 정의적전략 중에서 학습활동을 훌륭하게 잘 해내었을 때에 학습자가 스스로 칭찬과 격려를 통하여 성취감을 보상해가는 전략을 잘 이용하고 있다는 것을 의미한다.

그러나 문항37, 문항38, 문항39, 문항40에서는 부정적인 의견이 높게 나타났고, 특히 39번 문항의 전략은 부정적인 의견이 50% 이상의 차이를 보이고 있다. 이는 한국인 학습자는 자신의 감정을 점검하거나 조절하는 전략을 그다지 사용하지 않는다는 사실을 의미한다. 그리고 언어학습에 대한 두려움과 불안감을 감소하는 전략과 감정 상태를 점검하여 학습과정에서 자신이 갖고 있는 부정적인 요소들은 없애고 긍정적인 요소들을 유지하는 감정 상태 점검전략은 거의 사용을 하지 않는다는 것도 알 수 있다. 이로 추측하여 보건대 한국인 학습자가 감정상태를 점검하거나 조절하는 것이 일본어를 학습할 때 효과적으로 도움을 준다는 인식이 아직 없는 것 같다. 그러나 언어교수방법 중에 학습자의 감정을 점검하고 편안한 상태를 유지시켜서 학습능률을 올리려는 교수법[18]이 있는 점 등을 감안하면 정의적전략을 적극적인 활용하는 것이 필요하겠다.

---

18) 학습자의 감정을 점검하고 편안한 상태를 유지시켜서 학습능률을 올리려는 교수 방법을 정신역학계 방법(Psychodynamic Method)이라 하며, 교수법에는 유아의 언어습득과정과 같은 스트레스가 없는 언어학습을 지향하는 침묵식교수법(silent Way), 카운슬링 기법을 응용한 CLL(Community Language Learning), 암시의 힘을 이용한 Suggestopedia 등이 있다.

6) 사회적전략의 사용

최근에 언어학습전략 중에서 의사소통을 위해 그 중요성이 부각되고 있는 사회적전략의 사용결과를 보면 전체적으로 부정적인 의견이 높게 나타났다. 다음 〈표4-13〉은 사회적전략의 각 문항이며 〈표4-14〉는 사회적전략의 각 문항별 사용실태를 백분율로 표시한 표이다.

〈표4-13〉 사회적전략의 문항

> 43. 회화 중에 모르는 부분은 천천히 말해 달라고 하거나 다시 한번 말해 달라고 한다.
> 44. 수업이나 회화 중에 이해가 가지 않는 부분은 적극적으로 질문한다.
> 45. 모르는 표현이 있을 때에는 일본어 원어민에게 도움을 청한다.
> 46. 일본어 원어민에게 틀린 부분을 수정해 달라고 부탁한다.
> 47. 일본인을 친구로 만든다.
> 48. 일본어 학습 동호회 활동에 적극 참여한다.
> 49. 일본인과의 교류 프로그램에 적극 참여한다.
> 50. 일본 문화를 배우려고 노력한다.

〈표4-14〉 사회적적전략의 문항별 사용 실태

전략	문항	1 전혀 또는 거의 해당되지 않는다	2 대체로 해당되지 않는다	3 어느 정도 해당된다	4 상당히 해당된다	5 항상 또는 거의 해당된다	missing	Total	부정적 의견	긍정적 의견
	43	38	99	211	158	116	2	624		
		6.09	15.87	33.81	25.32	18.59	0.32	100.00	21.96	43.91
	44	76	199	218	84	46	1	624		
		12.18	31.89	34.94	13.46	7.37	0.16	100.00	44.07	20.83
	45	140	195	150	91	47	1	624		
		22.44	31.25	24.04	14.58	7.53	0.16	100.00	53.69	22.11

사회적전략	46	150	186	150	89	48	1	624		
		24.04	29.81	24.04	14.26	7.69	0.16	100.00	53.85	21.95
	47	145	160	155	86	77	1	624		
		23.24	25.64	24.84	13.78	12.34	0.16	100.00	48.88	26.12
	48	178	209	136	58	42	1	624		
		28.53	33.49	21.79	9.29	6.73	0.16	100.00	62.02	16.02
	49	170	197	138	71	46	2	624		
		27.24	31.57	22.12	11.38	7.37	0.32	100.00	58.81	18.75
	50	34	76	232	149	131	2	624		
		5.45	12.18	37.18	23.88	20.99	0.32	100.00	17.63	44.87

〈표4-14〉에서와 같이 문항43과 문항50에서 긍정적인 의견이 높게 나타났는데, 이는 한국인 학습자는 사회적전략인 질문전략과 문화이해 전략에 대한 인식은 가지고 있다고 할 수 있다. 이는 선생님이나 주위 사람들에게 적극적으로 묻거나 일본문화를 이해하여 일본어 학습능률을 올리는 전략을 잘 사용하고 있다는 것을 의미한다. 특히 최근에는 일본문화, 즉 노래나 영화, 애니메이션, 패션 등을 즐기기 위해 일본어를 학습하는 학습자 층이 늘어나고 있다는 것을 보면 쉽게 이해가 간다.

그러나 문항44, 문항45, 문항46, 문항47, 문항48, 문항49에서 모두 부정적인 의견이 높았다. 특히 부정적인 의견이 30% 이상 우세한 문항은 문항46과 문항49이며, 문항48은 부정적인 의견이 50% 이상의 큰 차이를 보이고 있다. 이는 한국인 학습자가 일본어학습을 위해 일본문화를 이해하려고 노력은 하지만, 타인과의 상호관계를 잘 이용하여 언어학습 효과를 고조시키는 전략의 사용에는 소홀하다는 것을 알 수 있다. 일본어학습을 위한 동호회 활동이나 일본과의 교류 프로그램에 참가하는 것은 일본문화나 지식에 관한 이해를 키우는데 중요한 전략이므로 한국인 학습자에게 더욱 필요한 전략이라 할 수 있겠다.

1.2.2. 어학시험 자격별 학습전략 사용 실태

(1) 분석방법

어학시험 자격별 학습전략의 사용 실태를 알아보기 위하여 위에서 분석한 언어학습전략 조사표의 응답 결과를 다시 SAS(Version8.01)을 사용하여 분산분석과 F Value 검증을 실시하였다. 분석의 목적은 어학시험에서 일정한 자격을 획득한 사람은 그렇지 못한 사람들에 비해 특별한 학습전략을 구사하고 있을 것이라는 전제하에 그들의 언어학습전략을 조사하는 것이다.

조사 분석에서는 총 설문응답자 중에서 일본어 관련 어학시험에서 일정 자격이나 점수를 획득한 사람을 일본어학습에 성공한 학습자로 간주하여 분석하였다. 기준에 따라 A, B, C군으로 분류하였는데 일본어능력시험 2급 또는 3급을 획득한 학습자나 또는 JPT 500점-700점을 획득한 학습자를 A군으로, 일본어능력시험 1급 이상이나 JPT 700점 이상을 획득한 학습자를 B군으로 분류하여 일본어학습에 성공한 학습자로 간주하고, 그렇지 못한 학습자를 C군으로 분류하여 학습전략 사용상에서의 차이점을 분석하였다. 총 50문항을 각 언어전략별로 6개 파트로 나누어 정리하고 표로 만들었다.

분산분석에서는 백분율이 아니라 각 문항별 응답자수에 대한 평균(=5점측도×빈도수/전체빈도)과 표준편차, F Value, PV(유의확률)를 표시하고 유의수준 5%와 유의수준 1%에서 유의성이 검증되었다.

(2) 전략별 사용실태

1) 기억전략의 비교

다음 〈표4-15〉은 A, B, C 세 그룹의 기억전략의 평균을 비교한 뒤, 성공한 학습자와 그렇지 못한 학습자의 기억전략 사용실태를 비교하여 그 유의성을 검증한 표이다. 또한 〈그림4-1〉은 각 그룹의 기억전략의 사용 실태를 알아보기 위하여 각 문항별 평균을 비교하여 나타낸 그래 프이다.

〈표4-15〉에서와 같이 기억전략에서는 A, B, C 세 그룹 모두 유의미한 차이는 보이고 있지 않다. 기억전략의 평균이 전체적으로 낮게 나타난 것을 보면 한국인 학습자는 기억전략을 효과적으로 사용하고 있지 못하 다는 것을 의미한다. 그리고 세 그룹의 평균비교인 〈그림4-1〉의 그래프 를 보면, C그룹의 평균이 성공한 학습자인 A, B그룹의 평균보다 오히려 높게 나타난 것을 볼 수 있다. 이는 C그룹의 학습자는 어휘나 문법 사항 을 익혀서 일본어학습의 능률을 올리는 것을 목적으로 하지만, 어느 정 도 학습 성과를 올린 A, B그룹의 학습자는 한 단어 한 단어를 외우기보 다는 전체적인 맥락에서 학습하고, 학습한 내용을 실제장면에서 사용하 는 사용전략을 주로 구사하기 때문이라고 여겨진다.

한편, 한국인 학습자의 기억전략에 관해서는 전체적으로 낮은 평균이 나왔지만 한국인 학습자도 나름대로의 기억전략을 사용하고 있으리라 고 추정된다. 예를 들면 무조건 암기하기나, 노트에 반복하여 쓰면서 암기하기 등의 전략을 자주 사용하고 있다는 선행연구의 결과를 감안하 면, 이번 설문에서 사용된 문항에서 다루지 못한 부분이 있었다는 점을 생각해야 하겠다.

<표4-15> 기억전략의 분산분석표

A=일본어능력시험 2,3급이나 JPT500~700점
B=일본어능력시험 1급이나 JPT700점 이상
C=수험경험 없거나 자격 미도달자

문항	A群(95명) 평균(표준편차)	B群(46명) 평균(표준편차)	C群(483명) 평균(표준편차)	F Value	PV
1	2.91(1.14)	2.61(0.93)	2.86(1.06)	1.35	0.261
2	2.57(1.37)	2.46(1.28)	2.69(1.22)	1.01	0.365
3	3.27(1.04)	3.13(1.09)	3.11(1.04)	0.88	0.415
4	2.62(1.15)	2.67(1.10)	2.73(1.16)	0.38	0.686
5	2.86(1.22)	2.83(1.14)	2.85(1.09)	0.02	0.982
6	3.26(1.14)	3.30(1.05)	3.06(1.11)	2.14	0.119
7	2.61(1.21)	2.28(0.93)	2.56(1.11)	1.47	0.230
8	2.57(1.15)	2.33(1.14)	2.53(1.09)	0.82	0.439

cf. * ; 유의수준 5%에서 유의, ** ; 유의수준 1%에서 유의함을 의미함.

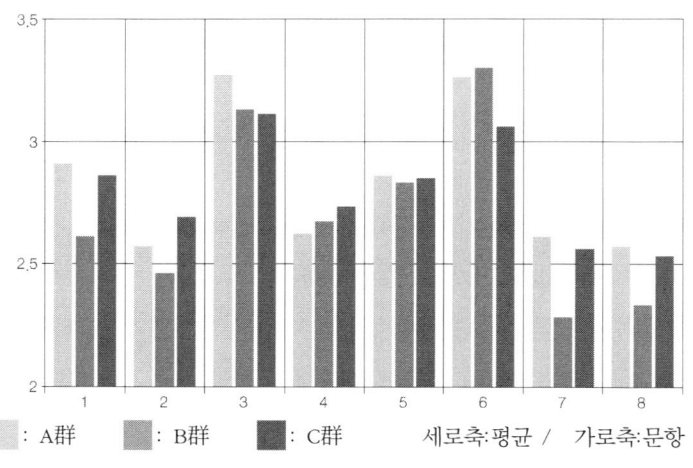

: A群   : B群   : C群   세로축:평균 / 가로축:문항

<그림4-1> 기억전략의 평균비교

2) 인지전략의 비교

다음 〈표4-16〉은 A, B, C 세 그룹의 인지전략의 평균을 비교한 뒤, 성공한 학습자와 그렇지 못한 학습자의 인지전략 사용실태를 비교하여 그 유의성을 검증한 표이다. 그룹 간에 유의미한 차이를 보인 문항의 PV(유의확률)는 다른 색으로 표시하였다. 또한 〈그림4-2〉는 각 그룹의 인지전략의 사용 실태를 알아보기 위하여 각 문항별 평균을 비교하여 나타낸 그래프이다.

〈표4-16〉에서와 같이 인지전략에서는 거의 모든 문항에서 어학시험 자격별로 유의미한 차이를 나타냈다. A그룹과 B그룹의 평균이 전체적으로 높게 나타나서 성공한 학습자가 인지전략을 효과적으로 잘 사용하고 있다는 것을 알 수 있다. 특히 문항14, 문항15, 문항16, 문항17, 문항18에서는 최상위 그룹인 B그룹의 평균이 높게 나타났는데, 이는 네이티브의 발음을 집중해서 따라 하거나 오디오·비디오테이프, TV, 라디오, 영화 등 다양한 자료를 이용하는 인지전략을 효과적으로 구사한다는 것을 알 수 있다. 그러나 문항9, 문항10, 문항11, 문항12, 문항13 등에서는 A그룹 학습자의 평균이 제일 높게 나타났는데, 이는 문장 안에서 규칙을 찾거나 문장을 분해해서 의미를 찾는 작업으로, 어느 정도 문법사항을 학습하여 스스로 문장을 문법적인 구조로 정리할 수 있는 단계에서 사용하는 전략이기 때문이라고 추정된다.

〈표4-16〉 인지전략의 분산분석표

문항	A群(95명) 평균(표준편차)	B群(46명) 평균(표준편차)	C群(483명) 평균(표준편차)	F Value	PV
9	4.05(0.88)	3.59(1.13)	3.79(1.01)	4.07	0.018*
10	3.66(0.96)	3.41(1.02)	3.24(0.99)	7.37	0.000**
11	3.58(1.01)	3.54(0.89)	3.18(1.03)	7.85	0.000**
12	3.53(1.04)	3.48(1.01)	3.27(1.06)	2.92	0.055
13	3.43(1.01)	3.41(0.96)	3.12(1.01)	5.09	0.006**
14	3.83(1.03)	4.13(0.92)	3.41(1.09)	13.90	0.000**
15	3.64(1.03)	3.83(1.10)	3.42(1.05)	4.44	0.012*
16	2.94(1.07)	3.04(0.97)	2.67(0.98)	5.26	0.005**
17	2.93(1.14)	3.20(1.02)	2.50(1.10)	13.05	0.000**
18	3.69(1.04)	4.02(1.08)	3.43(1.21)	6.55	0.002**

cf.* ; 유의수준 5%에서 유의, ** ; 유의수준 1%에서 유의함을 의미함.

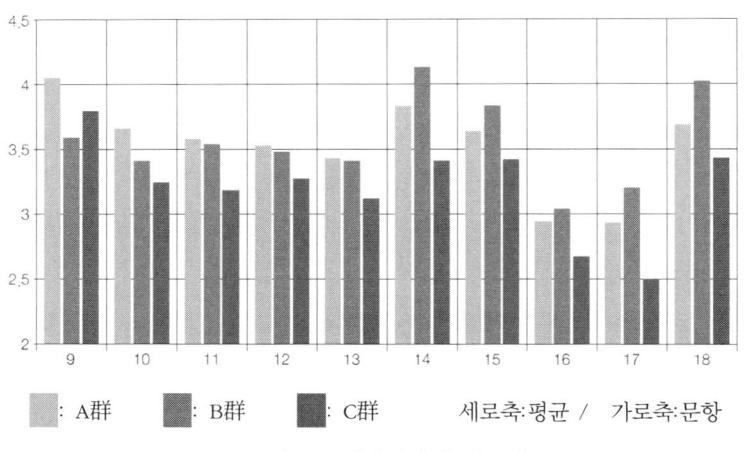

: A群　　　: B群　　　: C群　　　세로축:평균 / 가로축:문항

〈그림4-2〉 인지전략의 평균비교

3) 보상전략의 비교

다음 〈표4-17〉은 A, B, C 세 그룹의 보상전략의 평균을 비교한 뒤, 성공한 학습자와 그렇지 못한 학습자의 보상전략 사용실태를 비교하여 그 유의성을 검증한 표이다. 그룹 간에 유의미한 차이를 보인 문항의 PV(유의확률)는 다른 색으로 표시하였다. 또한 〈그림4-3〉은 각 그룹의 보상전략의 사용 실태를 알아보기 위하여 각 문항별 평균을 비교하여 나타낸 그래프이다.

〈표4-17〉에서와 같이 보상전략에서도 거의 모든 문항에서 어학시험 자격별로 유의미한 차이를 나타냈다. A그룹과 B그룹의 평균이 전체적으로 높게 나타나서 성공한 학습자가 보상전략을 효과적으로 잘 사용하고 있다는 것을 일 수 있다. 보상전략에서는 최상위 그룹인 B그룹의 평균이 전반적으로 높게 나타났고 그 뒤를 이어 A그룹과 C그룹의 순으로 높게 나타났다. 이는 한국인 학습자가 자신이 알고 있는 언어지식을 통해 이해의 실마리를 얻거나, 얻은 실마리를 토대로 의미를 추측하는 보상전략을 유용하게 구사하고 있다는 것을 의미한다. 그리고 대화 도중에 잘 표현할 수 없는 단어나 의미를 제스처로 대신하거나 대체어, 신조어 사용 등에서도 일본어학습에 성공한 A, B그룹이 학습전략을 잘 구사하고 있다는 것을 알 수 있다. 문항26에서는 C그룹의 평균도 높게 나타났는데, 잘 모르는 표현이나 의미를 제스처로 대신하는 전략은 어학성적에 상관없이 언어학습자가 자주 사용하는 학습전략이라는 것을 알 수 있다.

〈표4-17〉 보상전략의 분산분석표

문항	A群(95명) 평균(표준편차)	B群(46명) 평균(표준편차)	C群(483명) 평균(표준편차)	F Value	PV
19	3.34(0.88)	3.65(0.85)	3.17(0.93)	6.43	0.002**
20	2.85(0.99)	3.22(1.07)	2.73(1.04)	4.78	0.009**
21	3.04(0.99)	3.37(0.90)	2.97(0.98)	3.60	0.028*
22	3.61(0.83)	3.87(0.91)	3.32(0.92)	10.45	0.000**
23	3.32(1.03)	3.20(1.07)	2.83(1.05)	9.99	0.000**
24	3.80(0.86)	3.91(0.96)	3.20(1.00)	23.10	0.000**
25	3.87(0.83)	4.04(0.92)	3.27(1.04)	23.94	0.000**
26	3.81(0.94)	3.35(1.16)	3.63(1.11)	2.86	0.058

cf. * ; 유의수준 5%에서 유의, ** ; 유의수준 1%에서 유의함을 의미함.

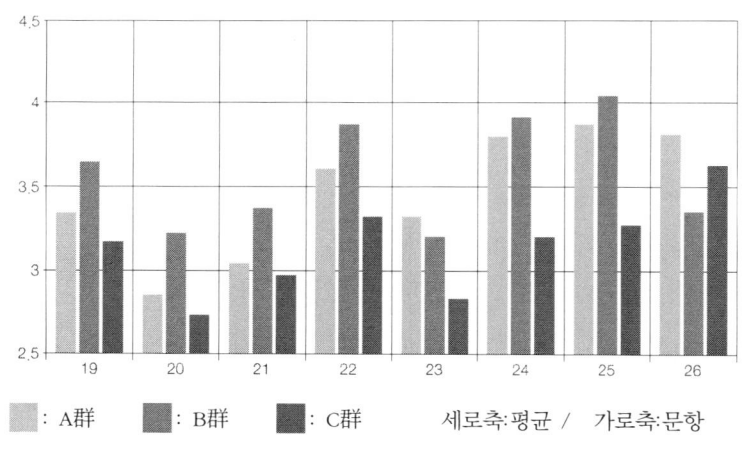

■ : A群   ■ : B群   ■ : C群   세로축:평균 / 가로축:문항

〈그림4-3〉 보상전략의 평균비교

4) 상위인지전략의 비교

다음 〈표4-18〉은 A, B, C 세 그룹의 상위인지전략의 평균을 비교한

뒤, 성공한 학습자와 그렇지 못한 학습자의 상위인지전략 사용실태를 비교하여 그 유의성을 검증한 표이다. 그룹 간에 유의미한 차이를 보인 문항의 PV(유의확률)는 다른 색으로 표시하였다. 또한 〈그림4-4〉은 각 그룹의 상위인지전략의 사용 실태를 알아보기 위하여 각 문항별 평균을 비교하여 나타낸 그래프이다.

〈표4-18〉에서와 같이 상위인지전략에서도 거의 모든 문항에서 어학시험 자격별로 유의미한 차이를 나타냈다. A그룹과 B그룹의 평균이 전반적으로 높게 나타나서 성공한 학습자가 상위인지전략을 잘 구사하고 있다는 것을 알 수 있다. 그러나 문항27, 문항28, 문항29, 문항30, 문항33, 문항34에서는 모두 A그룹이 B그룹보다 높은 평균을 나타내고 있음을 알 수 있다. 이는 성공한 학습자가 그렇지 못한 학습자에 비해서 자기학습을 계획하고 조정 평가하는 상위인지전략을 잘 구사하고는 있으나 최상위 그룹이라고 해서 가장 잘 구사한다고는 말할 수 없다는 것을 알 수 있다.

또한 세 그룹의 평균을 다른 전략과 비교해보면 상위인지전략의 평균은 그리 높은 편이 아니다. 부분적으로 아주 낮게 나온 문항도 있는데, 이는 한국인 학습자가 자신의 학습목표에 맞추어 계획하고 목표대로 잘 진행되고 있는지 정기적으로 점검하는 전략을 소홀히 한다는 것을 알 수 있다.

〈표4-18〉 상위인지전략의 분산분석표

문항	A群(95명) 평균(표준편차)	B群(46명) 평균(표준편차)	C群(483명) 평균(표준편차)	F Value	PV
27	3.68(1.02)	3.54(1.07)	3.22(1.08)	8.40	0.000**
28	3.42(1.10)	3.33(1.03)	3.13(1.05)	3.45	0.033*
29	3.04(0.90)	2.93(0.98)	2.80(0.94)	2.91	0.055
30	3.82(0.93)	3.67(1.06)	3.47(1.00)	5.38	0.005**
31	3.29(1.12)	3.33(1.14)	2.79(1.10)	11.33	0.000**
32	3.46(0.99)	3.57(1.09)	3.02(1.07)	11.04	0.000**
33	3.31(1.03)	3.28(1.03)	3.02(0.98)	4.18	0.016*
34	3.41(0.98)	3.24(1.12)	3.14(0.99)	3.08	0.047*
35	2.98(1.00)	3.07(1.06)	2.78(1.03)	2.86	0.058
36	2.23(1.12)	2.26(1.00)	2.22(1.04)	0.03	0.973

cf. * ; 유의수준 5%에서 유의, ** ; 유의수준 1%에서 유의함을 의미함.

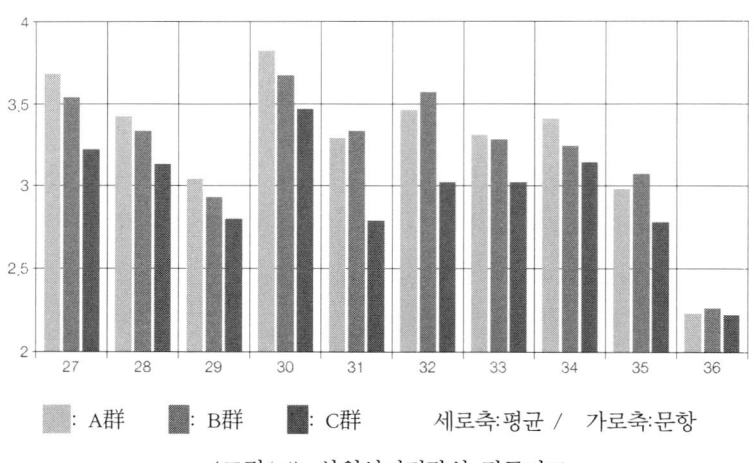

〈그림4-4〉 상위인지전략의 평균비교

5) 정의적전략의 비교

다음 〈표4-19〉은 A, B, C 세 그룹의 정의적전략의 평균을 비교한 뒤, 성공한 학습자와 그렇지 못한 학습자의 정의적전략 사용실태를 비교하여 그 유의성을 검증한 표이다. 그룹 간에 유의미한 차이를 보인 문항의 PV(유의확률)는 다른 색으로 표시하였다. 또한 〈그림4-5〉은 각 그룹의 정의적전략의 사용 실태를 알아보기 위하여 각 문항별 평균을 비교하여 나타낸 그래프이다.

〈표4-19〉에서와 같이 정의적전략에서는 일부 문항에서만 어학시험 자격별로 유의미한 차이를 나타냈다. 전반적으로 성공한 학습자 그룹의 평균이 높게 나오기는 했지만, C그룹의 평균과 큰 차이가 없어서 유의미한 차이를 보이지 못했다.

문항38, 문항41, 문항42에서만 유의미한 차이를 보였는데 여기에서도 B그룹의 평균이 A그룹보다 높게 나타났다. 이는 자기감정을 점검하여 학습에 최적한 상태를 만드는 정의적전략의 사용에 있어서 성공한 학습자가 그렇지 못한 학습자에 비해서 전략을 잘 구사하고는 있으나, 최상위 그룹이라고 해서 가장 잘 구사한다고는 말할 수 없다며, 학습자가 자신의 감정상태를 점검하거나 조절하는 것이 일본어를 학습할 때 효과적으로 도움을 준다는 인식이 아직 없는 것 같다. 특히 문항38, 문항39는 세 그룹 모두 아주 낮은 평균을 나타내었는데, 이는 한국인 학습자가 일본어를 학습하는 도중에 느끼게 되는 감정상태를 스스로 점검하거나 학습일기에 기록하여 점검하는 것은 서툴다는 것을 알 수 있다.

〈표4-19〉 정의적전략의 분산분석표

문항	A群(95명) 평균(표준편차)	B群(46명) 평균(표준편차)	C群(483명) 평균(표준편차)	F Value	PV
37	2.91(1.07)	2.91(0.94)	2.79(0.92)	0.78	0.460
38	2.41(1.18)	2.26(1.12)	2.70(1.14)	4.82	0.008**
39	2.16(1.13)	2.13(1.02)	2.10(1.04)	0.12	0.889
40	2.60(1.16)	2.65(1.10)	2.54(1.09)	0.31	0.731
41	3.74(1.10)	3.13(1.11)	3.27(1.09)	8.11	0.000**
42	3.43(1.01)	3.26(1.20)	3.05(1.06)	5.60	0.004**

cf. * ; 유의수준 5%에서 유의, ** ; 유의수준 1%에서 유의함을 의미함

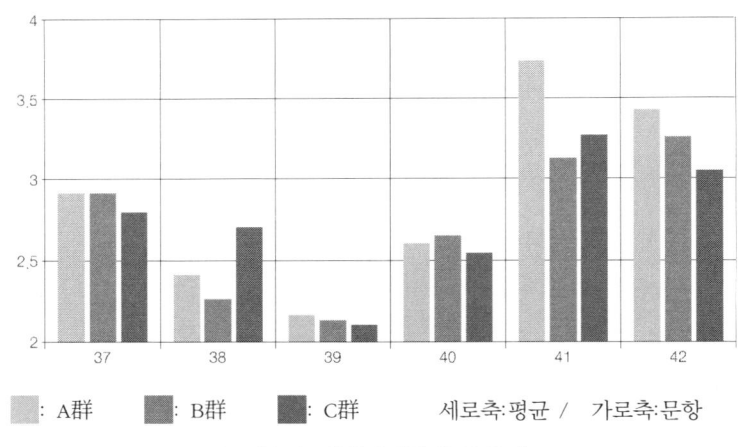

: A群　　: B群　　: C群　　세로축:평균 / 가로축:문항

〈그림4-5〉 정의적전략의 평균비교

6) 사회적전략의 비교

다음 〈표4-20〉은 A, B, C 세 그룹의 사회적전략의 평균을 비교한 뒤, 성공한 학습자와 그렇지 못한 학습자의 사회적전략 사용실태를 비교하여 그 유의성을 검증한 표이다. 그룹 간에 유의미한 차이를 보인 문항의

PV(유의확률)는 다른 색으로 표시하였다. 또한 〈그림4-6〉은 각 그룹의 사회적전략의 사용 실태를 알아보기 위하여 각 문항별 평균을 비교하여 나타낸 그래프이다.

〈표4-20〉에서와 같이 사회적전략은 모든 문항에서 어학시험 자격별로 유의미한 차이를 나타냈다. A그룹과 B그룹의 평균이 전체적으로 높게 나타나서 성공한 학습자가 사회적전략을 효과적으로 잘 사용하고 있다는 것을 알 수 있다. 사회적전략에서는 최상위 그룹인 B그룹의 평균이 전반적으로 높게 나타났고 A그룹의 평균도 높게 나타났다. 이는 의사소통 능력 향상을 학습목표로 하는 최근의 일본어교육에서 한국인 학습자가 일본어학습을 위한 동호회 활동이나 일본과의 교류 프로그램에 참가하며 일본문화나 지식에 관한 이해를 키우는 사회적전략을 잘 구사하고 있다는 것을 의미한다. 언어학습은 상호작용에 의해 이루어지는 것이므로 주위의 선생님이나 동료들과의 상호작용을 통하여 일본어 능력을 향상시키는 것은 중요하며, 또한 언어학습이란 언어지식의 향상뿐만 아니라 실제의 장면에서 사용하는 것을 목적으로 이루어지기 때문에, 사회적전략의 사용은 중요하다고 할 수 있다.

〈표 4-20〉 사회적전략의 분산분석표

문항	A群(95명) 평균(표준편차)	B群(46명) 평균(표준편차)	C群(483명) 평균(표준편차)	F Value	PV
43	3.69(1.06)	3.52(1.24)	3.26(1.12)	6.55	0.002**
44	3.03(1.11)	2.96(1.15)	2.63(1.05)	6.71	0.001**
45	2.97(1.24)	3.30(1.23)	2.38(1.14)	21.12	0.000**
46	2.84(1.27)	3.24(1.25)	2.38(1.17)	15.02	0.000**
47	2.89(1.31)	3.28(1.22)	2.56(1.30)	8.41	0.000**
48	2.47(1.24)	2.67(1.16)	2.26(1.16)	3.61	0.028*
49	2.61(1.23)	2.85(1.30)	2.32(1.18)	5.80	0.003**
50	3.55(1.13)	3.76(0.97)	3.37(1.12)	3.25	0.040*

cf. * ; 유의수준 5%에서 유의, ** ; 유의수준 1%에서 유의함을 의미함.

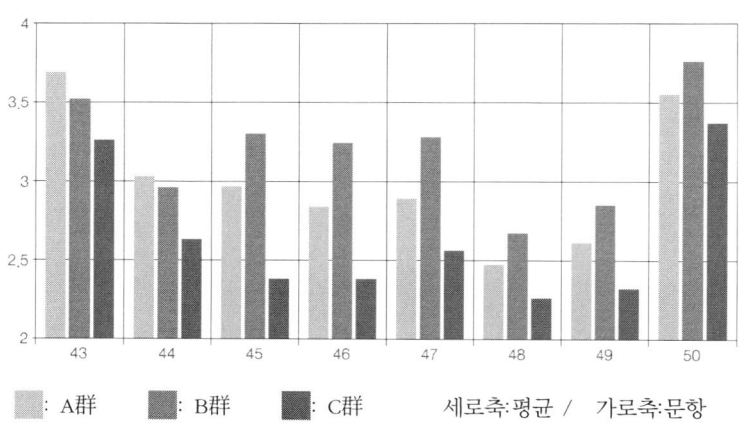

: A群　　: B群　　: C群　　세로축:평균 / 가로축:문항

〈그림4-6〉 사회적전략의 평균비교

2. 언어기능별 학습전략의 전략유형별 사용실태

2.1. 조사내용

2.1.1. 설문의 목적

한국인 학습자가 일본어 학습과정에서 구사하는 학습전략 중에서 듣기, 말하기, 읽기, 쓰기 등의 각 언어기능 및 문자, 어휘, 발음, 문법 학습항목별 전략 사용의 특징을 조사하는 것이 본 설문의 목적이다. 한국인 학습자만의 독특한 학습전략을 조사하고 분석, 정리함으로써 효율적인 일본어 학습방법을 제안하고자 하며 구체적인 설문의 목적은 다음과 같다.

1) 한국인 학습자가 구사하는 각 언어기능별 학습전략의 사용실태를 알아본다.
2) 각 언어기능별 학습전략 사용 중에서 즐겨 사용하는 전략과 필요하지만 부족한 학습전략을 알아본다.
3) 어학시험에서 일정 자격을 가진 학습자와 그렇지 못한 학습자의 학습전략 사용의 차이점을 알아본다.
4) 특히 어학시험에 일정 자격을 가진 학습자의 학습전략 사용에 주목하여 성공한 학습자의 학습전략을 알아본다.

2.1.2. 설문대상 및 방법

이번 설문은 2005년 3월에 온라인과 오프라인으로 동시에 실시하였

다. 일본어전공 대학생 및 타과전공 대학생 612명의 설문을 조사 분석하였다.[19]

온라인 조사의 설문대상은 열린사이버대학교(Open Cyber University: OCU)에 개설된 일본어과 과목인 '사이버와 효과적인 일본어학습법' '초급일본어1' '초급일본어2' '초급일본어3'을 수강하고 있는 대학생들로 하였다. 그리고 오프라인 조사의 대상은 부산외국어대학교 일본어과에 개설된 전공과목인 '기초일본어회화' '정보일본어' '일본어실무JPT' '재패니메이션의 이해'를 수강하는 학생들로 하였다. 온라인 조사는 컴퓨터상에 나타난 창에 접속하여 학습자가 직접 입력하는 방식을 이용하였고 오프라인 조사는 설문지 회수 방식을 이용하였다.

2.1.3. 설문의 구성과 기준

한국인 일본어 학습자의 각 언어기능별 학습전략 사용실태를 파악하기 위해서 이 논문에서 사용한 설문지는 伴紀子(1989)의 '과제별 학습전략[20]'을 바탕으로 하고 일본어 전문가들이 제시하는 효과적인 일본어 학습방법을 참고로 하여 본 연구자가 한국인 학습자에게 맞도록 조사내용을 재구성한 '한국인 학습자의 각 언어기능별 학습전략 조사표(총 51문항)'를 이용하였다.

전략은 크게 8개로 나누어 각 전략별로 세부전략을 설정하였다. 먼저

---

19) 총 624명의 설문을 실시하였으나 부분적 결측 등의 이유로 각 언어기능별 학습
    전략 조사에서는 612명의 설문을 분석하였다.
20) 伴紀子(1989). 「日本語学習者の適用する学習ストラテジー」『アカデミア文学
    語学編』 47号1-15

일본어 학습항목으로 문자전략, 어휘전략, 발음전략, 문법전략을 마련하고, 언어기능 향상을 위한 전략으로 듣기전략, 말하기전략, 읽기전략, 쓰기전략을 마련하였다. 그리고 각 문항에 대해 1(전혀 또는 거의 해당되지 않는다), 2(대체로 해당되지 않는다), 3(어느 정도 해당된다), 4(상당히 해당된다), 5(항상 또는 거의 해당된다)의 정도에 따라 5단계로 응답하도록 하였다.

2.2. 설문결과

2.2.1. 언어학습전략의 사용실태 분석

(1) 분석방법

설문내용을 SAS(Version8.01)를 사용하여 분석한 뒤 각 문항에 응답한 응답자 수를 백분율로 표시하여 문항별 사용정도를 조사하였다. 각 언어기능별 학습전략조사표의 51문항을 크게 두 가지로 구분하여 사용 경향을 분석하였다. 하나는 일본어학습의 세부 항목인 문자, 어휘, 발음, 문법 학습의 학습전략 사용으로, 다른 하나는 언어의 4기능인 듣기, 말하기, 읽기, 쓰기 학습의 학습전략의 사용으로 나누었다.

각 문항의 사용경향을 알아보는 방법으로 '언어학습전략의 조사'에서와 같은 방법을 사용하여 그 문항의 학습전략을 사용함에 있어서 부정적인 의견을 가진 응답자수와 긍정적인 의견을 가진 응답자수의 비율을 비교하여 분석하였다. 즉, 1(전혀 또는 거의 해당되지 않는다)와 2(대체로 해당되지 않는다)를 선택한 응답자들의 의견은 '그 문항의 학습전략을 사용하지 않거나 사용하는데 서툰' 부정적인 의견으로 간주하고, 4(상당히 해당된다)와 5(항상 또는 거의 해당된다)를 선택한 응답자들의 의견은 '그 문항의 학습전략을 즐겨 사용하거나 선호하는' 긍정적인 의견으로 간주하여 그 차이를 비교하였다. 그리고 3(어느 정도 해당된다)을 선택한 응답자들의 생각은 중간의견으로 간주하여 분석에서 제외시켰다. 각 의견의 차이가 클수록 응답자들의 학습전략사용에 관한 기호의 정도가 크다고 할 수 있다.

(2) 응답자 분석

본 설문에 응답한 학습자는 총 612명으로 〈표4-21〉에 나타난 바와 같이 남녀 비율에서는 남학생 응답자가 33.8%, 여학생 응답자가 66.2%로 나타났다. 그리고 전공에 관해서는 일본어를 전공하는 응답자가 26%, 전공하지 않는 응답자가 74%로 나타났다. 이는 설문대상으로 삼았던 일본어과목에 교양과목이 많았기 때문이라고 추정된다. 학습기간별 비교에서는 자세하게 5그룹으로 나누어 비교하였는데, 〈표4-21〉에서와 같이 학습기간이 1년 미만의 응답자가 53.2%로 제일 높게 나타났고, 학습기간이 1년-2년 이하의 응답자는 20.6%로 학습기간이 2년 이하의 학습자를 합하면 73.8% 정도를 차지하는 것을 알 수 있다. 그리고 학습기간이 2년 이상인 응답자는 26.2% 정도로 나타났으며, 4년 이상인 응답자도 8.7%정도로 나타났다.

어학시험 자격에 관해서는 세 그룹으로 나누어 비교하였는데, A군은 일본어능력시험 2, 3급을 가지고 있거나 JPT시험에서 500점~700점을 획득한 응답자로 15.2%이며, B군은 일본어능력시험 1급을 가지고 있거나 JPT시험에서 700점 이상을 획득한 응답자로 7.4%로 나타났다. A군과 B군을 합한 22.9%를 일본어 학습에 성공한 학습자로 간주하였다. 그리고 수험경험이 없는 응답자나 수험경험이 있으나 일정자격에 미달한 응답자를 C군으로 분류하였는데 그 비율은 77.4%로 나타났다. 분석 결과 일정자격에 미달되는 응답자인 C군의 비율이 높게 나타났는데, 이는 응답자 중에서 비전공의 학습자가 많고 학습기간이 1년 이하로 짧은 학습자가 많았기 때문이라고 추정된다.

〈표4-21〉 언어기능별 학습전략 응답자 분석표

분류기준	학습자 특성	응답자수(명)	비율(%)	총계
성별	남	207	33.8	612(100)
	여	405	66.2	
전공별	전공	159	26.0	612(100)
	비전공	453	74.0	
어학시험 자격	일본어능력시험 2,3급 또는 JPT500점~700점	89	15.2	612(100)
	일본어능력시험1급 또는 JPT700점 이상	46	7.4	
	비수험자, 자격미도달자	477	77.4	
학습기간	1년 미만	326	53.2	612(100)
	1년~2년 미만	126	20.6	
	2년~3년 미만	81	13.2	
	3년~4년 미만	26	4.3	
	4년 이상	53	8.7	

(단위, 응답자수:명, 비율:%)

(3) 전략별 사용 실태

1) 문자를 외울 때 사용하는 전략

문자를 외울 때 사용하는 전략(이하 문자전략)의 결과를 보면 한국인 학습자는 전략적으로 잘 이용하고 있다는 결과가 나왔다. 전체적으로 긍정적인 의견이 높게 나타났는데, 다음 〈표4-22〉는 문자전략의 각 문

항을 나타낸 것이며, 〈표4-23〉은 문자전략의 문항별 사용실태를 백분율
로 표시한 표이다.

〈표4-23〉에서와 같이 문자전략의 문항 중에서 부정적인 의견이 높은
것은 문항6과 문항7 정도이며, 문항1, 문항2, 문항3, 문항4, 문항5 모두
긍정적인 의견이 높게 나타났다. 문자를 암기할 때 그 문자가 들어있는
단어부터 암기해 가는 방법이나 문자의 음운이나 모양을 이용한 암기방
법은 효과적이라고 할 수 있다. 그리고 일본어를 암기할 때 한국어 단어
와 연관시켜 외우거나 모양 등을 연상하는 전략도 자주 사용하고 있다
는 것을 알 수 있다. 특히 문항1과 문항2는 50% 이상의 차이를 보이며
긍정적인 의견이 높았는데, 이는 한국인 학습자가 문자를 암기할 때는
반복해서 쓰거나 소리내어 읽으며 외우는 단순 암기 전략을 자주 사용
한다는 것을 알 수 있다.

그에 비해 문항6과 문항7의 전략은 그다지 사용하지 않는다는 결과
가 나왔는데, 이는 앞의 「언어학습전략조사」에서 나타난 결과와 같이
한국인 학습자가 문자를 학습할 때 나름대로 구조화하거나 표를 만들어
암기하는 것에는 서툴다는 것을 의미한다.

〈표4-22〉 문자전략의 문항

문자를 외울 때 사용하는 전략	1. 반복해서 쓰면서 외운다. 2. 소리를 내고 읽으면서 외운다. 3. 그 문자가 들어있는 일본어단어를 외운다. 4. 문자의 음과 관련된 한국어단어를 연상하며 외운다. 5. 문자의 모양과 관련된 그림을 연상하면서 외운다. 6. 비슷한 모양의 글자끼리 모아서 외운다. 7. 히라가나 표를 만들어서 외운다.

〈표4-23〉 문자전략의 문항별 사용실태

전략	문항	1 전혀 또는 거의 해당되지 않는다	2 대체로 해당되지 않는다	3 어느 정도 해당된다	4 상당히 해당된다	5 항상 또는 거의 해당된다	missing	Total	부정적 의견	긍정적 의견
문자전략	1	28	34	143	166	238	3	612		
		4.58	5.56	23.37	27.12	38.89	0.49	100	10.14	66.01
	2	13	40	151	216	190	2	612		
		2.12	6.54	24.67	35.29	31.05	0.33	100	8.66	66.34
	3	27	88	210	181	104	2	612		
		4.41	14.38	34.31	29.58	16.99	0.33	100	18.79	46.57
	4	30	89	215	185	89	4	612		
		4.9	14.54	35.13	30.23	14.54	0.65	100	19.44	44.77
	5	49	132	244	134	50	3	612		
		8.01	21.57	39.87	21.9	8.17	0.49	100	29.58	30.07
	6	74	176	195	111	52	4	612		
		12.09	28.76	31.86	18.14	8.5	0.65	100	40.85	26.64
	7	155	171	128	89	67	2	612		
		25.33	27.94	20.92	14.54	10.95	0.33	100	53.27	25.49

2) 어휘력 향상을 위한 전략

어휘력 향상을 위한 전략(이하 어휘력전략)의 사용 결과를 보면, 전반적으로 긍정적인 의견이 높게 나와서, 한국인 학습자는 어휘력향상을 위한 각 전략을 자주 사용하고 있다는 것을 알 수 있다. 다음 〈표4-24〉는 어휘력전략의 각 문항을 나타낸 것이며, 〈표4-25〉는 어휘력전략의 각 문항별 사용실태를 백분율로 표시한 표이다.

〈표4-25〉에서 보는 바와 같이 문항9, 문항10, 문항12, 문항13, 문항14에서 긍정적인 의견이 다소 높게 나왔으나, 부정적인 의견도 비슷한 수

준으로 나와 있다는 사실을 주목해야 하겠다. 단어를 암기할 때 그 단어가 사용될 상황을 상상하거나 이미 알고 있는 단어와 연관시켜 외우는 전략을 자주 사용한다는 긍정적인 의견도 높게 나왔다. 특히 문항13을 적극적으로 사용한다는 의견이 50% 이상의 차이를 보이며 높게 나타났는데, 음성과 결부시켜 기억하는 것이 효과적이라고 생각하는 학습자가 많은 것 같다.

　　한편 문항8과 문항11에서는 사용하지 않는다는 의견이 근소한 차이를 보이며 우세하게 나타났다. 이는 그리 큰 특징이라고는 할 수 없겠지만 「언어학습전략조사」에서 나타난 결과와 같이 한국인 학습자는 어휘를 학습할 때도 역시 단어리스트를 만들거나 구조화하여 암기하는 것이 서툴다는 것을 알 수 있다. 어휘력 향상을 위해 보다 효과적인 전략의 사용을 생각해야 할 것이다.

〈표4-24〉 어휘력전략의 문항

어휘력 향상을 위한 전략	8. 단어리스트나 단어카드를 만든다. 9. 이미 알고 있는 단어와 연관시켜 외운다. 10. 그 단어가 사용될 상황을 상상하며 외운다. 11. 의미나 형태 기능 등 관련 단어끼리 모아서 외운다. 12. 그 단어와 관련된 그림 등 시각 이미지와 결부시킨다. 13. 기억을 돕기 위해 입으로 말해본다. 14. 학습한 어휘는 정기적으로 복습을 한다.

〈표4-25〉 어휘력전략의 문항별 사용실태

전략	문항	1 전혀 또는 거의 해당되지 않는다	2 대체로 해당되지 않는다	3 어느 정도 해당된다	4 상당히 해당된다	5 항상 또는 거의 해당된다	missing	Total	부정적 의견	긍정적 의견
어휘력전략	8	105	129	159	149	69	1	612		
		17.16	21.08	25.98	24.35	11.27	0.16	100	38.24	35.62
	9	24	83	221	205	79		612		
		3.92	13.56	36.11	33.5	12.91		100	17.48	46.41
	10	25	92	235	178	80	2	612		
		4.08	15.03	38.4	29.08	13.07	0.33	100	19.11	42.15
	11	43	149	235	132	52	1	612		
		7.03	24.35	38.4	21.57	8.5	0.16	100	31.38	30.07
	12	40	126	269	127	49	1	612		
		6.54	20.59	43.95	20.75	8.01	0.16	100	27.13	28.76
	13	14	41	168	216	170	3	612		
		2.29	6.7	27.45	35.29	27.78	0.49	100	8.99	63.07
	14	35	125	275	128	49		612		
		5.72	20.42	44.93	20.92	8.01		100	26.14	28.93

3) 문법을 학습할 때에 사용하는 전략

문법을 학습할 때 사용하는 전략(이하 문법전략)의 결과를 보면, 전반적으로 긍정적인 의견이 높게 나타나서 한국인 학습자는 문법전략을 잘 사용하고 있다는 것을 알 수 있다. 다음 〈표4-26〉은 문법전략의 각 문항을 나타낸 것이며 〈표4-27〉은 문법전략의 각 문항별 사용실태를 백분율로 표시한 표이다.

〈표4-27〉에서 보는 바와 같이 문항15, 문항17, 문항18, 문항19에서 긍정적인 의견이 높게 나왔다. 이는 한국인 학습자가 일본어를 학습할

때 문법학습을 중시한다는 사실을 나타내고 있다. 그리고 한국어와 일본어의 문법규칙을 비교하여 일본어학습에 이용하는 것을 보면 한국인 학습자는 두 언어의 유사성을 잘 이용하고 있다고 할 수 있다.

한편 문항16의 전략은 그다지 사용하지 않는다는 의견이 우세했는데 그리 큰 차이를 보이고 있지는 않다. 문법학습에서 다른 외국어학습의 지식을 활용하는 것은 효과적인 방법이며 한국인 학습자는 일본어를 학습하기 전에 영어를 제1외국어로서 학습한 경험이 있는 학습자가 대부분이므로 영어 학습의 경험을 일본어학습에 이용해 보는 것도 좋은 방법일 것이다.

〈표4-26〉 문법전략의 문항

문법을 학습할 때에 사용하는 전략	15. 문법학습을 할 때는 100% 마스터하려고 노력한다. 16. 지금까지 학습했던 다른 외국어의 지식을 활용한다. 17. 문법의 일정한 패턴을 찾으려고 노력한다. 18. 복잡한 문법은 이미 알고 있는 문법규칙을 이용한다. 19. 한국어와 일본어의 문법규칙을 결부시킨다.

〈표4-27〉 문법전략의 문항별 사용실태

전략	문항	1 전혀 또는 거의 해당되지 않는다	2 대체로 해당되지 않는다	3 어느 정도 해당된다	4 상당히 해당된다	5 항상 또는 거의 해당된다	missing	Total	부정적 의견	긍정적 의견
	15	20	108	240	157	85	2	612		
		3.27	17.65	39.22	25.65	13.89	0.33	100	20.92	39.54
	16	47	158	231	116	58	2	612		
		7.68	25.82	37.75	18.95	9.48	0.33	100	33.50	28.43

		26	82	251	155	95	3	612		
문법전략	17	4.25	13.4	41.01	25.33	15.52	0.49	100	17.65	40.85
	18	28	88	261	153	80	2	612		
		4.58	14.38	42.65	25	13.07	0.33	100	18.96	38.07
	19	40	108	256	139	67	2	612		
		6.54	17.65	41.83	22.71	10.95	0.33	100	24.19	33.66

4) 발음 연습을 위한 전략

발음연습을 위한 전략(이하 발음전략)의 사용 결과를 보면, 한국인 학습자는 발음연습은 소홀히 한다는 것을 알 수 있다. 거의 모든 항목에서 부정적인 의견이 우세하게 나타났다. 다음 〈표4-28〉은 발음전략의 각 문항을 나타낸 것이며, 〈표4-29〉는 발음전략의 각 문항별 사용실태를 백분율로 표시한 표이다.

〈표4-29〉에 나타난 바와 같이 문항20, 문항21, 문항22, 문항24, 문항25에서 모두 사용하지 않는다는 부정적인 의견이 우세하게 나타났는데, 특히 문항24와 문항25의 전략은 50% 이상의 차이를 보이며 사용하지 않는다는 의견이 높게 나타났다. 이는 嶋田和子[21]가 한국인 학습자는 발음을 의식적으로 학습해야 한다는 인식이 적기 때문에 발음연습에는 소홀하다고 지적한바와 같이, 발음연습을 위한 전략의 사용에는 서툴다는 결과가 나왔다. 자연스러운 일본어를 구사하기 위해서는 학습자는 자신의 발음을 스스로 들어보고 선생님이나 네이티브에게 교정을 받거나 발음교정용 교재를 이용하여 꾸준히 연습할 필요가 있다.

한편 긍정적인 의견이 우세한 것은 문항23의 전략뿐이었는데, 주위의 선생님이나 네이티브의 발음을 흉내내어 보는 것은 정확한 발음을

---

21) 嶋田和子(2000). "일본어의 달인이 되는 법" 사람in

익히기 위한 전략은 매우 효과적이며 자주 사용되어야 할 전략이라 하겠다.

<표4-28> 발음전략의 문항

발음 연습을 위한 전략	20. 발음교정용 교재를 이용하여 연습한다. 21. 교재용 테이프를 같은 속도로 따라 읽는다. 22. 일본어 방송의 발음을 같은 속도로 따라 읽는다. 23. 선생님이나 일본인의 발음을 흉내 내어 발음해 본다. 24. 자신의 일본어발음을 녹음해서 들어본다. 25. 선생님이나 일본인에게 발음을 체크해 달라고 부탁한다.

<표4-29> 발음전략의 문항별 사용실태

전략	문항	1 전혀 또는 거의 해당되지 않는다	2 대체로 해당되지 않는다	3 어느 정도 해당된다	4 상당히 해당된다	5 항상 또는 거의 해당된다	missing	Total	부정적 의견	긍정적 의견
발 음 전 략	20	107	184	185	96	38	2	612		
		17.48	30.07	30.23	15.69	6.21	0.33	100	47.55	21.90
	21	68	147	206	139	51	1	612		
		11.11	24.02	33.66	22.71	8.33	0.16	100	35.13	31.04
	22	62	157	212	121	59	1	612		
		10.13	25.65	34.64	19.77	9.64	0.16	100	35.78	29.41
	23	30	82	200	203	96	1	612		
		4.9	13.4	32.68	33.17	15.69	0.16	100	18.30	48.86
	24	202	181	127	68	31	3	612		
		33.01	29.58	20.75	11.11	5.07	0.49	100	62.59	16.18
	25	164	198	142	65	42	1	612		
		26.8	32.35	23.2	10.62	6.86	0.16	100	59.15	17.48

5) 듣기 능력 향상을 위한 전략

듣기 능력 향상을 위한 전략(이하 듣기전략)의 사용 결과를 보면, 긍정적인 의견과 부정적인 의견이 거의 비슷하게 나타났다. 그러나 긍정적인 의견이 높은 문항은 부정적인 의견과 큰 차이를 나타내고 있는 반면, 부정적인 의견이 높은 문항은 긍정적인 의견과 큰 차이를 보이고 있지는 않은데, 이는 한국인 학습자가 듣기전략을 대체로 사용하고 있다는 것을 의미한다. 다음 〈표4-30〉은 듣기전략의 각 문항을 나타낸 것이며, 〈표4-31〉은 듣기전략의 각 문항별 사용실태를 백분율로 표시한 표이다.

〈표4-31〉에서 나타난 바와 같이 문항26, 문항27, 문항28에서는 긍정적인 의견이 모두 30% 이상의 차이를 보이며 높게 나타났는데, 한국인 학습자는 듣기학습을 할 때 모르는 부분은 추측해서 보충해가는 보상전략을 적절히 활용하고 있다는 것을 의미한다. 그리고 들은 내용을 파악하기 위하여 기존의 상식이나 지식을 활용하고, 모르는 부분은 끝까지 들어보고 내용을 추측하여 파악하는 전략도 잘 사용하고 있다.

그러나 부정적인 의견도 있어서 문항29, 문항30, 문항31 의 전략은 사용하지 않는다는 의견이 높게 나타났는데, 한국인 학습자는 듣기학습을 할 때 어학테이프 등을 활용한 의식적인 듣기연습에는 소홀히 하며, 대화하는 상대에게 질문을 하거나 도움을 받는 사회적전략의 사용도 서툴다는 것을 알 수 있다.

〈표4-30〉 듣기전략의 문항

듣기능력 향상을 위한 전략	26. 들어도 모르는 내용은 추측해서 이해한다.
	27. 무슨 의미인지 몰라도 마지막까지 전부 들어본다.
	28. 일본어방송을 들을 때는 상식이나 기존지식을 활용한다.
	29. 모르는 말은 파트너에게 도중 도중 질문한다.
	30. 자신이 들은 내용을 파트너에게 이야기하여 확인받는다.
	31. 어학시험용 듣기교재로 연습을 한다.

〈표4-31〉 듣기전략의 문항별 사용실태

전략	문항	1 전혀 또는 거의 해당되지 않는다	2 대체로 해당되지 않는다	3 어느 정도 해당된다	4 상당히 해당된다	5 항상 또는 거의 해당된다	missing	Total	부정적 의견	긍정적 의견
듣기전략	26	19	61	225	204	101	2	612		
		3.1	9.97	36.76	33.33	16.5	0.33	100	13.07	49.83
	27	17	54	202	188	150	1	612		
		2.78	8.82	33.01	30.72	24.51	0.16	100	11.60	55.23
	28	18	70	247	173	100	4	612		
		2.94	11.44	40.36	28.27	16.34	0.65	100	14.38	44.61
	29	68	169	198	112	64	1	612		
		11.11	27.61	32.35	18.3	10.46	0.16	100	38.72	28.76
	30	74	148	213	132	42	3	612		
		12.09	24.18	34.8	21.57	6.86	0.49	100	36.27	28.43
	31	106	151	196	105	52	2	612		
		17.32	24.67	32.03	17.16	8.5	0.33	100	41.99	25.66

6) 말하기 능력 향상을 위한 전략

말하기 능력 향상을 위한 전략(이하 말하기전략)의 사용결과를 보면 한국인 학습자는 전반적으로 잘 사용하고 있다는 의견이 높게 나타났다. 의사소통 능력 향상을 학습목표로 하는 최근의 일본어교육에서 말하기전략의 사용은 중요한 성공요소로 작용하고 있다. 다음 〈표4-32〉는 말하기전략의 각 문항을 나타낸 것이며, 〈표4-33〉은 말하기전략의 각 문항별 사용실태를 백분율로 표시한 표이다.

〈표4-33〉에 나타난 바와 같이 문항32, 문항34, 문항35, 문항36에서 모두 긍정적인 의견이 높게 나타났다. 이것은 한국인 학습자가 의사소통을 원활하게 하기 위하여 대화 도중에 모르는 표현은 제스처를 이용하거나 다른 표현을 적절하게 사용하고 있다는 것을 의미한다. 효과적인 말하기를 위하여 실제 사용 장면을 머리 속으로 상상하며 연습해 보는 전략도 잘 사용하고 있다.

한편, 문항33와 문항37의 전략은 사용하지 않는다는 부정적인 의견이 높게 나타났다. 말하기전략에서도 역시 한국인 학습자는 사회적전략을 적절하게 사용하지 못하고 있음을 알 수 있다. 특히 네이티브를 친구로 만들어 연습하는 전략이 부족하게 나타났는데, 이를 극복하기 위해서는 국제교류, 펜팔, 채팅, 동호회활동 등을 통한 네이티브와의 상호교류를 확대해가는 것이 필요할 것이다.

〈표4-32〉 말하기전략의 문항

말하기 능력 향상을 위한 전략	32. 실제 사용 상황을 머리 속으로 상상하며 연습해 본다.
	33. 실제 발표 상황을 대비해서 동료와 예행연습을 해 본다.
	34. 대화 도중 모르는 표현은 제스처를 이용해서 표현한다.
	35. 대화 도중 모르는 표현은 다른 표현을 찾는다.
	36. 대화 파트너에게 틀린 곳을 지적받아 고친다.
	37. 일본인 친구와 대화할 기회를 많이 만든다.

〈표4-33〉 말하기전략의 문항별 사용실태

전략	문항	1 전혀 또는 거의 해당되지 않는다	2 대체로 해당되지 않는다	3 어느 정도 해당된다	4 상당히 해당된다	5 항상 또는 거의 해당된다	missing	Total	부정적 의견	긍정적 의견
말하기전략	32	20	81	245	170	94	2	612		
		3.27	13.24	40.03	27.78	15.36	0.33	100	16.51	43.14
	33	61	165	226	106	52	2	612		
		9.97	26.96	36.93	17.32	8.5	0.33	100	36.93	25.82
	34	21	96	209	176	108	2	612		
		3.43	15.69	34.15	28.76	17.65	0.33	100	19.12	46.41
	35	23	72	233	182	97	5	612		
		3.76	11.76	38.07	29.74	15.85	0.82	100	15.52	45.59
	36	53	131	232	136	59	1	612		
		8.66	21.41	37.91	22.22	9.64	0.16	100	30.07	31.86
	37	116	187	154	91	63	1	612		
		18.95	30.56	25.16	14.87	10.29	0.16	100	49.51	25.16

7) 읽기능력 향상을 위한 전략

읽기 능력 향상을 위한 전략(이하 읽기전략)은 한국인 학습자가 전반적으로 자주 사용하고 있다는 의견이 높게 나타났다. 다음 〈표4-34〉는 읽기전략의 각 문항을 나타낸 것이며, 〈표4-35〉는 읽기전략의 각 문항별 사용실태를 백분율로 표시한 표이다.

〈표4-35〉에서 보는 바와 같이 문항38, 문항39, 문항40, 문항41, 문항42, 문항45에서 모두 긍정적인 의견이 높게 나타났다. 읽기 능력은 일본어 학습에서 새로운 정보를 얻기 위한 중요한 항목이므로, 적절한 전략의 사용은 일본어 능력의 향상으로 이어진다고 할 수 있다. 한국인 학습자는 읽기를 할 때 전체문장의 흐름을 파악하여 논리적인 연결을 생각

한다는 것을 알 수 있다. 그리고 모르는 부분은 문맥을 보고 추측하거나 기존지식 등을 동원하여 이해하려고 노력한다는 것을 알 수 있다. 특히 문항38, 문항39, 문항40, 문항42에서는 30% 이상의 큰 차이를 보였다.

한편 문항43과 문항44의 전략 사용을 하지 않는 부정적인 의견이 나왔는데, 긍정적인 의견과 그리 큰 차이를 보이고 있지는 않다. 한국인 학습자는 문장 줄거리를 요약하거나 문장내용으로 질문을 만들어 보는 전략에는 소홀하다는 것을 알 수 있다.

〈표4-34〉 읽기전략의 문항

| 읽기 능력 향상을 위한 전략 | 38. 줄거리를 파악하기 위해 먼저 전체문장을 읽어본다.
39. 의미를 모르는 부분은 문맥을 보고 추측한다.
40. 내용상의 논리적 연결을 생각하며 읽는다.
41. 주제파악을 위해 그 주제에 관한 기존 지식을 이용한다.
42. 단어의 의미를 추측하기 위해 모국어 지식을 활용한다.
43. 문장의 줄거리를 요약해 본다.
44. 문장내용에 대해 스스로에게 질문해 본다.
45. 문장의 제목배치나 그림 등을 이용하여 의미를 이해한다. |

〈표4-35〉 읽기전략의 문항별 사용실태

전략	문항	1 전혀 또는 거의 해당되지 않는다	2 대체로 해당되지 않는다	3 어느 정도 해당된다	4 상당히 해당된다	5 항상 또는 거의 해당된다	missing	Total	부정적 의견	긍정적 의견
	38	20	71	237	167	116	1	612		
		3.27	11.6	38.73	27.29	18.95	0.16	100	14.87	46.24
	39	13	45	224	204	126		612		
		2.12	7.35	36.6	33.33	20.59		100	9.47	53.92

읽기전략	40	16	71	262	180	83		612		
		2.61	11.6	42.81	29.41	13.56		100	14.21	42.97
	41	16	68	258	177	92	1	612		
		2.61	11.11	42.16	28.92	15.03	0.16	100	13.72	43.95
	42	20	76	236	188	90	2	612		
		3.27	12.42	38.56	30.72	14.71	0.33	100	15.69	45.43
	43	39	140	260	118	53	2	612		
		6.37	22.88	42.48	19.28	8.66	0.33	100	29.25	27.94
	44	52	161	247	107	44	1	612		
		8.5	26.31	40.36	17.48	7.19	0.16	100	34.81	24.67
	45	28	111	242	164	67		612		
		4.58	18.14	39.54	26.8	10.95		100	22.72	37.75

8) 쓰기 능력 향상을 위한 전략

쓰기 능력 향상을 위한 전략(이하 쓰기전략)의 사용 결과는 긍정적인 의견이 높게 나타나서 한국인 학습자는 대체로 쓰기전략을 잘 사용하고 있다는 것을 알 수 있다. 다음 〈표4-36〉은 쓰기전략의 각 문항을 나타낸 것이며 〈표4-37〉은 쓰기전략의 각 문항별 사용실태를 백분율로 표시한 표이다.

〈표4-37〉에서 나타난 바와 같이 문항46, 문항48, 문항49, 문항50의 전략은 긍정적인 의견이 높게 나타났는데, 이는 한국인 학습자가 주제나 제목을 정하여 그에 맞게 작문하는 연습을 잘 하고 있다는 것을 의미한다. 그리고 좋은 모델이 되는 문장을 선정하여 따라해 보는 것은 좋은 문장을 쓰기 위한 효과적인 방법이라 할 수 있다.

그러나 문항47과 문항51의 전략은 부정적인 의견이 높았는데, 특히 51문항은 40%이상의 큰 차이를 보이고 있다. 일본의 대학입시나 회사의 입사문제에서 자주 출제되는 소논문은, 정해진 테마에 글자 수를 제한하여 작문하도록 하는 경우가 많으므로 꾸준한 연습을 해 둘 필요가 있다.

〈표4-36〉 쓰기전략의 문항

쓰기 능력 향상을 위한 전략	46. 자신이 잘 알고 있는 주제를 선택해서 작문한다. 47. 작문을 하기 전에 전체적인 개관을 해 본다. 48. 이미 알고 있는 문형이나 어휘를 활용한다. 49. 모델이 되는 좋은 문장을 활용한다. 50. 제목을 먼저 정해서 작문을 해 본다. 51. 문장의 글자 수를 제한해서 작문해 본다.

〈표4-37〉 쓰기전략의 문항별 사용실태

전략	문항	1 전혀 또는 거의 해당되지 않는다	2 대체로 해당되지 않는다	3 어느 정도 해당된다	4 상당히 해당된다	5 항상 또는 거의 해당된다	missing	Total	부정적 의견	긍정적 의견
쓰기전략	46	39	109	213	171	79	1	612		
		6.37	17.81	34.8	27.94	12.91	0.16	100	24.18	40.85
	47	47	147	243	131	44		612		
		7.68	24.02	39.71	21.41	7.19		100	31.70	28.60
	48	24	52	223	193	120		612		
		3.92	8.5	36.44	31.54	19.61		100	12.42	51.15
	49	33	77	233	180	88	1	612		
		5.39	12.58	38.07	29.41	14.38	0.16	100	17.97	43.79
	50	45	143	222	139	60	3	612		
		7.35	23.37	36.27	22.71	9.8	0.49	100	30.72	32.51
	51	146	199	170	67	30		612		
		23.86	32.52	27.78	10.95	4.9		100	56.38	15.85

2.2.2. 어학시험 자격별 학습전략 사용 실태

(1) 분석방법

어학시험 자격별 학습전략의 사용 실태를 알아보기 위하여 위에서 분석한 각 언어기능별 학습전략 조사표의 응답 결과를 다시 SAS (Version8.01)을 사용하여 분산분석과 F Value 검증을 실시하였다. 분석의 목적은 어학시험에서 일정한 자격을 획득한 사람은 그렇지 못한 사람들에 비해 특별한 학습전략을 구사하고 있을 것이라는 전제하에 그들의 각 언어기능별 학습전략을 조사하는 것이다.

「언어학습전략 조사」에서 조사 분석에서는 총 설문응답자 중에서 일본어 관련 어학시험에서 일정 자격이나 점수를 획득한 사람을 일본어학습에 성공한 학습자로 간주하여 분석하였다. 기준에 따라 A, B, C군으로 분류하였는데, 일본어능력시험 2급 또는 3급을 획득한 학습자나 또는 JPT 500-700점을 획득한 학습자를 A군으로, 일본어능력시험 1급 이상이나 JPT 700점 이상을 획득한 학습자를 B군으로 분류하여 일본어학습에 성공한 학습자로 간주하고, 그렇지 못한 학습자를 C군으로 분류하여 학습전략 사용상에서의 차이점을 분석하였다. 총 51문항을 각 학습전략별로 8개 파트로 나누어 정리하고 표로 만들었다.

분산분석에서는 백분율이 아니라 각 문항별 응답자수에 대한 평균(=5점측도 × 빈도수 / 전체빈도)과 표준편차, F Value, PV(유의확률)를 표시하고 유의수준 5%와 유의수준 1%에서 유의성이 검증되었다.

(2) 전략별 사용실태

1) 문자를 외울 때 사용하는 전략의 비교

다음 〈표4-38〉은 A, B, C 세 그룹의 문자전략의 평균을 비교한 뒤,

성공한 학습자와 그렇지 못한 학습자의 문자전략 사용실태를 비교하여 그 유의성을 검증한 표이다. 또한 〈그림4-7〉은 각 그룹의 문자전략의 사용 실태를 알아보기 위하여 각 문항별 평균을 비교하여 나타낸 그래프이다.

〈표4-38〉에 나타난 바와 같이 문자전략은 문항1, 문항3, 문항7에서만 세 그룹 간에 유의미한 차이가 보였다. 특히 A그룹과 C그룹의 평균이 높게 나타났으며, B그룹의 평균이 최하위로 나타났다. 이는 어느 정도 학습의 성과를 올린 학습자는 문자를 이미 기억하였기 때문에 문자 학습에 큰 애로점을 느끼지 않기 때문이라고 여겨진다. 반복해서 쓰면서 외우는 전략이나 소리를 내고 읽으면서 외우는 전략 등은 A그룹의 평균이 가장 높고 히라가나표를 만들어 외우는 전략은 B그룹이 가장 낮은 평균을 나타냈다.

〈표4-38〉 문자전략의 분산분석표

A=일본어능력시험 2,3급이나 JPT500~700점
B=일본어능력시험 1급이나 JPT700점 이상
C=수험경험 없거나 자격 미도달자

문항	A群(89명) 평균(표준편차)	B群(46명) 평균(표준편차)	C群(477명) 평균(표준편차)	F Value	PV
1	4.29(0.91)	3.73(1.19)	3.85(1.14)	6.51	0.002**
2	3.97(0.92)	3.80(1.08)	3.86(1.01)	0.56	0.570
3	3.61(1.09)	3.63(1.04)	3.35(1.06)	3.39	0.034*
4	3.44(1.10)	3.31(1.04)	3.34(1.05)	0.34	0.709
5	3.13(1.08)	2.69(0.95)	3.01(1.04)	2.78	0.063
6	2.86(1.20)	2.56(1.14)	2.84(1.11)	1.37	0.256
7	2.15(1.18)	2.00(1.13)	2.71(1.31)	12.22	0.000**

cf. * ; 유의수준 5%에서 유의, ** ; 유의수준 1%에서 유의함을 의미함.

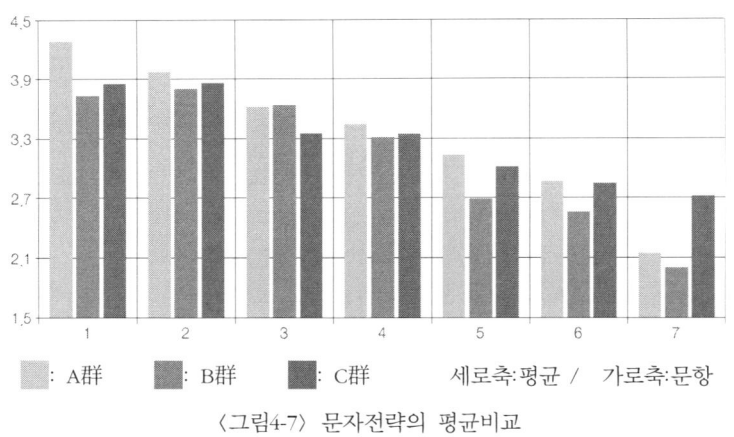

〈그림4-7〉 문자전략의 평균비교

2) 어휘력 향상을 위한 전략의 비교

다음 〈표4-40〉은 A, B, C 세 그룹의 어휘력전략의 평균을 비교한 뒤, 성공한 학습자와 그렇지 못한 학습자의 어휘력전략 사용실태를 비교하여 그 유의성을 검증한 표이다. 또한 〈그림4-8〉은 각 그룹의 어휘력전략의 사용 실태를 알아보기 위하여 각 문항별 평균을 비교하여 나타낸 그래프이다.

〈표4-39〉에 나타난 바와 같이 어휘력전략에서는 A, B, C 세 그룹 모두 유의미한 차이점은 보이고 있지 않다. 전체적으로 A그룹의 평균이 높기는 하지만 다른 두 그룹과 근소한 차이를 보이고 있으므로 특별히 유의할 만한 수준은 아니다. 어휘력전략도 위의 문자전략처럼 어느 정도 학습의 성과를 올린 학습자는 어휘 학습에 큰 애로점을 느끼지 않기 때문에 어휘력 전략의 사용에 소홀하다고 여겨진다. 그러나 초급, 중급, 상급 레벨에 따라 필요한 어휘 수나 어휘의 난이도가 다르므로 적적할 어휘력전략의 사용은 필요하리라고 생각된다. 언어학습전략 중에서 단어를 구조화 하려 외우거나 연상작용을 이용하여 암기하는 기억전략을 잘 활용하면 효과적인 어휘력 향상을 할 수 있을 것이다.

〈표4-39〉 어휘력전략의 분산분석표

문항	A群(89명) 평균(표준편차)	B群(46명) 평균(표준편차)	C群(477명) 평균(표준편차)	F Value	PV
8	2.91(1.35)	2.70(1.35)	2.94(1.24)	0.77	0.464
9	3.60(0.97)	3.24(0.99)	3.35(1.00)	2.72	0.067
10	3.39(1.05)	3.43(1.00)	3.30(1.01)	0.62	0.538
11	2.94(1.06)	3.04(1.01)	3.01(1.04)	0.18	0.832
12	3.12(1.05)	2.93(0.80)	3.02(1.01)	0.61	0.544
13	4.02(0.88)	3.78(0.94)	3.76(1.02)	2.63	0.073
14	3.17(1.09)	3.09(1.05)	3.03(0.95)	0.84	0.434

cf. * ; 유의수준 5%에서 유의, ** ; 유의수준 1%에서 유의함을 의미함.

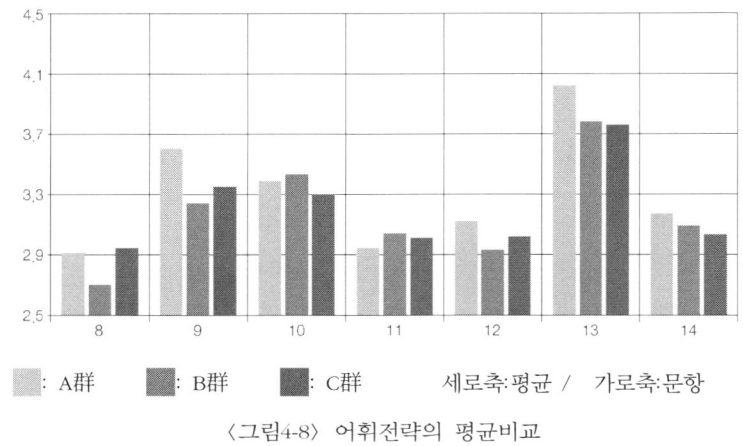

〈그림4-8〉 어휘전략의 평균비교

3) 문법을 학습할 때에 사용하는 전략

다음 〈표4-40〉은 A, B, C 세 그룹의 문법전략의 평균을 비교한 뒤, 성공한 학습자와 그렇지 못한 학습자의 문법전략 사용실태를 비교하여 그 유의성을 검증한 표이다. 또한 〈그림4-9〉은 각 그룹의 문법전략의 사용 실태를 알아보기 위하여 각 문항별 평균을 비교하여 나타낸 그래프이다.

〈표4-40〉에 나타난 바와 같이 문법전략에서는 A, B, C 세 그룹 모두 유의미한 차이점은 거의 보이고 있지 않다. 문항15에서만 유의미한 차이를 보이고 있는데, 성공한 학습자는 문법학습에서 100% 마스터하려고 노력하는 전략을 잘 구사하고 있다. 그러나 전체적으로 A그룹의 평균이 높기는 하지만, 다른 두 그룹과 근소한 차이를 보이고 있으므로 특별히 유의할 만한 수준은 아니다. 한국인 학습자는 언어학습에서 문법학습을 중요시하고 있으므로 어학성적에 관계없이 비슷한 평균을 나타내고 있는 것으로 여겨진다.

〈표4-40〉 문법전략의 분산분석표

문항	A群(89명) 평균(표준편차)	B群(46명) 평균(표준편차)	C群(477명) 평균(표준편차)	F Value	PV
15	3.64(1.01)	3.41(1.18)	3.22(0.99)	6.95	0.001**
16	2.92(1.06)	3.04(1.28)	2.97(1.05)	0.20	0.817
17	3.55(0.95)	3.43(1.11)	3.30(1.04)	2.41	0.091
18	3.44(0.99)	3.46(0.91)	3.23(1.02)	2.38	0.094
19	3.26(1.06)	2.98(1.02)	3.13(1.04)	1.16	0.314

cf. * ; 유의수준 5%에서 유의, ** ; 유의수준 1%에서 유의함을 의미함.

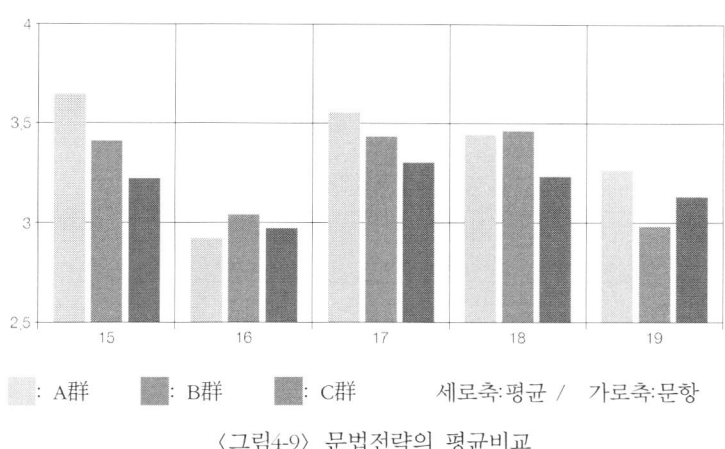

: A群   : B群   : C群   세로축:평균 / 가로축:문항

〈그림4-9〉 문법전략의 평균비교

4) 발음연습을 위한 전략의 비교

다음 〈표4-41〉은 A, B, C 세 그룹의 발음전략의 평균을 비교한 뒤, 성공한 학습자와 그렇지 못한 학습자의 발음전략 사용실태를 비교하여 그 유의성을 검증한 표이다. 또한 〈그림4-10〉은 각 그룹의 발음전략의 사용 실태를 알아보기 위하여 각 문항별 평균을 비교하여 나타낸 그래프이다.

　〈표4-41〉에서와 같이 발음전략에서는 일부 문항에서만 어학시험 자격별로 유의미한 차이를 나타냈다. 전반적으로 B그룹의 평균이 높게 나왔으며 A그룹도 C그룹보다 높은 평균을 나타내었다. 그러므로 성공한 학습자 그룹에서는 일본어 방송의 발음을 같은 속도로 따라 읽는 등 다양한 자료를 활용하고 있으며, 자신의 발음을 선생님께 지적받는 등 적극적인 전략을 쓰고 있다. 그러나 문항24와 문항25는 세 그룹 모두 평균이 낮게 나타났는데, 이는 자신의 일본어 발음을 녹음해서 들어보거나 선생님이나 네이티브에게 질문하는 전략의 사용에는 서툴다는 것을 의미한다. 효과적인 발음연습을 위해서는 학습자가 자신의 학습 성과를 점검하고 개선하려는 적극적인 노력이 필요하다.

〈표4-41〉 발음전략의 분산분석표

문항	A群(89명) 평균(표준편차)	B群(46명) 평균(표준편차)	C群(477명) 평균(표준편차)	F Value	PV
20	2.48(1.17)	2.74(1.27)	2.65(1.17)	1.02	0.362
21	2.94(1.13)	3.07(1.18)	2.92(1.11)	0.38	0.683
22	3.07(1.08)	3.37(1.22)	2.86(1.10)	5.16	0.006**
23	3.62(0.96)	3.74(1.14)	3.34(1.06)	4.90	0.008**
24	2.21(1.26)	2.45(1.26)	2.24(1.15)	0.77	0.466
25	2.52(1.24)	2.91(1.21)	2.31(1.16)	6.28	0.002**

cf. * ; 유의수준 5%에서 유의, ** ; 유의수준 1%에서 유의함을 의미함.

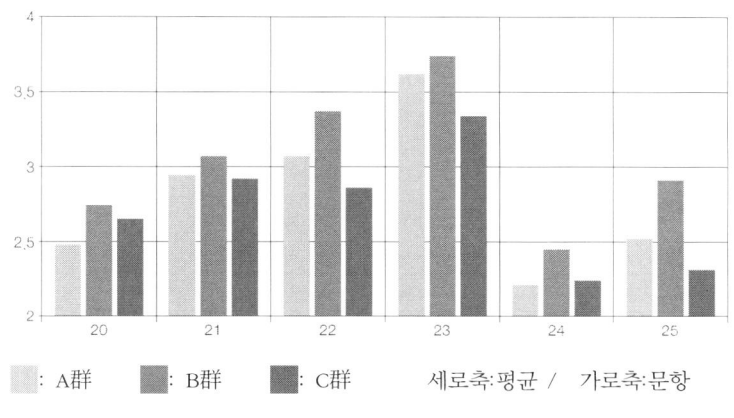

〈그림4-10〉 발음전략의 평균비교

5) 듣기 능력 향상을 위한 전략의 비교

다음 〈표4-42〉은 A, B, C 세 그룹의 듣기전략의 평균을 비교한 뒤, 성공한 학습자와 그렇지 못한 학습자의 듣기전략 사용실태를 비교하여 그 유의성을 검증한 표이다. 또한 〈그림4-11〉은 각 그룹의 듣기전략의 사용 실태를 알아보기 위하여 각 문항별 평균을 비교하여 나타낸 그래 프이다.

〈표4-42〉에서와 같이 듣기전략에서는 일부 문항에서만 어학시험 자 격별로 유의미한 차이를 나타냈다. 전반적으로 A그룹과 B그룹의 평균 이 높게 나왔으나 그 차이는 그다지 크지 않다. 성공한 학습자는 문항 26, 문항27, 문항28에서 유의미한 차이를 보이고 있는데, 듣기를 할 때 모르는 내용을 추측하거나 기존의 지식을 활용하는 등 언어학습전략의 보상전략을 잘 활용하고 있는 것으로 나타났다. 그러나 문항29, 문항30, 문항31에서는 세 그룹 모두 평균이 낮게 나타났으며, 세 그룹 간에 유의 미한 차이도 보이고 있지 않다. 이는 한국인 학습자사 대화도중 모르는

내용을 대화 파트너에게 질문하거나 확인하는 등의 사회적전략의 사용
에는 어학성적에 관계없이 모두 소극적이라는 것을 알 수 있다.

〈표4-42〉 듣기전략의 분산분석표

문항	A群(89명) 평균(표준편차)	B群(46명) 평균(표준편차)	C群(477명) 평균(표준편차)	F Value	PV
26	3.75(0.79)	3.76(0.82)	3.43(1.02)	5.64	0.004**
27	3.99(0.89)	3.89(0.92)	3.57(1.05)	7.68	0.001**
28	3.61(0.86)	3.89(0.90)	3.36(1.01)	7.57	0.001**
29	2.91(1.19)	3.07(1.10)	2.87(1.14)	0.59	0.553
30	3.07(1.16)	2.87(0.99)	2.83(1.10)	1.73	0.178
31	2.67(1.26)	2.98(1.11)	2.74(1.17)	1.06	0.346

cf. * ; 유의수준 5%에서 유의, ** ; 유의수준 1%에서 유의함을 의미함.

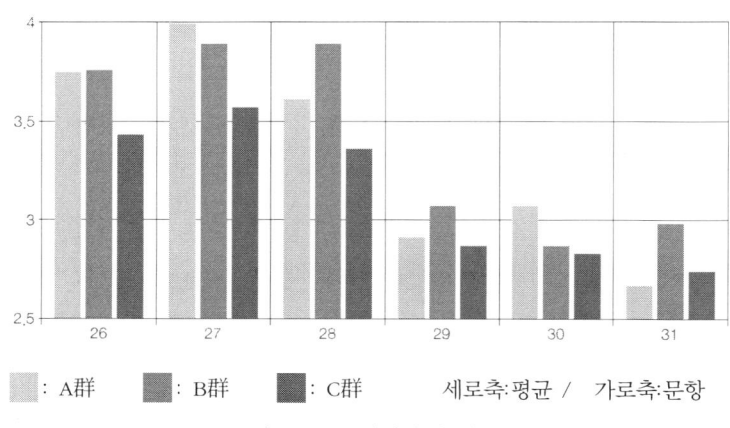

〈그림4-11〉 듣기전략의 평균비교

6) 말하기 능력 향상을 위한 전략의 비교

다음 〈표4-43〉은 A, B, C 세 그룹의 말하기전략의 평균을 비교한 뒤,

성공한 학습자와 그렇지 못한 학습자의 말하기전략 사용실태를 비교하여 그 유의성을 검증한 표이다. 또한 〈그림4-12〉는 각 그룹의 말하기전략의 사용 실태를 알아보기 위하여 각 문항별 평균을 비교하여 나타낸 그래프이다.

〈표4-43〉에서와 같이 말하기전략에서는 전반적으로 어학시험 자격별로 유의미한 차이를 나타냈다. 말하기 전략에서는 세 그룹 간에 전략 사용의 차이가 두드러졌다. 최상위 그룹인 B그룹의 평균이 전반적으로 높게 나타나서 말하기전략을 잘 사용하고 있다는 것을 알 수 있다. 그리고 A그룹도 높은 평균을 나타내고 있으나, C그룹은 다른 그룹에 비해 말하기전략의 사용에 소홀히 하는 것으로 나타났다. C그룹은 특히, 문항37의 사용은 매우 소극적이라는 결과가 나왔다. 즉, 네이티브와 대화를 할 수 있는 기회를 적극적으로 만드는 전략의 사용에 소극적이며 이는 A그룹에서도 비슷한 결과를 보이고 있다.

성공한 학습자는 자신의 일본어 능력을 표출하는 말하기 학습에 관심이 높으며, 실제 사용 상황을 상상하며 연습하거나 예행연습을 하는 등 충분한 연습을 하고 있다. 그리고 모르는 표현이 있을 때는 대체할 다른 표현을 찾는 등 의사소통이 계속될 수 있도록 노력한다는 것을 알 수 있다.

〈표4-43〉 말하기전략의 분산분석표

문항	A群(89명) 평균(표준편차)	B群(46명) 평균(표준편차)	C群(477명) 평균(표준편차)	F Value	PV
32	3.63(0.93)	3.73(0.94)	3.31(1.01)	6.75	0.001**
33	3.04(1.16)	3.17(1.16)	2.81(1.05)	3.67	0.026*
34	3.61(1.06)	3.48(0.86)	3.37(1.07)	2.00	0.137
35	3.73(0.93)	3.98(0.77)	3.31(1.02)	14.31	0.000**
36	3.13(1.11)	3.35(0.95)	2.98(1.08)	2.99	0.051
37	2.87(1.22)	3.39(1.18)	2.56(1.21)	11.14	0.000**

cf. * ; 유의수준 5%에서 유의, ** ; 유의수준 1%에서 유의함을 의미함.

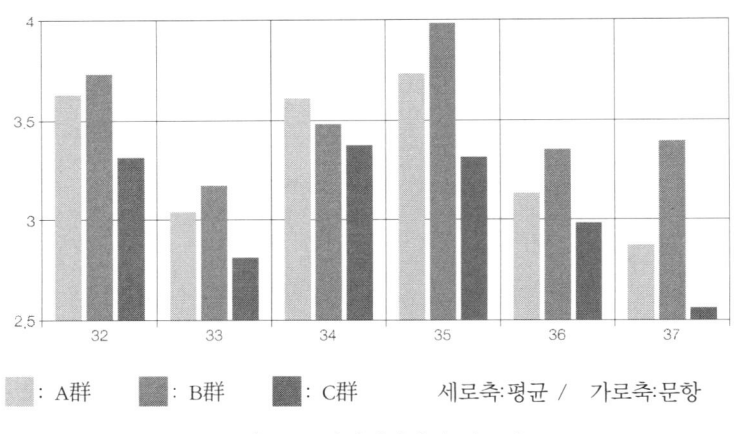

〈그림4-12〉 말하기전략의 평균비교

7) 읽기 능력 향상을 위한 전략의 비교

다음 〈표4-44〉은 A, B, C 세 그룹의 읽기전략의 평균을 비교한 뒤, 성공한 학습자와 그렇지 못한 학습자의 읽기전략 사용실태를 비교하여 그 유의성을 검증한 표이다. 또한 〈그림4-13〉는 각 그룹의 읽기전략의 사용 실태를 알아보기 위하여 각 문항별 평균을 비교하여 나타낸 그래

프이다.

〈표4-44〉에서와 같이 읽기전략에서는 거의 모든 문항에서 어학시험 자격별로 유의미한 차이를 나타냈다. 읽기전략은 A, B, C그룹 모두가 전반적으로 높은 평균을 나타내었는데 이는 한국인 학습자가 읽기학습 에 노력을 기울이고 있다는 사실을 나타내고 있다. 그 중에서도 A그룹 과 B그룹의 평균이 전반적으로 높게 나타나서, 성공한 학습자가 읽기전 략을 잘 구사하고 있다는 것을 알 수 있다.

문항44의 문장의 내용에 대해서 스스로 질문해 본다는 항목은 세 그 룹 모두 낮은 평균을 나타내고 있는데, B그룹의 평균이 최하위를 나타 내고 있어서 의외의 결과라고 할 수 있다. 읽기학습은 혼자서 읽고 자기 것으로 만들어야 하는 경우도 많으므로 읽은 뒤 전체적인 내용을 파악 하기 위해서는 스스로에게 문장내용을 질문해 보는 과정이 필요하기 때 문이다. 문항39, 문항40, 문항41, 문항42는 세 그룹 모두 평균이 높게 나타났고, 세 그룹 간에 전략 사용의 차이도 두드러지게 나타났다.

〈표4-44〉 읽기전략의 분산분석표

문항	A群(89명) 평균(표준편차)	B群(46명) 평균(표준편차)	C群(477명) 평균(표준편차)	F Value	PV
38	3.67(0.96)	3.83(1.12)	3.40(1.02)	5.72	0.004**
39	3.96(0.85)	3.93(0.85)	3.54(0.97)	9.86	0.000**
40	3.70(0.82)	3.72(0.98)	3.31(0.95)	9.29	0.000**
41	3.75(0.94)	3.72(0.83)	3.34(0.96)	9.25	0.000**
42	3.61(0.96)	3.59(0.96)	3.36(1.00)	3.10	0.046*
43	3.19(1.00)	3.24(0.92)	2.95(1.02)	3.37	0.035*
44	3.10(1.09)	2.78(0.92)	2.86(1.02)	2.41	0.091
45	3.43(1.12)	3.28(0.91)	3.17(1.00)	2.58	0.076

cf. * ; 유의수준 5%에서 유의, ** ; 유의수준 1%에서 유의함을 의미함.

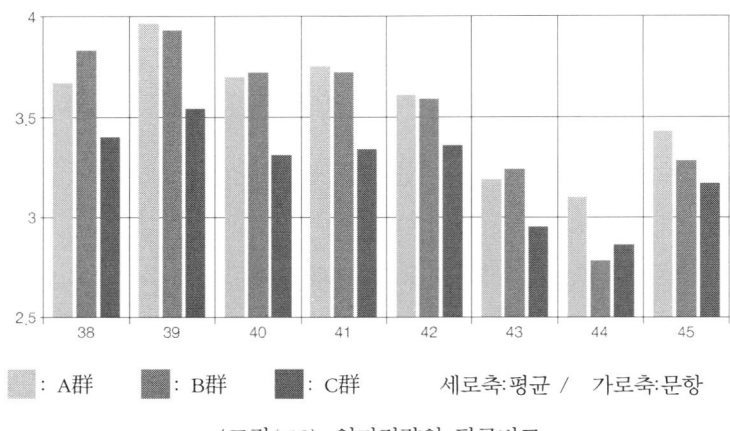

〈그림4-13〉 읽기전략의 평균비교

8) 쓰기 능력 향상을 위한 전략의 비교

다음 〈표4-45〉은 A, B, C 세 그룹의 쓰기전략의 평균을 비교한 뒤, 성공한 학습자와 그렇지 못한 학습자의 쓰기전략 사용실태를 비교하여 그 유의성을 검증한 표이다. 또한 〈그림4-14〉는 각 그룹의 쓰기전략의 사용 실태를 알아보기 위하여 각 문항별 평균을 비교하여 나타낸 그래 프이다. 〈표4-45〉에서와 같이 쓰기전략에서는 일부 문항에서만 어학시 험 자격별로 유의미한 차이를 나타고 있다. 전반적으로 A그룹과 B그룹 의 평균이 높게 나와서 C그룹과는 큰 차이를 보이고 있다.

성공한 학습자는 문항46, 문항47, 문항48에서 유의미한 차이를 보이 고 있는데 주제를 선택하여 작문하고 작문을 하기 전에 전체적인 개관 을 하거나 이미 알고 있는 문형이나 어휘를 활용하는 전략을 잘 구사하 고 있다.

문항51의 문장의 글자 수를 제한해서 작문하는 전략은 A, B, C그룹 모두 낮은 평균이 나왔는데 입시나 입사문제로 나오는 소논문 등은 글

자 수를 제한하여 나오는 것이 많으므로 한국인 학습자에게도 필요한
전략이라고 할 수 있다.

〈표4-45〉 쓰기전략의 분산분석표

문항	A群(89명) 평균(표준편차)	B群(46명) 평균(표준편차)	C群(477명) 평균(표준편차)	F Value	PV
46	3.58(0.98)	3.63(0.97)	3.13(1.09)	10.00	0.000**
47	3.19(1.02)	3.35(1.04)	2.88(1.01)	6.98	0.001**
48	3.91(0.92)	3.87(0.88)	3.44(1.03)	10.60	0.000**
49	3.58(1.04)	3.35(1.04)	3.30(1.04)	2.70	0.068
50	3.24(1.12)	3.20(1.07)	2.99(1.06)	2.49	0.084
51	2.53(1.30)	2.41(1.05)	2.38(1.08)	0.65	0.521

cf. * ; 유의수준 5%에서 유의, ** ; 유의수준 1%에서 유의함을 의미함.

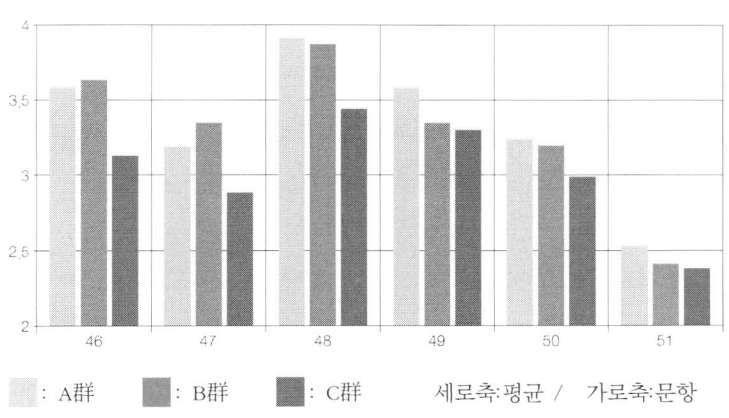

■ : A群   ■ : B群   ■ : C群   세로축:평균 / 가로축:문항

〈그림4-14〉 쓰기전략의 평균비교

3. 설문분석

3.1. 언어학습전략의 설문분석

3.1.1. 일반적인 사용실태 분석결과

이상에서 한국인 학습자의 언어학습전략의 일반적인 사용 실태를 분석해 보았다. 분석 결과 다음과 같은 사실을 알게 되었다.

(1) 한국인 학습자는 인지전략과 보상전략을 전반적으로 잘 구사하여 효과적인 일본어학습을 하고 있다는 것을 알 수 있다.

(2) 한국인 학습자는 상위인지전략을 대체로 잘 이용하고 있으나 세부 전략 중에서 부족한 전략도 많다는 것을 알 수 있다.

(3) 한국인 학습자는 기억전략 사용을 소홀히 하고 있으며 정의적전략과 사회적전략의 사용에도 소극적이라는 것을 알 수 있다.

결론적으로 한국인 학습자는 일본어학습을 위해 일본어의 규칙이나 문법을 열심히 공부하고 반복연습을 통하여 일본어 능력을 향상시키며 학습자가 자신이 알고 있는 언어지식을 통해 모르는 부분을 추측하거나 신조어 대체어 사용으로 대화를 이끌어 가는 보상전략도 잘 사용하고 있는 것으로 나타났다. 그리고 언어학습 과정에서 학습을 계획, 모니터, 평가하는 상위인지전략도 대체로 잘 이용하고 있는데 상위인지전략 중에서 부족한 전략은 자신의 학습목표에 맞추어 계획하고 목표대로 잘 진행되고 있는지 점검표를 만들어 정기적으로 확인하는 전략은 소홀히 한다는 것을 알았다. 상위인지전략은 학습자 중심의 교육에서 학습자의 역할을 더 중요시되고 있는 최근의 일본어교육에서 중요한 전략이므로 더욱 저극적인 사용이 필요한 전략이라 할 수 있다.

한편 한국인 학습자는 효과적인 기억전략의 사용에 소홀히 하고 있으며 학습자의 정서적 안정을 중요시하는 정의적전략도 거의 사용하고 있지 않다. 언어학습은 인지과정에 의해서만 이루어지는 것이 아니라 학습자의 학습의욕이나 감정의 변화에도 영향을 많이 받기 때문에 학습자가 자신의 감정을 점검하고 극복하는 방법을 연구할 필요가 있다. 그리고 학습목표가 다양화되고 의사소통 능력 향상을 위한 일본어교육에서는 타인과의 상호관계로 언어학습 효과를 고조시키는 전략이나 일본문화를 이해함으로써 일본어학습을 효과적으로 이끌어가는 사회적전략이 필요한데 한국인 학습자는 더 적극적인 전략 사용을 연구해야 할 것이다.

3.1.2. 어학시험 자격별 사용실태 분석결과

이상에서 한국인 학습자의 어학시험자격별 언어학습전략의 사용실태를 분석해 보았다. 분석 결과 다음과 같은 사실을 알게 되었다.

(1) 기억전략에서는 세 그룹 간에 유의미한 차이를 보이지 않았다.
(2) 인지전략, 보상전략, 상위인지전략에서는 거의 모든 문항에서 세 그룹 간에 유의미한 차이를 보였다.
(3) 정의적전략에서는 일부 문항에서만 유의미한 차이를 보였다.
(4) 사회적전략에서는 모든 문항에서 유의미한 차이를 보였다.

결론적으로 한국인 학습자 중에서 어학시험에 높은 점수를 획득한 학습자, 즉 성공한 학습자가 그렇지 못한 학습자에 비해서 언어학습전략을 잘 구사하고 있다는 사실을 알았다. 기억전략을 제외한 거의 모든 전략에서 세 그룹 간에는 유의미한 차이를 볼 수 있었다. 그렇지 못한 학습자들은 학습기간이 짧거나 효과적인 학습방법을 연구해야 한다는 인식이 아직 없는 것으로 여겨진다. 그리고 한국인 학습자가 사용하는데 소극적이었던 사회적전략에서는 성공한 학습자가 모든 항목에서 높은 평균치를 나타냈다. 성공한 학습자는 타인과의 상호작용을 통해 자신의 학습능력을 향상시키고 국제교류나 네이티브와 적극적으로 접촉하여 일본어와 일본 문화에 대한 이해를 높인다고 할 수 있다.

　다만 분석결과 어학성적으로는 최상위 그룹인 B그룹이 언제나 제일 높은 평균을 나타낸 것이 아니라는 사실은 흥미롭다. 성공한 학습자 중에서 어학성적이 낮은 그룹인 A그룹에서 전반적으로 높은 평균치가 나타난 것은, 최상위 그룹인 B그룹의 학습에서는 그동안 여러 가지 학습방법을 거쳐서 학습을 해 오다가 일정 수준에 이르렀을 때 자신만의 학습방법을 터득하여 고정되어 버린 것이 아닐까 싶다. 또 하나의 가능성은 학습전략의 변인을 보면 언어능력 이외에 나이나 신념, 국적, 학습목표 등이 있고 사람마다 학습스타일이 있기 때문에 언어능력인 어학시험의 성적과 학습전략 사용의 평균이 비례한다고는 할 수 없다는 점이다. 다만 전체적인 경향에서 성공한 학습자는 그렇지 못한 학습자들보다는 전반적으로 언어학습전략을 잘 구사하고 있다는 것을 알 수 있었다.

3.2. 언어기능별 학습전략의 설문분석

3.2.1. 일반적인 사용실태 분석결과

이상에서 한국인 학습자의 각 언어기능별 학습전략의 일반적인 사용 실태를 분석해 보았다. 분석 결과 다음과 같은 사실을 알게 되었다.

(1) 한국인 학습자는 대체로 문자전략과 어휘력전략, 문법전략을 잘 사용하고 있으나 구조화하여 암기하는 것은 서툴다.
(2) 한국인 학습자는 발음연습을 위한 학습전략의 사용에 소극적이라 는 것을 알 수 있다.
(3) 한국인 학습자는 듣기, 말하기전략은 보상전략과 관련된 항목은 대체로 잘 이용하고 있으나 사회적전략과 관련된 항목에서는 소 극적이라는 것을 알 수 있다.
(4) 한국인 학습자는 읽기와 쓰기전략에서 전반적으로 잘 사용하고 있다는 것을 알 수 있다.

결론적으로 한국인 학습자는 효과적인 일본어학습을 위해 문자전략, 어휘전략을 대체로 잘 구사하고 있는 것으로 나타났다. 그러나 문자나 단어를 기억하기 위하여 반복하여 쓰면서 외우는 기억전략은 자주 사용 하고 있지만 단어의 의미나 특징별로 모아서 암기하는 구조화전략은 그 다지 사용하지 않는 것을 알 수 있다.

문법전략은 A, B, C 세 그룹 간에 유의미한 차이는 보이지 않았으나 세 그룹 모두 자주 사용하는 학습전략이었다. 이는 한국인 학습자가 일 본어를 학습할 때 문법을 중시한다는 사실을 보여주고 있다. 그리고 문법학습을 할 때 한국어와 일본어의 문법적 유사성을 잘 이용하고 있다는 것도 알 수 있다. 읽기와 쓰기전략도 전반적으로 잘 사용하고 있는데 이것도 역시 그동안의 한국의 일본어교육이 문법중심이었다는 것을 의미한다.

한편 의사소통에 관련된 전략인 듣기와 말하기전략도 전반적으로 잘 사용하고는 있으나 최근에 의사소통교육에서 중요시되고 있는 사회적 전략의 사용에 소극적이라는 특징이 있다. 한국인 학습자는 유창한 회화를 위해서 네이티브를 친구로 만들어 연습하고 국제교류, 펜팔, 채팅, 동호회활동 등을 통한 네이티브와의 상호교류를 확대해가는 전략이 필요할 것이다.

그리고 한국인 학습자에게 가장 큰 문제는 발음전략을 소홀히 하고 있다는 것이다. 분석 결과를 보면 한국인 학습자는 발음연습을 그다지 하지 않는다는 것을 알 수 있다. 이는 한국인 학습자가 일본어시험 등에는 높은 성적을 받으면서도 발음 면에서는 좀처럼 좋아지지 않는다는 말을 듣는 이유가 될 것이다. 한국인 학습자는 발음연습을 의식적으로 학습해야 한다는 사실을 깨달아야 하며 자연스러운 일본어를 구사하기 위해서는 학습자는 자신의 발음을 스스로 들어보고 선생님이나 네이티브에게 교정을 받거나 발음교정용 교재를 이용하여 꾸준히 연습할 필요가 있다.

3.2.2. 어학시험 자격별 사용실태 분석결과

이상에서 한국인 학습자의 어학시험자격별 언어기능 학습전략의 사용 실태를 분석해 보았다. 분석 결과 다음과 같은 사실을 알게 되었다.

(1) 어휘력전략과 문법전략에서는 A, B, C 세 그룹 모두 유의미한 차이점은 보이지 않는다.

(2) 문자전략과 발음전략, 듣기전략, 쓰기전략에서는 일부 문항에서만 어학시험 자격별로 유의미한 차이를 나타냈다.

(3) 말하기전략과 읽기전략에서는 전반적으로 어학시험 자격별로 유의미한 차이를 나타냈다.

위의 결과를 보면 한국인 학습자 중에서 어학시험에 높은 점수를 획득한 학습자, 즉 성공한 학습자와 그렇지 못한 학습자 간에는 언어기능에 따라서 유의미한 차이를 보인 전략도 있고 보이지 않는 전략도 있다. 문자전략에서는 일부 문항에서만 세 그룹 간에 유의미한 차이가 보였다. 예를 들면 말하기전략에서는 최상위 그룹인 B그룹의 평균이 전반적으로 높게 나타났고 A그룹과 C그룹이 그 뒤를 이었다. 그리고 읽기전략에서는 A, B, C그룹 모두가 전반적으로 높은 평균을 나타내었는데 이는 한국인 학습자가 읽기학습에 노력을 기울이고 있다는 사실을 나타내고 있다.

분석 결과 특징적인 사실은 '언어학습전략 조사'에서와 같이 최상위 그룹인 B그룹의 평균이 언제나 제일 높은 것은 아니라는 사실이다. 문자전략의 경우에 A그룹과 C그룹의 평균이 높게 나오고 오히려 B그룹의 평균이 최하위로 나타난 것을 알 수 있다. 이는 어느 정도 학습의 성과를 올린 학습자는 문자를 이미 기억하였기 때문에 문자 학습에 큰 애로점을 느끼지 않기 때문이라고 여겨진다.

결론적으로 어학성적이 높은 학습자는 말하기나 발음, 읽기전략을 잘 구사하며 의사소통 능력의 향상에 관심이 많고 성적이 낮은 학습자는 문자나 어휘력이나 문법전략에 관심이 높다는 것을 알 수 있다.

V. 효과적인 학습전략에 대한 제언

1. 일본어 학습방법에 관한 전문가의 제안

1.1. 이덕봉의 일본어 학습방법

일본어교육 전문가인 이덕봉은 저서인「일본어교육의 이론과 방법」에서 일본어 학습전략이론을 소개하고 한국인 학습자들에게 필요한 학습전략을 구체적으로 제안하면서 교수법적인 차원에서 참고로 해야 한다고 주장하였다. 각 지도 항목을 문자지도, 히라가나의 기억전략, 효과적인 발음지도, 악센트의 기억전략, 의사소통식 학습에서의 문법지도로 나누어 한국인 학습자만의 독특한 학습방법을 제안하였다.

(1) 문자지도의 실제
일본어의 문자는 히라가나, 가타카나, 한자, 아라비아숫자, 한자숫자, 로마자 등이 있는데 학습의 대상이 되는 것은 히라가나, 가타카나, 한자

정도이며 지도 시기나 지도의 필요성에 대해서는 이견이 많지만 격식을 중시하고 쓰기지도를 중시하는 일본의 문화적 특성상 경시할 수 없는 항목이다. 일반적으로 히라가나를 먼저 지도하고 어느 정도 문자에 대한 체계가 잡힌 후에 가타카나를 도입하는 것이 좋고, 방법은 비슷한 자형끼리 구조화해 상호 비교시켜 가면서 익히는 방법과 연상법에 의한 암기법이 있다. 그리고 일본어 한자는 신자체라는 약자를 쓰고 있으므로 한국어 한자와의 미묘한 차이를 파악하여야 한다.

(2) 히라가나의 기억전략

일본의 대표적 문자 중 가타카나는 원한자를, 그리고 한자는 상형문자의 원형을 이용하여 기억을 쉽도록 했는데 히라가나는 적당한 연상법이 없었다. 이덕봉은 한국인 학습자의 기억을 돕고 흥미를 유발할 수 있는 방법으로 '한국형 히라가나의 연상화'를 제작하여 소개하였는데, 원리는 문자를 그림과 연관시켜 그림만 보고도 문자를 떠올리게 하는 것이다. 다만 이 연상화는 가나문자를 암기하기 위한 자료이므로 발음 학습은 발음기호를 병행하여 지도해야 한다고 밝히고 있다. 그러나 최근에 이덕봉의 연상화 외에도 연소자를 위한 기초일본어교재[1]에는 '한국형 히라가나 연상화'가 많이 소개되어 있고 연상되는 그림과 히라가나의 음성을 결부시킨 것이 많은 것을 보면 음성을 고려한 연상화 제작을 생각해 보는 것도 좋을 듯하다.

---

1) 연상화를 이용한 기초일본어 교재에는 다음과 같은 것이 있다.
정기영(2005), 「뉴네트워크 일본어1,2,3」 시사일본어사.
김연수(2004), 「주니어 일본어붐붐」 동양문고.
동양문고(1999), 「굿모닝독학일본어」 동양문고.

(3) 효과적인 발음지도

일본어 발음은 단어만의 발음과 문장 안에서의 발음이 달라지는 경우가 있으므로 발음교육에서 단어중심의 발음은 지극히 초기단계에만 필요한 것이고 곧바로 문장 속에서 지도되어야 한다. 종래에는 천천히 들려주다가 속도를 높여가는 교육법을 썼으나 유창성을 강조하는 교육에서는 처음부터 자연스러운 속도로 들려주는 것이 좋다. 한국인이 자주 틀리는 것 중에 '청음과 탁음의 구별'과 '장음과 단음의 구별'이 어려운 경우가 있는데 이것은 일본어 의미 변별에 영향을 주는 요소이므로 반드시 정확한 발음을 익혀야 한다. 그 외 한국인의 발음상 문제가 있으나 의미 변별에 큰 차이가 없으면 난이도가 높은 발음을 억지로 지도하느라 전체의 흐름을 저해하고 학습의욕을 떨어뜨리는 수도 있으므로 유의한다.

그리고 난이도가 높은 발음의 지도방법으로 청탁음과 반탁음, 「つ」, 「ち」, 「ん」, 「っ」, 모음의 무성화, 프로소디교육 등에 대해 언급했는데 특히 프로소디란 '악센트, 억양, 포즈, 프로미넌스, 빠르기' 등 음성요소를 총괄한 어조전체를 가리키는 말로 최근 일본어 발음교육에 있어서 프로소디의 도입은 매우 유익하다고 했다.

(4) 악센트의 기억전략

일본어의 악센트는 강약이 아닌 높낮이식 악센트인데 두 가지 기능을 갖는다. 하나는 「橋」와 「箸」, 「花」와 「鼻」, 「神」과 「紙」의 경우에서처럼 의미를 변별하는 기능이고, 「すももも・ももも・もものうち」의 경우 악센트가 있음으로 해서 단어와 단어의 경계를 알게 하는 기능이다. 일본어 단어는 한 단어 안에서 두 군데에 악센트가 오는 법이 없

고 한 단어일 때의 악센트와 두 단어가 결합할 때의 악센트가 반드시 같지 않는 특징이 있다. 일본어 악센트는 지방마다 다르고 악센트가 없는 방언도 있으며 실제회화에서는 크게 의미 변별에 영향을 주지는 않으나 일부 악센트에 따라 의미가 달라지는 것도 있고 자연스러운 일본어를 구사하기 위해서는 악센트 학습을 해 두는 것도 좋다.

각 항목별로 명사, 동사, 형용사, 부사의 악센트를 소개하고 문장 안에서의 악센트의 특징을 소개하였다.

(5) 의사소통식 학습에서의 문법지도

문법식 학습이 문제시되는 것은 본문의 이해 과정에서 문법적 이해와 응용력까지를 가르치고자 하여 문법 교육에 치우치는데 기인한다. 그러므로 의사소통 중심의 학습이 되기 위해서는 문장을 분석하여 이해할 것이 아니라 문장이 쓰이는 장면의 이해와 말하는 방법의 이해로 지도 방향이 바뀌어야 할 것이다. 그러나 이러한 방법은 초급단계에는 학습자의 흥미를 유발하여 빠른 향상을 보이지만 일정 단계에 이르면 응용력이 붙지 않는다는 약점이 있고 학습목적에 따라 적절한 문법적 지도가 필요하다.

이덕봉은 문법교육의 한 예로 '동사의 활용'을 들었는데 지금까지의 일본어교육에서 사용되고 있는 방법은 일본인들이 사용하는 학교문법을 그대로 답습하거나 여러 단계의 인지과정을 거쳐야 하는 복잡한 체계를 학습해 왔기 때문에 문제가 되었다. 그래서 '실용 문법적 동사 활용표'를 제작하여 의사소통에 도움이 되는 학습방법으로 제시하였다.

1.2. 정기영의 일본어 학습방법

일본어교육 전문가인 정기영은 저서인 「NEW NETWORK 日本語1, 2, 3」에서 '효과적인 일본어학습법'이라는 테마를 한 과로 독립하여 소개하면서 한국인 일본어 학습자들에게 효과적인 학습방법 연구의 중요성을 인식시켰다. 특히 한국인 성인학습자의 일본어 학습을 4단계로 분류하고 학습단계별 학습내용을 아래와 같이 제시하였다.

〈표5-1〉 정기영의 학습단계별 학습내용

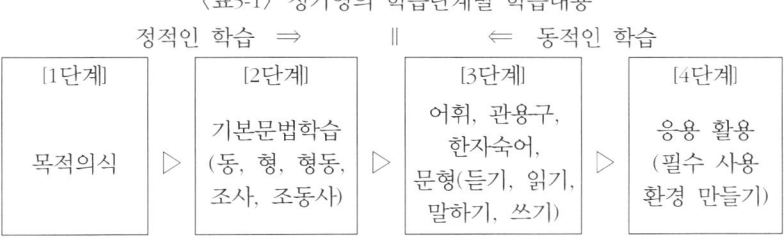

기능별 효과적인 일본어 학습방법에 관해서는 보통 성인 학습자의 경우에는 읽기 ⇒ 듣기 ⇒ 말하기 ⇒ 쓰기 순서로 향상되지만 학습자의 연령, 학습방법, 활용분야에 따라서 순서가 바뀔 수도 있다. 그리고 의사소통능력 향상을 중심으로 학습하면 듣기 ⇒ 읽기 ⇒ (낭독) ⇒ 말하기 ⇒ 쓰기 순서로 언어능력이 향상될 수도 있다고 하면서 각 기능마다 3단계로 나누어 구체적인 학습방법을 제시하였다. 그리고 학습한 사항을 실제장면에서 응용할 수 있는 방안과 각 기능별 학습에서 유의할 점을 참고사항으로 정리하였다.

(1) 읽기

[1단계]

· 초급 강독, 회화 교재를 통한 기본문법 학습

· 단어장 만들기(문장중심, 한자중심, 연상법으로 단어암기)

· 소리내어 읽는 연습〈100번 읽기〉을 하면 발음이 매끄러워진다.
  (한국인이 틀리기 쉬운 발음에 주의).

[2단계]

· 본문회화, 읽기연습, 수필, 사설, 칼럼 등의 단문독해(丸暗記, 연상,
  낭독, 혼자 말하기 연습)

[3단계]

· 소설 읽기

  소설 세 번 읽기 : 처음에는 사전 보지 말고 모르는 표현에 밑줄을
  그으면서 내용을 상상하면서 읽는다. 두 번째는 사전을 찾으면서
  읽고, 세 번째는 내용을 음미하면서 읽는 연습을 하면 실력이 상당
  히 향상될 것이다.

(2) 듣기

[1단계]

· 테이프가 있는 교재를 듣고 따라해 보고 암기한다(읽기 교재와 연계
  하면 효과적이다).

· 교재와 연계된 테이프와 비디오를 최대한 활용한다.

· 인터넷, CD-ROM Courseware 등 컴퓨터를 활용한다.

[2단계]

· TV(드라마 → 뉴스 → 다큐멘터리 → 코미디), 비디오(영화)를 반복해서

보고 따라 말해본다.
· 일본 노래를 배운다.

[3단계]

· 라디오, 위성TV 등을 규칙적으로 듣고 본다(리듬에 익숙해진다).

(3) 말하기

[1단계]

· 시청각 기자재를 이용하여 따라 말하고 선생님 또는 친구들과 다
  이얼로그를 연습한다.
· 문장을 암기한 후 실제로 사용하여 본다.
· 정확성보다는 유창성에 유의한다.

[2단계]

· 적극적으로 활용할 수 있는 기회를 만든다(일본어로만 말하는 그룹
  스터디).
· 일본인 친구를 만든다.

[3단계]

· 일본 현지에 가본다.
· 일본어로 생각하고 일본어로 말한다.

(4) 쓰기

[1단계]

· 한국인이 틀리기 쉬운 표현 및 기본문형을 정리한 교재를 이용하
  여 작문연습을 한다.
· 받아쓰기를 한다.

· 테이프를 들으면서 받아쓰기를 해본다.

[2단계]

· 일본어로 일기를 쓴다.

· 작문을 한 뒤 네이티브(원어민 교사)의 교정을 받는다.

· 한국어로 생각하고 번역하면서 작문하지 않는다.

[3단계]

· 일본어로 편지를 쓴다.

· 일본어 채팅사이트, 펜팔사이트 Mailing List 등을 적극적으로 활용
  한다.

(5) 응용

· 일본어를 사용하지 않으면 안 되는 환경을 조성한다.

· 변론대회, 작문대회 등에 적극적으로 참여한다.

· 배낭여행, 워킹홀리데이, 교환유학생, 어학연수, 저렴한 홈스테이
  등의 국제교류를 적극적으로 이용한다.

    (각종 정보지, 대학 공지사항, 학과게시판).

· 펜팔 및 전자우편을 통하여 메일 교환 상대를 찾는다.

· 원어민 교사와의 스터디를 적극적으로 활용한다.

(6) 참고사항

· 독해는 자기 실력보다 조금 어려운 것을 선택하여 어휘, 문형, 관
  용구 등을 늘리는데 주력한다.

· 청해는 자기 실력과 같은 수준 또는 약간 높은 교재를 선택하여
  듣기 능력을 기른다.

· 회화는 자기 수준 보다 낮은 교재를 선택하고 가능한 말할 수 있는
  기회를 능동적으로 만든다.
· 작문은 자기 실력 보다 약간 쉬운 교재를 선택하여 문형을 중심으
  로 기초 작문연습을 한 뒤 응용작문을 해본다.

1.3. 양미선의 일본어 학습방법

일본어 동시통역사인 양미선은 「일본어 이렇게 해도 안 되면 내가
성을 간다」라는 서적에서 "언어는 선천적인 소질도 있지만 후천적인 노
력과 교정도 중요하다"고 하면서 자신의 일본어 학습경험을 바탕으로
효과적인 일본어학습법을 각 분야별로 제시하였다. 양미선의 일본어 학
습방법에 관한 서적은 한국의 일본어교육에서는 아직 생소한 일본어학
습을 방법에 관해 최초의 제안이었기 때문에 더욱 의미가 깊다고 할 수
있다.

효과적인 듣기 훈련방법으로는 항상 일본어를 귀에 뱅뱅 맴돌게 하
여 듣는 방법으로 교재 테이프나 NHK 등 일본 방송을 켜 두고 배경처
럼 듣는 방법과 온 신경을 집중해서 민감하게 듣는 방법으로 테이프를
반복하여 듣거나 NHK뉴스 등을 집중해서 듣는 방법, 그리고 헤드폰을
끼고 교재 테이프나 방송 내용을 그대로 따라 해보는 새도잉 연습을 제
시하였다.

유창한 화화를 하기 위해서는 탄탄한 문법부터 갖추어야 하며 소재
가 풍부한 사람이 유창하다고 하여 일본어 외에도 다양한 화제에 관심
을 가지고 상식을 기를 것을 주장했다. 회화를 위해서는 일본인 친구나

선생님과 친해질 것과 자신감을 가지고 말해보는 것이 중요하다고 했다.

    독해 훈련 방법으로는 초보단계일 때는 기본문형 익히기를 하며, 중급단계는 독해 교재를 이용하거나 가볍게 익힐 수 있는 수필집이나 소설을 읽고, 고급단계는 최근의 이슈나 국제정세에 대한 기사를 격조 있고 깨끗한 논조로 쓰고 있는 시사주간지와 신문을 읽는 것이 좋다고 했다.
    어휘습득을 위해서는 새로운 단어를 익힐 때 문장 속의 쓰임이나 단어의 음성으로 듣고 그 뜻을 이해한 다음 머릿속에 저장해 두었다가 나중에 다시 꺼내어 써 보는 것을 반복해야 한다.

    그 외 일본어 학습에서는 경어와 액센트, 한자읽기 학습의 중요성도 잊지 말고 효과적인 학습방법을 생각해 보아야 한다.

1.4. 嶋田和子의 일본어 학습방법

    「일본어의 달인이 되는 법」[2]의 저자인 嶋田和子[3]는 일본인교사로서 한국어를 학습하면서 한국어와 일본어의 유사점과 차이점을 분명히 인식한 후 한국인 학습자의 일본어 발음상의 문제점을 지적하였다. 일본어학습에서 "가장 중요한 것은 자기 자신의 발음 주에서 어디가 문제인지를 분명하게 인식하는 것"이라고 했다. 한국인은 일본어의 숙달도

---

2) 嶋田和子(2000) 일본어의 달인이 되는 법 사람in.
3) 嶋田和子: 일본이스트웨스트 일본어학교 교무주임, 일본어교육학회, 유학생 교육학회, 일본 카운슬링학회 등에서 활동 중.

가 빠른 편이어서 "그저 말만 하면 그만이라는 풍조"가 생겨서 자시의 일본어 발음을 객관적으로 반성하고 고치려는 노력을 하지 않기 때문에 시간이 좀 걸리는 동남아시아나 서남아시아 학습자보다 결과적으로 뒤떨어진 발음을 하게 한다고 했다. 특히 嶋田는 한국인이기 때문에 문제가 되는 발음을 지적하고 그 극복방법을 9가지의 항목으로 제시하였다. 그리고 액센트와 억양의 중요성을 강조하고 커뮤니케이션의 기초인 일본문화를 학습해야한다고 하였다.

그리고 자연스러운 일본어 구사를 위한 구체적인 방법으로 '비법전수 ― 일본어 학습 스트러티지'를 제시하여 학습자들이 훈련할 수 있도록 하였다.

(1) 학원 학교에서 할 수 있는 연습

총 20문항으로 이루어진 한국인용 발음체크시트를 학습자에게 읽게 하는 방법으로 그 내용을 테이프에 녹음한 후 교사가 문제점을 메모해서 학습자의 취약점을 파악하고 구체적인 발음지도를 할 수 있는 연습이다.

그리고 '끝말잇기게임'을 통하여 학습자의 발음을 서로 체크할 수 있으며 수업 중에 '발음체크타임'을 따로 설정하여 학습자들끼리 서로의 발음을 지적해 주도록 하여 정확한 발음의 중요성을 깨닫도록 하는 연습도 좋은 방법이다.

또 수업의 내용을 녹음하여 교사의 바른 발음을 수업 후에 확인하면서시간적인 여유를 가지고 연습할 수 있는 방법도 있으며, 하루에 한 가지씩 테마를 정하여 주의를 기울여서 연습하는 방법 등도 있다.

(2) 혼자서도 할 수 있는 연습

'새도우잉' 기법을 일본어 학습에 활용하는 방법으로 일본 TV프로그램이나 영화 등을 보면서 네이티브의 억양을 그대로 따라해 보는 방법이다. 문자를 보지 않고 귀와 입만을 이용하여 발음에 집중하는 연습을 할 수 있어서 효과적이다. 그 외 일본어교재용 테이프의 내용을 따라해 보는 것도 좋은 방법이다.

'혼잣말 연습법'이 있는데 학습한 내용을 가지고 스스로에게 말을 걸고 대답하는 방법이며 생활 중에 연상되는 내용들을 그때그때 입으로 말해 보면 자연스러운 회화연습이 된다.

그리고 친구와 일본어로 회화연습을 하면서 틀릴 때마다 벌칙을 부과하는 '패널티 회화 연습'은 실용적인 이유에서도 회화능력 향상에 도움이 되고 친구와 함께 하므로 재미도 붙일 수 있는 방법이다.

그 외 '무조건 암기'하는 방법은 어떤 외국어학습에서도 도움이 되는 것인데 중요한 것은 음성학습, 뉘앙스의 파악, 사회언어학적 지식들을 모두 얻을 수 있는 좋은 문장을 선택하는 것이다.

(3) 실전연습

실전연습시트를 작성하여 문제가 되는 항목마다 시트를 만들고 체크를 하는 방법이다. 한국인 학습자가 극복해야 할 항목을 다음과 같이 제시하였다.

〈표5-2〉 嶋田和子의 한국인 학습자를 위한 문제별 시트

1. 「ツ」	1. 액센트의 미니멀페어
2. 「サ行」	2. 지시사와 의문사의 액센트
3. 장음과 단음	3. 복합어의 액센트 변화
4. 촉음(작은 「ツ」)	4. 동사의 액센트 변화
5. 발음(撥音 「ン」)	5. 형용사의 액센트 변화
6. 「n」의 삽입문제	6. 문절 끝의 억양(화조 話調)
7. 청음과 탁음	7. 문말 억양
8. 어두의 「ラ」	
9. 비탁음(鼻濁音)	
10. 모음의 무성화	

2. 언어4기능의 효과적인 학습전략을 위한 제언

외국어를 능숙하게 구사하기 위해서는 학습해야 할 항목이 많이 있다. 그 항목들을 일일이 나열할 수는 없지만 언어의 네 가지 기능인 '듣기', '말하기', '읽기', '쓰기'를 익히는 것이 중요하다. 성인 학습자의 경우에는 읽기학습이 선행된 후에 듣기, 말하기, 쓰기 순으로 진행해 가기도 하지만 습득되는 순서에 따라 '듣기, 말하기, 읽기, 쓰기'의 순으로 진행해 가는 것이 일반적이다. 본 연구의 조사 분석에서 추출된 결과를 토대로 한국인 학습자를 위한 언어기능별 효과적인 학습전략을 알아본다. 언어의 네 가지 기능인 '듣기, 말하기, 읽기, 쓰기'의 순으로 효과적인 학습전략을 생각해 보겠다.

2.1. 듣기전략

일본어학습에서 듣기는 일본어를 듣고 내용을 이해하여 그 안에서 필요한 정보를 찾아내거나 적절한 대답이나 대응을 하고, 그리고 요구되는 결과를 행동 등으로 나타내는 과정을 말한다. 또한 일본어를 처음 배울 때는 일정 기간 동안 발화를 하지 않고 듣는 과정이 선행되는 경우가 많고, 다른 언어능력인 말하기, 읽기, 쓰기와도 관련이 깊으므로 기초단계에서부터 정확한 발음과 속도를 익히고 나아가 원활한 대화를 계속해 나갈 수 있도록 하는 중요한 학습이라고 할 수 있다. Peterson에 의하면 듣기, 즉 청해는 상향식과정(bottom-up processing)과 하향식과정(top-down processing), 그리고 상호작용적 과정(interactive processing)이 있는데 상향식과정은 언어자체의 구나 절, 문장 등을 이해하는 것에 의해 청해가 이루어진다는 생각이며, 하향식과정은 학습자의 선험지식, 즉 배경지식을 토대로 추론을 통한 전체적인 문장파악을 의미한다. 한국인 학습자는 듣기를 할 때 모르는 내용을 추측하거나 기존의 지식을 활용하는 보상전략은 잘 활용하고 있는 것으로 나타났는데 이는 Peterson의 하향식과정의 청해를 잘 활용하고 있다고 할 수 있다. 그러나 모르는 내용을 대화 파트너에게 질문하거나 확인해 보는 사회적전략의 사용에는 소극적이라는 조사결과가 나왔다. 그러면 듣기 능력을 향상시키는 효과적인 학습전략에는 어떤 것이 있는지 생각해 보자.

(1) 교재듣기와 방송이나 영화듣기

기초단계에서는 어학교재와 관련된 녹음테이프를 듣거나 듣기시험용 교재 등을 이용하여 정확한 발음을 익히도록 한다. 인터넷 강의나 듣기 학습사이트를 이용하여 반복하여 듣기 연습을 하는 것도 좋다.

어느 정도 기초 듣기 연습이 이루어진 다음에는 일본어 방송이나 영화를 보며 듣기 학습을 하는데, 처음에는 뉴스나 다큐멘터리 등 아나운서가 진행하는 정확한 발음을 듣는 것이 좋다. 특히 뉴스는 영화나 드라마보다 속어나 관용구 사용이 적고, 내용이 시사적이어서 활용도가 높다고 할 수 있다. 한일관계나 일본사정에 대한 배경지식, 정보 등을 얻는데도 좋고, 배경지식이나 뉴스 자막 등을 잘 활용하면 효과적인 뉴스듣기가 될 것이다.

또 어느 정도 듣기에 익숙해지면 성우의 목소리로 더빙되어 있는 외화시리즈물, 그 후에 드라마나 영화로 진행하는 것이 좋다. 버라이어티쇼나 코메디 방송은 어느 정도 듣기 능력에 자신감이 생겼을 때 본다.

방송이나 영화는 처음 들을 때는 자막이 들어 있는 것을 선택하여 의미를 파악하며 듣다가 자막이 없는 방송으로 이어가면 좋고, 흥미나 동기유발을 위해서는 노래를 들으며 연습하는 것도 좋다. 그러나 중급 이후의 듣기 학습에서는 한마디 한마디 정확한 어휘를 알아듣는 연습보다는 방송이나 영화를 즐기면서 자신에게 필요한 정보를 찾아내고 상황에 맞게 사용되는 일본어 표현을 알아듣는 것이 중요하다.

(2) 집중해서 듣기와 배경처럼 듣기

일본어 듣기를 위해 일본어방송을 항상 켜 놓기는 하지만 아무리 시간이 지나도 듣기능력이 향상되지 않는 경우가 많다. 그것은 내용을 모르고 듣기 때문에 학습의 효과가 그리 크지 않은 것이다. 전체적인 내용 파악도 중요하지만 그 안에서 자신에게 필요한 요소만을 집중해서 듣는 연습과 일상생활 속에서 항상 일본어 방송을 접함으로서 일본어에 대한 리듬감과 스피드, 정확한 발음 등을 익힐 수가 있다.

어학교재의 경우에는 스크립트가 부록으로 들어 있으므로 들은 내용을 스크립트로 확인할 수 있다. 스크립트를 보면서 내용을 듣고 따라 읽기, 보지 않고 들리는 대로 따라 읽기 등을 반복하여 내용을 완전히 파악한 후에 집중해서 듣기 연습을 하는 것도 효과적이다. 또한 해드폰을 끼고 교재 테이프나 방송 내용을 그대로 따라 해보는 새도잉 연습을 하거나 받아쓰기 등을 해 보면 내용을 확인할 수 있다.

효과적인 듣기 훈련방법으로는 항상 일본어를 귀에 뱅뱅 맴돌게 하여 배경처럼 듣는 방법이 있다. 일본 방송이나 노래 등을 켜 두고 배경처럼 듣는 방법인데 이 연습을 규칙적으로 반복하면 일본어에 대한 리듬감이 생기기 때문에 좋다.

(3) 추측해서 듣기 사전 찾으며 듣기

듣기를 하다 보면 모르는 어휘가 자주 나온다. 모르는 어휘를 무시하고 그냥 들으면 내용파악이 어려워지고 그때마다 사전을 찾으면 그 사이에 방송은 지나가 버려서 흐름을 놓치기 쉽다.

영화나 드라마 등은 내용의 흐름이 중요하므로 모르는 어휘는 전체의 내용을 생각하며 추측해서 끝까지 들어본다. 일본어 지식뿐만 아니라 기존의 상식이나 시사적인 지식을 총동원하여 내용을 추측해 본다. 마지막까지 다 들어 보고 비디오테이프나 교재 테이프 등은 처음부터 반복해서 다시 듣는다. 두 번째 들을 때는 듣는 사이사이에 모르는 어휘를 받아 적었다가 다 들은 후에 사전을 찾아 어휘를 조사한 뒤 처음부터 다시 한번 들어본다.

뉴스나 교재듣기를 할 때는 사전을 가지고 모르는 말을 찾아가며 듣는 것도 방법도 좋다. 듣기를 하는 중간 중간에 테이프를 정지시킨 뒤 정확한 어휘를 조사하여 내용파악을 한다. 이런 방법으로 마지막까지 다 들은 뒤에는 처음부터 다시 들어서 전체적인 내용파악을 해야 한다.

(4) 혼자듣기와 파트너와 같이 듣기

듣기학습은 교재나 방송 등을 통하여 혼자서 할 수도 있지만 때로는 대화의 파트너가 필요하기도 하다. 대화하는 중에 상대방의 이야기를 알아들을 수 없으면 듣기의 의미가 없어지기 때문이다.

대화의 파트너가 네이티브라면 더 좋고 학습자끼리라도 협력하면 듣기전략을 충분히 구사할 수 있다. 대화를 하면서 알아듣지 못한 내용은 파트너에게 도중 도중에 질문하거나 자신이 들은 내용이 정확한 지 상대방에게 확인한 후에 대화를 계속하는 전략이 있다. 그리고 영화나 방송 등을 볼 때도 파트너와 함께 들으면 들은 내용을 서로 확인해 주기도 하고 놓쳐버린 어휘도 서로 보완해 줄 수도 있다.

2.2. 말하기전략

의사소통 능력 향상을 학습목표로 하는 최근의 일본어교육에서 말하기전략의 사용은 중요한 성공요소로 작용한다. 말하기는 자신의 의사를 분명하게 표현하고 상대방의 요구에 적절히 대응해 가는 과정이다. 즉 상호간에 정보의 공백이 있어서 그것을 메워가기 위한 노력이므로 언어적 능력은 물론이고 성격이나 심경 등 정의적인 부분이 작용한다. 특히 한국인 학습자는 외국어로 의사표현을 하는데 소극적이며 일본어의 맞장구나 얼굴표정으로 표현하는 부분에는 약하기 때문에 효과적인 말하기를 위해서는 보다 적극적인 자세가 필요하겠다. 특히 한국인 학습자는 사회적전략을 구사하는데 서툴다는 결과가 나와 있는데 말하기는 상호작용을 해야 하는 만큼 파트너와의 적절한 상호작용을 통한 사회적전략의 사용을 위해 노력해야 할 것이다.

일본어 학습목표로 일본인과의 유창한 회화를 꼽는 학습자가 많다. 그러나 실제 상황에 부딪히면 좀처럼 말이 나오지 않아서 어려움을 겪기도 하는데 성공한 학습자는 자신의 일본어 능력을 표출하는 말하기 학습에 관심이 높으며 실제 사용 상황을 상상하며 연습하거나 예행연습을 하는 등 충분한 연습을 하고 있다. 그럼 말하기 능력을 향상시키는 학습전략에는 어떤 것이 있는지 생각해 보자.

(1) 정확성과 유창성

말하기 학습에서 정확성과 유창성은 모두 필요한 요소이다. 그러나 정확성을 강조하여 문법이나 발음에 신경을 쓰다 보면 대화의 흐름이 깨지고 또 유창성을 강조하면 정확하지 않은 문법이나 발음이 정정되지 않고 정착되어 화석화되기도 한다.

초기단계에는 교재에 나오는 회화문을 암기하여 선생님이나 친구들과 회화연습을 해본다. 어느 정도 학습이 진행되면 정확한 말하기 연습을 해야 하는데 화화의 기본은 탄탄한 문법부터 갖추어야 한다는 것을 명심해야 한다. 성인 학습자의 경우에는 듣기학습보다 읽기학습을 선행하는 것이 더 효과적인 경우도 있다. 주위의 선생님이나 네이티브에게 틀린 곳을 수정해 달라고 부탁하여 틀릴 때마다 고쳐가는 방법도 좋다.

중급 이상이 되면 주제에 맞는 발표나 토론 등의 학습으로 진행되고 더 나아가 실제 상황에서 대화를 이어가야 하는데 이때는 정확성보다는 유창성에 무게를 두고 대화의 흐름이 어색해지지 않도록 한다. 자신의 의사표현을 확실하게 하여 상대방에게 이해시키고 상대방의 입장을 고려한 대화를 유도하여 원만한 상호작용이 이루어질 수 있도록 해야 한다. 유창성이 중요하게 생각한다고 해서 오류를 방치해서는 안 되며 지금까지 학습해 온 문법지식과 배경지식 등을 최대한 활용하여 오류를 최소화하고 나름대로의 통제를 하려는 연습도 필요하다.

(2) 일본어발표와 일본어대화

말하기전략에는 일본어로 대화하기 위한 연습과 사람들 앞에서 일본어로 발표하기 위한 연습이 있다. 일본어 대화와 달리 일본어발표는 평소의 꾸준한 연습을 해야 하는 항목이다. 일본어발표에는 변론대회나

3분스피치 발표, 그리고 면접을 위한 연습 등이 있다.

변론대회는 정해진 원고내용을 암기하여 발표하는 것이기 때문에 정확한 발음과 발표내용, 태도, 설득력까지도 요구되는 항목이다. 원고내용을 네이티브에게 녹음해 달라고 부탁하여 반복해서 들으며 정확한 발음을 익히는 것이 가장 중요하다. 그리고 자신의 목소리도 녹음하여 들어봄으로써 자신의 발음을 스스로 체크하거나 네이티브에게 고쳐 달라고 부탁하는 것도 좋다.

3분스피치 발표는 수업 중에 말하기 연습으로 자주 사용되는데 일정한 주제를 가지고 정해진 시간 내에 일본어로 발표하는 것이다. 일본어 실력이 높은 사람도 평소에 꾸준히 연습해 두지 않으면 조리 있게 발표하기 어렵다.

그리고 일본어 외에도 다양한 화제에 대한 관심을 가지고 상식을 길러 두는 것이 좋다. 그리고 입시나 입사를 위해서 일본어로 면접을 하는 경우가 있는데 시험 종류에 따라 예상문제를 만들어 연습해 두는 것이 좋다. 친구끼리 서로 면접관이 되어 질문을 해 주는 방법도 있다. 3분스피치와 마찬가지로 풍부한 화제와 상식이 필요하다.

(3) 네이티브 활용하기

유창한 회화를 위해서는 일본인 친구나 선생님과 친해지는 것과 자신감을 가지고 말해보는 것이 중요하다. 우리 주변에는 일본어 선생님을 비롯하여 우리의 일본어학습을 도와줄 수 있는 네이티브가 많이 있다. 최근에는 우리나라에 유학 온 일본인 학생도 늘고 있고 취업이나 여행 등으로 한국에 체재하는 일본인이 늘고 있다. 그들과 친구가 되어 적극적으로 화화연습을 하고 자신의 일본어 중에서 틀린 곳을 지적해 달라고 부탁한다. 공부라는 분위기보다는 일본인 친구와 파티나 쇼핑 등을 함께 하는 것도 좋다. 대화를 하는 동안에 자연스러운 일본어를 익힘은 물론 일본인의 말투나 비언어적인 행동, 표정, 문화까지도 배울 수 있다.

그리고 가까이 일본인이 없어서 대화할 기호가 없다면 일본현지에 가서 배낭여행, 워킹홀리데이, 교환유학생, 어학연수, 저렴한 홈스테이 등의 국제교류를 적극적으로 이용하는 것도 좋은 방법이다.

(4) 일본어 사용 환경 만들기

유창한 회화를 하기 위해서는 일본어를 적극적으로 활용할 수 있는 기회를 만든다. 일본인 회화 수업에 참가하여 말하기 연습을 하고 일본어로만 말하는 그룹 스터디나 동아리 활동에 참가하는 방법도 있다. 같은 학습자끼리라도 일본어로만 대화하는 시간을 정해서 연습해 보는 것도 좋다. 이 때 한국어를 사용하면 패널티를 주는 게임을 하면 흥미도 있고 일본어 연습도 되어 효과적이다. 그리고 혼자 있을 때에도 항상 일본어로 생각하고 일본어로 말하는 연습을 한다.

2.3. 읽기전략

읽기는 단순한 언어기호를 해독하는 데서 그치지 않고 그 안에서 객관적 사실 정보의 발견뿐 아니라 필연요소의 발췌, 비판적 사고, 개념, 추론 등에 이르기까지 복잡한 과정이라고 할 수 있다. 언어적 기초지식뿐만 아니라 인지능력, 배경지식, 문화적 가치와 신념 등 다양한 요소가 일기능력에 영향을 주고 있다. 이와 같이 읽기 능력은 일본어학습에서 새로운 정보를 얻기 위한 중요한 항목이므로 적절한 전략의 사용은 일본어능력의 향상으로 이어진다고 할 수 있다.

설문조사에 의하면 한국인 학습자는 읽기를 할 때 전체문장의 흐름을 파악하고 모르는 부분은 문맥을 보고 추측하거나 기존지식 등을 동원하여 이해하려고 노력한다는 것을 알 수 있다. 그리고 한국인 학습자는 문장 줄거리를 요약하거나 문장내용으로 질문을 만들어 보는 전략에는 소홀하다는 결과가 나왔는데 독해는 시험 등에 자주 출제되므로 효과적인 읽기연습이 필요하다.

(1) 레벨에 따른 읽기 내용

읽기학습에서는 무엇을 읽을 것인가가 중요하다. 기초단계에서는 기본 문법이나 어휘력이 아직 부족하기 때문에 너무 어려운 내용을 읽으면 시간만 소비되어 오히려 학습의욕을 저하시킬 우려도 있다.

기초단계일 때는 초급 강독이나 교재의 본문에 나와 있는 기본문형 익히기를 하며, 중급단계는 독해 교재를 이용하거나 가볍게 익힐 수 있는 수필집이나 소설을 읽는 것이 좋다. 고급단계는 최근의 이슈나 국제정세에 대한 기사를 격조 있고 깨끗한 논조로 쓰고 있는 시사주간지와 신문을 읽는 것이 좋고 편지문이나 시집 등은 의외로 어렵기 때문에 고급단계 이후에 읽는 것이 좋다.

전체적으로 읽기 자료는 자기 실력보다 조금 어려운 것을 선택하여 어휘, 문형, 관용구 등을 늘리는데 주력하고 소리를 내어서 읽는 연습을 하는 것이 좋다.

(2) 문제 풀이를 겸한 읽기연습

일본어 능력을 측정하는 각종 어학시험에는 독해문제가 항상 들어 있다. 그러므로 문제풀이를 겸한 읽기연습을 하는 것도 좋다. 특히 시험에서는 주어진 시간 내에 일정양의 문장을 읽어내야 하기 때문에 재빨리 내용을 파악하여 주제를 이끌어 내는 것이 중요하다.

처음에는 길지 않은 문장을 읽고 한 단락 당 한 문제씩을 풀어가는 간단한 읽기연습을 한다. 이것은 짧은 시간 내에 문장의 주어를 파악하여 전체 흐름을 알고 키워드를 찾아내는 연습을 하는 데 도움이 된다.

짧은 문장의 연습이 끝나면 긴 문장을 읽고 한 단락 당 3, 4문제의 답을 찾는 연습을 한다. 문장을 끝까지 읽고 문제를 풀어가도 되고 문제를 먼저 읽고 문제에 나오는 키워드를 힌트로 하여 문장의 내용을 파악하는 방법도 있다.

문제 풀이를 겸한 읽기연습에서는 어휘나 내용파악이 중요하므로 단어나 한자 하나하나의 발음이나 기본적인 의미파악에 얽매이지 않아도 된다.

(3) 각종 매체 활용하기

읽기연습을 위해서는 무엇을 읽을까가 중요한 만큼 어떤 매체를 이용하여 읽을까도 중요하다. 이전에는 읽기는 주로 교과서나 잡지 등 서적을 이용한 것이 주류를 이루었으나 요즘은 인터넷상에서 일본 사이트에 접속하여 일본어로 된 정보를 바로 얻어 올 수가 있다. 일본신문이나 학습 사이트, 일본 학교 소개, 그 외에 취미 등에 관한 내용을 읽고 그 많은 정보 중에서 자기에게 필요한 것만 가지고 올 수 있도록 빨리 내용파악을 하는 읽기연습이 필요하다. 그리고 일본인 친구와 채팅 사이트에 들어가서 채팅을 하거나 문자를 주고받을 때도 읽기 능력이 요구되는데 일본 젊은이들과의 대화에서는 컴퓨터용 용어나 젊은이들의 은어, 속어 등이 있으므로 배워가며 연습을 하는 것도 좋다. 그 외에 일본의 광고전단지나 초대장, 팜플렛, 상품 매뉴얼 등을 읽어내는 연습도 재미있다.

(4) 읽기는 요약과 정리가 필요

읽기 연습에서 중요한 것은 정보획득인데 읽고도 무슨 내용인지 모르면 의미가 없다. 그러므로 문장을 읽은 뒤에는 문장의 주제를 요약해 보거나 나름대로 정리할 필요가 있다. 설문조사에서 한국인 학습자는 모두 읽기전략에서 높은 평균을 나타내었는데 이는 한국인 학습자가 읽기학습에 노력을 기울이고 있다는 사실을 나타내고 있다. 그러나 문장을 읽고 스스로에게 질문과 대답을 하여 내용을 파악하는 전략에는 소홀하다는 결과가 나왔다. 읽기학습은 읽고 자기 것으로 만들어야 하는 경우도 많으므로 읽은 뒤 전체적인 내용을 파악하기 위해서는 스스로에게 문장내용을 질문해 보는 전략이 필요하겠다.

2.4. 쓰기전략

언어의 4기능 중에서 가장 늦게 습득되는 것이 쓰기이다. 좋은 문장을 쓰기 위해서는 일본어문법과 한자 및 어휘력, 운용능력, 주제파악, 문장력 등이 종합적으로 작용해야 하기 때문이다. 쓰기는 그만큼 어려운 작업이라고도 할 수 있는데, 이는 어느 한순간에 이루어지는 것이 아니라 글을 쓰기 위한 계획단계에서부터 초고작성, 실제쓰기, 수정 편집작업 등의 일련의 과정을 거친다.

설문조사에서 한국인 학습자는 대체로 쓰기전략을 자주 사용한다고 나타났는데 성공한 학습자와 그렇지 못한 학습자는 쓰기전략의 사용에서 차이점을 보이고 있다. 효과적인 쓰기전략에 대해서 알아보자.

(1) 레벨에 따른 쓰기 내용

위에서 말한 바와 같이 쓰기는 종합적인 학습이기 때문에 기초단계에서는 연습을 하기가 어렵다. 한국어를 일본어로 바꿔보기 정도의 작문을 하기도 하지만 진정한 의미의 작문이라고는 할 수 없다.

기초단계에서는 한국인이 틀리기 쉬운 표현 및 기본문형을 정리한 교재를 이용하여 쓰기연습을 하고 중급단계부터 일본어로 일기나 편지쓰기를 해본다. 고급단계에서는 소논문이나 주제를 정하여 작문을 하고 일본어 채팅사이트, 펜팔사이트 Mailing List 등을 적극적으로 활용하여 자유롭게 작문을 해본다.

쓰기연습에서는 반드시 선생님이나 네이티브에게 교정을 받도록 하며 작문을 한 뒤 시간을 두지 말고 바로 교정을 받아 틀린 부분을 수정하여 피드백이 되도록 한다. 그리고 한국어로 먼저 작문한 뒤 일본어로 번역하는 학습자도 있으나 처음부터 일본어로 생각하면서 작문하는 연습을 하지 않으면 고급단계가 되어도 한국어 같은 일본어에서 벗어나지 못하는 경우가 많다.

(2) 주제를 정하여 쓰기 연습하기

쓰기에서는 무엇보다도 쓰기의 목적에 맞는 작문이 되어야 한다. 한국인 학습자가 주제나 제목을 정하여 그에 맞게 작문하는 전략을 자주 사용한다는 설문결과가 나와 있다. 한국에서 공부하는 학습자들은 쓰기를 할 기회가 많지 않으나 일본에서는 입시나 입사 문제로 소논문을 써야 하고 각종 이력서나 자기소개서, 리포트 등을 일본어로 작성해야 하기 때문에 평소에 쓰기연습을 해 두어야 한다. 우리나라에서도 일본기업과 거래하는 회사에서는 팩스나 각종 문서를 일본어로 작성하는 경우가 많다. 그러므로 목적에 맞는 쓰기연습, 즉 주제에 맞는 작문을 하기 위해서는 평소에 주제를 정하여 쓰기 연습을 꾸준히 해 두어야 할 것이다. 일기나 간단을 수필을 쓸 때도 주제나 제목을 정하여 쓰기 연습을 하면 좋고 반대로 문장을 다 작성한 다음에 그 내용에 맞는 주제나 제목을 붙여보는 연습도 좋다.

(3) 글자 수를 제한하여 쓰기 연습하기

설문조사 결과에 의하면 한국인 학습자는 모두 글자 수를 제한하여 작문하는 전략의 사용에는 소극적이라고 나타났다. 성공한 학습자도 이 항목만은 낮게 나타났다. 평소에 연습을 해보지 않았기 때문이다. 일본의 입시나 입사문제의 하나인 소논문은 글자 수를 제한하여 작문하도록 하는 경우가 대부분이므로 연습을 해 둘 필요가 있다. 근래에는 일본에서도 손으로 쓰기를 하는 경우가 거의 없고 워드프로세서나 컴퓨터의 워드기능을 활용하여 쓰기를 하고 있으므로 서식설정 단계에서부터 글자 수를 계산하여 작문 연습을 하면 좋을 것이다. 이 때는 일본어의 구두점이나 특수문자 등도 한 문자로 간주하기 때문에 그에 유의하며 작문을 해야 하겠다.

(4) 좋은 모델문장을 참고하기

일본인은 문장을 쓸 때 형식을 중요하게 생각하므로 쓰기연습을 할 때는 형식에 맞는 문장을 써야 한다. 형식에 자유로운 일기문이나 수필 문은 괜찮지만 이력서나 자기소개서에도 서식이 있고 편지문에도 형식이 있어서 그 형식을 벗어나면 실례가 되기도 한다. 그리고 무역실무 등 업무에 관련된 문장은 그 서식을 따르지 않으면 사소한 실수로 오해를 사는 경우도 있다.

그러므로 주제나 목적에 맞는 좋은 모델문장을 참고로 하여 문장을 작성하는 연습을 해 두어야 한다. 작문 교재에는 좋은 문장을 예로 제시한 뒤 그 형식에 맞게 작문할 수 있도록 만들어진 것도 많으므로 적극적으로 이용해 본다. 그리고 쓰기 학습에서는 학습자가 자신에게 필요하고 관심 있는 문장들을 많이 읽고, 그것을 참고로 하여 자신만의 문장으로 다시 만들어 가는 것이 가장 중요하다는 사실을 명심해야 하겠다.

Ⅵ. 제언

　학습자가 외국어를 학습할 때 보다 쉽고 빠르게 학습할 수 있는 효과
적인 방법은 무엇인가를 연구하는 것이 학습전략연구이다. 본서에서는
한국인 일본어학습자가 보다 빠르고 쉽게 학습할 수 있는 학습방법, 즉
한국인 학습자에게 효과적인 학습전략은 무엇인가를 알아보았다. 또한
한국어와 일본어의 유사한 언어체계 및 한일관계의 역사적・정치적 영
향 등으로 인하여 다른 나라의 학습자들과는 달리, 한국인 학습자만의
독특한 학습방법이 있을 것이라는 전제하에 진행되었다.

　외국에서는 학습전략 연구가 1980년대에 미국을 중심으로 활발하게
전개되었고, 그 후 1990년대에 일본어교육에 응용되었다. 일본 국내에
서는 지금까지 여러 대학에서 이루어진 연구 활동과 함께 강연회나 학
회, 세미나 개최, 관련 잡지의 발간, 교재개발 등 꾸준한 발전을 거듭하
고 있다. 그러나 한국의 일본어교육에서는 아직 학습전략 이론에 근거

한 연구들은 거의 찾아볼 수 없으며, 한국인 학습자가 사용하는 학습전략에 대한 조사도 이루어지지 않아 정리된 것이 거의 없다.

한국의 일본어교육의 이러한 실정을 배경으로 본 연구는 일본어교육에서 학습전략 사용의 중요성을 강조하고, 학습전략에 관한 발자취를 조사하여 소개하며, 한국인 일본어학습자를 위한 효과적인 일본어 학습방법을 조사하는 것을 목적으로 이루어졌다.

한국인 학습자의 학습전략의 사용실태를 알아보기 위하여 설문조사를 실시하여 분석하였다. 설문내용은 크게 두 가지인데, 하나는 한국인 학습자의 '언어학습전략의 사용실태'를 알아보는 것이고, 다른 하나는 '언어기능별 학습전략의 사용실태'를 알아보는 것이다.

분석방법으로는 먼저 각 학습전략의 일반적인 사용실태를 알아보았다. 그리고 응답자를 어학시험의 성적별로 세 그룹으로 나누어 성공한 학습자와 그렇지 못한 학습자의 학습전략 사용상의 차이점을 비교·분석하여 다음과 같은 결과를 얻었다.

먼저, 「언어학습전략」의 사용실태를 보면, 한국인 학습자는 인지전략과 보상전략, 상위인지전략을 대체로 잘 이용하고 있는 것으로 나타났다. 그러나 기억전략 사용을 소홀히 하고 있으며, 정의적전략과 사회적전략의 사용에도 소극적이라는 결과가 나왔다. 「언어학습전략」중에서 기억전략을 잘 사용하기 위해서는 일본어를 기억할 때 소리나 그림과 연상시켜 암기하거나 의미나 기능단위로 묶어서 암기하는 등의 학습전략은 꾸준히 연습을 하면 빠른 시간 내에 효과적인 학습으로 이어질수 있는 항목이다. 그리고 정의적전략을 제대로 활용하지 않는다는 결과가 나왔는데, 이는 한국인 학습자가 언어학습도 다른 과목의 학습방법과 같이 문법이나 규칙의 무조건 암기만이 능사라고 생각하기 때문에 이런 결과가 나온 것으로 추정된다. 그러므로 학습자 자신이 학습상의 감정을 컨트롤하는 정의적전략 사용의 중요성을 깨닫고 실천하면 극복될 수 있을 것이다.

「언어기능별 학습전략」의 사용실태를 보면, 한국인 학습자는 문자전략과 어휘력전략, 문법전략, 읽기와 쓰기전략을 대체로 잘 사용하고 있고, 발음연습을 위한 학습전략의 사용에 소극적이라는 결과가 나왔다. 그리고 듣기전략과 말하기전략은, 보상전략과 관련된 항목은 대체로 잘 이용하고 있으나 사회적전략과 관련된 항목에서는 소극적이라는 결과가 나왔다. 의사소통능력 향상을 목표로 하는 최근의 일본어교육에서 점차 중요성이 강조되고 있는 사회적전략의 사용을 위해서는 일본어와 일본문화에 관심을 가지고 주위의 동료와 정보를 공유하며 동아리 활동이나 국제교류 등에 적극적으로 참여하는 방법이 있다. 그리고 일본어 교육 전문가들도 지적했듯이 발음전략사용이 소홀한 것은, 한국인 학습자는 다른 나라의 학습자보다 일본어를 시간적으로 빨리 습득하고, 조금 어색한 발음이라도 의사소통에는 별 문제가 없기 때문에 발음학습에 게으른 것으로 여겨진다. 그러나 기초레벨에서 수정되지 않고 고착화되어버린 발음은 상급레벨이 되어도 쉽게 고쳐지지 않기 때문에 효과적으로 발음연습을 할 수 있는 학습전략의 사용은 필요하다. 한국인에게 어려운 발음인 '청음과 탁음의 구별방법', '장음과 단음의 발음방법', '박자 개념', 'ザ行 발음' 등을 고치기 위해 의식적으로 노력해야 한다.

한편, 위의 두 가지 설문을 「어학시험 자격별 학습전략의 사용실태」를 알아보기 위하여 세 그룹으로 나누어 각 그룹의 평균을 비교한 후,

전략사용상의 차이점을 분석하였다. 그 결과 한국인 학습자는 일본어를 학습할 때 전반적으로 학습전략을 잘 사용하고 있고, 성공한 학습자와 그렇지 못한 학습자 간에도 사용상의 차이점이 발견되었다.

먼저 「언어학습전략」의 분석에서는 인지전략, 보상전략, 상위인지전략, 사회적전략은 세 그룹 간에 유의미한 차이를 보였다. 그러나 정의적전략은 일부 문항에서만 유의미한 차이를 보였고, 기억전략은 세 그룹 간에 유의미한 차이를 보이지 않았다. 흥미로운 것은 전체 분석에서 한국인 학습자가 사용하는데 소극적이었던 정의적전략과 사회적전략도 성공한 학습자는 적극적으로 이용하고 있다는 것을 알았다. 이는 언어능력이 어느 정도 향상되면 학습내용이 주로 표출기능인 말하기와 쓰기 등의 항목이 되므로, 대화하는 사람의 감정이나 서로의 관계를 중요시하는 정의적전략과 사회적전략의 사용이 활발해진다고 분석된다.

그리고 「언어기능별 학습전략」의 분석에서는 말하기전략과 읽기전략은 전반적으로 세 그룹 간에 유의미한 차이를 나타냈다. 문자전략과 발음전략, 듣기전략, 쓰기전략에서는 일부 문항에서만 유의미한 차이를 보였으며, 어휘력전략과 문법전략은 A, B, C 세 그룹 모두 유의미한 차이를 보이지 않았는데, 이는 한국인 학습자는 아직 문법중심의 언어학습을 하고 있기 때문에 언어능력별 차이가 보이지 않는 것으로 여겨진다.

위의 설문조사 분석결과와 일본어 전문가들이 제시하는 일본어 학습방법을 바탕으로 하여 '한국인 학습자를 위한 효과적인 학습전략'을 언어기능별로 정리하면 다음과 같다.

효과적인 듣기를 위한 전략으로 교재듣기와 방송이나 영화듣기, 배경처럼 듣기와 집중해서 듣기, 추측해서 듣기, 사전 찾으며 듣기, 혼자듣기와 파트너와 같이 듣기 등이 있다.

효과적인 말하기를 위한 전략으로는 정확성과 유창성, 일본어발표와 일본어대화, 네이티브 활용하기, 일본어 사용 환경 만들기 등이 있다.

효과적인 읽기를 위한 전략으로는 레벨에 따른 읽기 내용 정하기, 문제 풀이를 겸한 읽기연습, 각종 매체 활용하기, 읽기는 요약과 정리가 필요하다.

효과적인 쓰기를 위한 전략으로는 레벨에 따른 쓰기 내용 정하기, 주제를 정하여 쓰기 연습하기, 글자 수를 제한하여 쓰기 연습하기, 좋은 모델문장을 참고하여 쓰기 등이 있다.

지금까지 한국인 일본이 학습자가 사용하는 언어학습전략과 언어기능별 학습전략을 정리하고 한국인 학습자를 위한 효과적인 학습전략을 제안해 보았다. 본 연구의 결과, 한국인 학습자들의 평균적인 언어학습전략의 사용실태를 파악할 수 있었으며, 언어능력에 따른 학습자들의 전략사용이 경향도 파악할 수 있었다. 그러나 이번 조사에서는 한국인 학습자들이 사용하고 있는 학습전략을 사용정도에 따라 5단계 설문형식으로 받았기 때문에 학습자의 개인적인 학습스타일이나 독특한 학습전략을 추출해 내지는 못하였다. 앞으로의 연구에서는 학습전략 사용의 변인이 될 수 있는 학습자 특성에 관한 연구와 학습전략 사용의 유용성 검증에 관한 연구, 학습전략 훈련에 의한 전략사용의 효과성 검증에 관한 연구로 발전시켜 가고 싶다. 그리고 한국인 학습자에게 부족한 학습전략의 구체적인 사용방법을 개발하여 학습자가 자신의 학습에 책임을 지고 능동적으로 임할 수 있도록 유도해 가야 하겠다.

참고문헌

【한국문헌】

H. Douglas Brown, 신성철 옮김(1996). 「외국어 교수 학습의 원리」 한신문화사.

강승혜(1996). "제2언어로서 한국어 학습자의 언어학습전략유형 및 학습결과분석 연구" 연세대학교 교육학과 박사학위논문.

김연수(2004). 「주니어 일본어붐붐」 동양문고.

김영민(1998). "초등영어교육에서의 학습전략의 효과적 사용"「영어교육」3(2).

김옥선(2002). "한국인 독일어학습자의 어휘학습전략"「독어교육」제24호.

嶋田和子(2000). "일본어의 달인이 되는 법" 사람in.

동양문고(1999), 「굿모닝독학일본어」 동양문고.

박경자(1997). 「언어습득연구방법론」 고려대학교출판부.

박기표(1998). "언어학습전략의 연구에 관한 고찰"「Studies in English Education」 3(1).

박영예(1999). "초등 영어수업에서의 학습전략 지도방향과 방법"「초등영어교육」 5.

森山 新(2000). 「認知と第二言語習得」 도서출판 계명.

심영택 외 옮김(1995). 「언어교수의 기본개념」 도서출판 하우.

안정자(2002). "한국인 대학생을 위한 효과적인 일본어 학습법" 부산외국어대학교 교육대학원 석사논문.

안정자(2005). 한국인 일본어학습자의 학습전략에 관한 연구. 부산외국어대학교 대학원 박사논문.

양미선(2001). 「일본어 이렇게 해도 안 되면 姓을 간다」 동양문고.

엔도오리에 정기영 외(2005). 일본어교육입문. 부산외국어대학교 출판부.

이덕봉(1998). 「일본어교육의 이론과 방법」 시사일본어사.

이명희 정희영(2008). 일본어교과교육의 이론과 실제. 한국학술정보(주).

이효웅(1994). "외국어학습책략에 관한 연구"「영어교육」 48.

이흔형(1997). "어휘학습책략과 어휘지도"『영어교육연구』 제7집.

이홍수 편(1999). 「외국어습득과 교육과정론」 한국문화사.

정기영(2003). マルチメディア日本語教材のインターフェイスヒコンテンツの評評に関する研究. 東海大學大學院文學研究科. 博士論文.

정기영(2003). マルチメディアと日本語教育. この理論的背景と教材評価. 凡人社.

정기영(2005). 「뉴네트워크 일본어1,2,3」 시사일본어사.

조은옥(2000). "초등영어 수업에서의 학습 전략·적용"「The Korea Association
          of Elementary school Teachers No.4.
최덕렬(2001). "일본어교수법에 관한 고찰 :독해학습전략과 훈련적용과정을 중심
          으로" 인천대학교 교육대학원 석사논문.
최정화 (2000). 「외국어 나도 잘할 수 있다」 조선일보사.

【외국문헌】

〈일본문헌〉

戸田貴子(2004). 『コミュニケーションのための日本語撥音練習』スリーエーネットワーク.

鄭起永(2003). 『マルチメディアと日本語教育ーその理論的な背景と教材評価ー』凡人社.

望月通子(2003). 『日本語教育学の新視野ー日本語教育英語教育のインターフェース』関西大学出版部.

迫田久美子(2002). 『日本語教育に生かす第二言語習得研究』アルク.

岡崎瞳・岡崎敏雄(2001). 日本語教育における学習の分析とデザインー言語習得 過程の視点から見た日本語教育ー 凡人社.

野田尚史・迫田久美子・渋谷勝己・小林典子(2001)). 『日本語学習者の文法習得』大修館書店.

宮崎里司, JVネウストプニー(1999). 『日本語教育と日本語学習ー学習ストラテジー論に向けてー』くろしお出版.

ジョーン ルービン 外(1998). 『外国語の効果的な学び方』大修館書店.

Leslie M Beebe外.佐久間之 訳(1998). 『第に言語習得の研究ー5つの視点からー』大修館書店.

高見沢孟 外(1997). 『はじめての日本語教育』〔基本用語辞典〕凡人社.

長友和彦(1995). 「第二言語習得における意識化の役割とその教育的意義」『言語文化と日本語教育』9号 日本言語文化研究会.

水田澄子(1995). 「日本語母語話者と日本語学習者(中国語)に見られる独話聞き取りのストラテジー」『日本語教育』87号. 日本語教育学会.

Oxford. 伴紀子(1994). 『言語習得ストラテジー ー外国語教師が知っておかなければならないこと』凡人社.

伊東祐郎(1993). 「日本語学習者の学習ストラテジー選択」『東京外国語大学留学生日本語教育センター論集』19号. 東京外国語大学留学生日本語教育センター.

遠藤織枝 外(1993). 『概説日本語教育』三修社.

田中 望 外(1993). 『日本語教育の理論と実際』大修館書店.

伴紀子(1992)). 「言語学習のための学習ストラテジー」『日本語研究と日本語教育』名古屋大学出版部.

保坂敏子(1992). 「日本語読解過程に対する学習者自信の意識について」『慶応

義塾大学日本語日本文化教育センター』20号 慶応義塾大学日本語日本文化教育センター.

日本語教育学会 編(1991).『日本語教育機関におけるコース・デザイン』凡人社.

王伸子(1990).「日本語学習における学習ストラテジーの再考、―ある学習者にみる新出語単語記憶方法の観察ー」『名古屋大学日本語学科日本語教育論集』1号. 名古屋大学日本語学科.

谷口すみ子(1990).「初級日本語学習者の学習スタイルの調査」『日本語教育』71号 日本語教育学会.

伴紀子(1989).「日本語学習者の適用する学習ストラテジー」 アカデミア文学語学編 南山大学.日本語教育学会 編(1982), 日本語教育学会編(1982)『日本語教育事典』大修館書店.

〈그외 외국문헌〉

Brown, D(1994). *Principles of Language Learning and Teaching*, Prentice Hall Regents.

Chamot, A.&Kupper, L(1989). *Learning strategies in foreign language instruction*. Foreign Language Annals, 22.

Corder, S. Pit(1981). *Error Analysis and Interlanguage*. Oxford: Oxford University Press.

Krashen, S. D.(1977). *The Monitor Model for Adult second Language Performance*, New York.

Oxford, R. L(1990). *Language learning strategies: What every teacher should know*. Newbury House/Harper & Row.

O'Malley, J. & Chamot, A(1990). *Learning strategies in second language acquisition*. Cambridge University Press.

Park, Gi-Pyo(1997). *Language learning strategies and english proficiency in korean university students*. Foreign Language Annals, 30(2).

Rubin, Joan(1975). *What the 'Good Language Learner' can teach us*, TESOL Quarterly 9,

Schumann, J. H(1975), *Second Language acquisition. The Hypothesis*, Dissertation Havard Uni.

Stern, H. H(1975). *What can we learn from the good language learner*. The Canadian Modern Language Review, *31*, 304-318.

Stern, H.H(1980). *What Can We Learn from the Good Language Learners hrsg von Kenneth Croft*, Boston Little Brown and Company.

부 록 1

<일본어 학습전략 사용에 관한 설문지>

1. 이름(안써도 무방): _____

2. 소속(학교, 전공, 학년):_____

3. 성별:_____남_____여_____

4. 연령: _____세

5. 학습기간: _____개월

6. 어학시험: ①일본어능력시험_____급

        ② JPT시험_____점

        ③ 수험 경험이 없음

* 다음 표는 언어학습자가 자주 사용하는 학습전략입니다. 잘 읽어보고 자신이 일본어를 학습하면서 사용하는 학습방법과 일치하는 정도에 따라 다음 5단계 중에서 선택해서표시해 주세요.

1. 전혀 또는 거의 해당되지 않는다.
2. 대체로 해당되지 않는다.
3. 어느 정도 해당된다.
4. 상당히 해당된다.
5. 항상 또는 거의 해당된다

파트A	1. 단어를 외울 때는 특징이나 의미에 따라 모아서 외운다. (색깔단어들, 날씨단어들...)	1 2 3 4 5
	2. 단어를 외우기 위해 플래쉬 카드(단어장)를 만들어 사용한다.	1 2 3 4 5
	3. 새로 학습한 단어와 이미 학습한 단어 사이의 관계를 생각한다.	1 2 3 4 5
	4. 새로운 단어는 관련단어와 함께 외운다.(아이스크림-차다, 맛있다, 모양이 예쁘다..)	1 2 3 4 5
	5. 새로운 단어의 음과 이미지를 그림으로 결부시켜 외운다.	1 2 3 4 5
	6. 그 단어가 사용될 장면을 마음속으로 상상하며 외운다.	1 2 3 4 5
	7. 새로운 단어를 외우기 위해 음운(리듬, 노래 등)을 이용한다.	1 2 3 4 5
	8. 새로운 단어는 행동으로 표현하며 외운다.(걷는다, 노래한다.)	1 2 3 4 5

	9. 새로운 단어를 몇 번이고 써 보거나 말해본다.	1 2 3 4 5
	10. 일본어 안에 일정한 규칙이 있는지 찾으려고 노력한다.	1 2 3 4 5
	11. 어려운 단어나 문장은 분해해서 의미를 이해하려고 노력한다.	1 2 3 4 5
	12. 일본어 새 단어와 비슷한 말이 한국어에도 있는지 찾아본다.	1 2 3 4 5
파트B	13. 알고 있는 단어를 여러 문장 안에서 사용해 본다.	1 2 3 4 5
	14. 일본인처럼 말하려고 노력한다.	1 2 3 4 5
	15. 일본어 발음연습을 주의를 기울여서 해 본다.	1 2 3 4 5
	16. 읽거나 들은 것을 일본어로 요약해 본다.	1 2 3 4 5
	17. 일본어로 메모나 편지 보고서 등을 작성한다.	1 2 3 4 5
	18. 일본어로 된 텔레비전 프로나 영화 등을 본다.	1 2 3 4 5
	19. 새로운 단어의 의미를 이해하려고 그 뜻을 추측해 본다.	1 2 3 4 5
	20. 일본어로 읽을 때에는 한 단어 한 단어 찾지 않는다.	1 2 3 4 5
	21. 일본어 회화에서 다른 사람이 다음에 뭐라고 할지 추측해보려고 노력한다.	1 2 3 4 5
	22. 그 상황에 맞는 말이 무슨 말일지 추측해 본다.	1 2 3 4 5
파트C	23. 일본어로 적절한 말을 모를 때에는 새로운 말을 만들어 사용한다.	1 2 3 4 5
	24. 일본어 단어가 떠오르지 않을 때는 같은 의미를 가진 동의어나 대체어를 사용한다.	1 2 3 4 5
	25. 일본어 단어가 떠오르지 않을 때는 다른 단어로 설명해서 사용한다.	1 2 3 4 5
	26. 회화 중에 적절한 단어가 떠오르지 않을 때는 제스처를 사용한다.	1 2 3 4 5

파트D	27. 뛰어난 일본어 학습자가 되기 위해서는 어떻게 하면 좋은지 생각해 본다.	1 2 3 4 5
	28. 자신의 일본어 학습목표를 늘 생각하며 학습한다.	1 2 3 4 5
	29. 계획을 세워 일본어 학습에 충분한 시간을 할애한다.	1 2 3 4 5
	30. 다른 사람이 일본어를 사용하고 있을 때는 집중해서 들으려고 노력한다.	1 2 3 4 5
	31. 일본어로 말을 걸 수 있는 사람을 찾는다.	1 2 3 4 5
	32. 가능한 한 일본어로 읽을 기회를 찾는다.	1 2 3 4 5
	33. 일본어 기능을 높이기 위한 구체적인 방법들을 생각해 본다.	1 2 3 4 5
	34. 여러 가지 학습방법을 시도해 보고 자신에게 맞는 방법을 찾으려고 노력한다.	1 2 3 4 5
	35. 자신의 일본어 학습의 발전 정도를 체크한다.	1 2 3 4 5
	36. 일본어 학습기록표나 점검표를 만들어본다.	1 2 3 4 5
파트E	37. 일본어 사용 중 자신이 없거나 어려움을 느낄 때 극복하는 방법을 연구해 본다.	1 2 3 4 5
	38. 일본어 학습 중에 긴장하거나 신경질 적인 상태가 되는 것을 스스로 느낄 수 있다.	1 2 3 4 5
	39. 일본어 학습 일기에 자신의 감정을 기록한다.	1 2 3 4 5
	40. 일본어 학습중의 자신의 감정을 다른 사람에게 이야기해 본다.	1 2 3 4 5
	41. 일본어로 능숙하게 말했을 때는 스스로를 칭찬한다.	1 2 3 4 5
	42. 실수를 두려워하지 않고 일본어로 말하도록 스스로를 격려한다.	1 2 3 4 5

파트F	43. 회화 중에 모르는 부분은 천천히 말해 달라고 하거나 다시 한번 말해 달라고 한다.	1 2 3 4 5
	44. 수업이나 회화 중에 이해가 가지 않는 부분은 적극적으로 질문한다.	1 2 3 4 5
	45. 모르는 표현이 있을 때에는 일본어 원어민에게 도움을 청한다.	1 2 3 4 5
	46. 일본어 원어민에게 틀린 부분을 수정해 달라고 부탁한다.	1 2 3 4 5
	47. 일본인을 친구로 만든다.	1 2 3 4 5
	48. 일본어 학습 동호회 활동에 적극 참여한다.	1 2 3 4 5
	49. 일본인과의 교류 프로그램에 적극 참여한다.	1 2 3 4 5
	50. 일본 문화를 배우려고 노력한다.	1 2 3 4 5

＊ 다음 표는 언어학습자가 자주 사용하는 언어기능별 학습전략입니다.
  잘 읽어보고 자신이 일본어를 학습하면서 사용하는 학습방법과 일치하는 정도에 따
  라 다음 5단계 중에서 선택해서 표시해 주세요.
  그리고 자신만의 학습 방법이 있으면 기타서술에 적어주세요.

　　　　　　　　　1. 전혀 또는 거의 해당되지 않는다.
　　　　　　　　　2. 대체로 해당되지 않는다.
　　　　　　　　　3. 어느 정도 해당된다.
　　　　　　　　　4. 상당히 해당된다.
　　　　　　　　　5. 항상 또는 거의 해당된다.

문자를 외울 때 사용하는 전략	1. 반복해서 쓰면서 외운다.	1 2 3 4 5
	2. 소리를 내고 읽으면서 외운다.	1 2 3 4 5
	3. 그 문자가 들어있는 일본어단어를 외운다.	1 2 3 4 5
	4. 문자의 음과 관련된 한국어단어를 연상하며 외운다.	1 2 3 4 5
	5. 문자의 모양과 관련된 그림을 연상하면서 외운다.	1 2 3 4 5
	6. 비슷한 모양의 글자끼리 모아서 외운다.	1 2 3 4 5
	7. 히라가나 표를 만들어서 외운다.	1 2 3 4 5
기타서술		

어휘력 향상을 위한 전략	1. 단어리스트나 단어카드를 만든다.	1 2 3 4 5
	2. 이미 알고 있는 단어와 연관시켜 외운다.	1 2 3 4 5
	3. 그 단어가 사용될 상황을 상상하며 외운다.	1 2 3 4 5
	4. 의미나 형태 기능 등 관련 단어끼리 모아서 외운다.	1 2 3 4 5
	5. 그 단어와 관련된 그림 등 시각 이미지와 결부시 킨다.	1 2 3 4 5
	6. 기억을 돕기 위해 입으로 말해본다.	1 2 3 4 5
	7. 학습한 어휘는 정기적으로 복습을 한다.	1 2 3 4 5
기타서술		
문법을 학습할 때 사용하는 전략	1. 문법학습을 할 때는 100% 마스터하려고 노력한다.	1 2 3 4 5
	2. 지금까지 학습했던 다른 외국어의 지식을 활용한다.	1 2 3 4 5
	3. 문법의 일정한 패턴을 찾으려고 노력한다.	1 2 3 4 5
	4. 복잡한 문법은 이미 알고 있는 문법규칙을 이용 한다.	1 2 3 4 5
	5. 한국어와 일본어의 문법규칙을 결부시킨다.	1 2 3 4 5
기타서술		
발음 연습을 위한 전략	1. 발음교정용 교재를 이용하여 연습한다.	1 2 3 4 5
	2. 교재용 테이프를 같은 속도로 따라 읽는다.	1 2 3 4 5
	3. 일본어 방송의 발음을 같은 속도로 따라 읽는다.	1 2 3 4 5
	4. 선생님이나 일본인의 발음을 흉내내어 발음해 본다.	1 2 3 4 5
	5. 자신의 일본어발음을 녹음해서 들어본다.	1 2 3 4 5
	6. 선생님이나 일본인에게 발음을 체크해 달라고 부 탁한다.	1 2 3 4 5
기타서술		

듣기능력 향상을 위한 전략	1. 들어도 모르는 내용은 추측해서 이해한다.	1 2 3 4 5
	2. 무슨 의미인지 몰라도 마지막까지 전부 들어본다.	1 2 3 4 5
	3. 일본어방송을 들을 때는 상식이나 기존지식을 활 용한다.	1 2 3 4 5
	4. 모르는 말은 파트너에게 도중 도중 질문한다.	1 2 3 4 5
	5. 자신이 들은 내용을 파트너에게 이야기하여 확인 받는다.	1 2 3 4 5
	6. 어학시험용 듣기교재로 연습을 한다.	1 2 3 4 5
기타서술		
말하기 능력 향상을 위한 전략	1. 실제 사용 상황을 머리 속으로 상상하며 연습해 본 다.	1 2 3 4 5
	2. 실제 발표 상황을 대비해서 동료와 예행연습을 해 본다.	1 2 3 4 5
	3. 대화 도중 모르는 표현은 제스처를 이용해서 표현 한다.	1 2 3 4 5
	4. 대화 도중 모르는 표현은 다른 표현을 찾는다.	1 2 3 4 5
	5. 대화 파트너에게 틀린 곳을 지적받아 고친다.	1 2 3 4 5
	6. 일본인 친구와 대화할 기회를 많이 만든다.	1 2 3 4 5
기타서술		
읽기 능력 향상을 위한 전략	1. 줄거리를 파악하기 위해 먼저 전체문장을 읽어본다.	1 2 3 4 5
	2. 의미를 모르는 부분은 문맥을 보고 추측한다.	1 2 3 4 5
	3. 내용상의 논리적 연결을 생각하며 읽는다.	1 2 3 4 5
	4. 주제파악을 위해 그 주제에 관한 기존 지식을 이용 한다.	1 2 3 4 5

	5. 단어의 의미를 추측하기 위해 모국어 지식을 활용한다.	1 2 3 4 5
	6. 문장의 줄거리를 요약해 본다.	1 2 3 4 5
	7. 문장내용에 대해 스스로에게 질문해 본다.	1 2 3 4 5
	8. 문장의 제목배치나 그림등을 이용하여 의미를 이해한다.	1 2 3 4 5
기타서술		
쓰기 능력 향상을 위한 전략	1. 자신이 잘 알고 있는 주제를 선택해서 작문한다.	1 2 3 4 5
	2. 작문을 하기 전에 전체적인 개관을 해 본다.	1 2 3 4 5
	3. 이미 알고 있는 문형이나 어휘를 활용한다.	1 2 3 4 5
	4. 모델이 되는 좋은 문장을 활용한다.	1 2 3 4 5
	5. 제목을 먼저 정해서 작문을 해 본다.	1 2 3 4 5
	6. 문장의 글자 수를 제한해서 작문해 본다.	1 2 3 4 5
기타서술		

부록 2

〈제7차 일본어 교육과정 및 수정안 비교〉

1) 성격

제7차 교육과정	제7차 교육과정 수정 제시안	비고
일본어는 조선 중엽의 사역원에서 통역관 양성용으로 일본어 교재가 간행된 사실에서 알 수 있듯이, 일찍부터 교육적 필요성이 높았던 언어이다. 현재의 한국과 일본은 정치, 경제, 사회, 문화적으로 긴밀한 상호 협력 관계에 있지만, 오랜 선린의 관계가 깨어진 바 있는 근대사의 영향으로 양 국민의 감정의 골은 아직 깊다. 바야흐로 세계는 인접 국가 간의 결속이 강화되어 지역 단위로 통합 또는 협력 체제를 구축하고 있으며, 문화 간 교류를 통해 서로를 이해하고 협력하는 국제화 활동이 활발하게 전개되고 있다. 이러한 시대적 요구를 배경으로 '일본어 I' 과목은 한일	국제사회는 세계화의 진전에 따라 인접 국가 간의 지역협력 체제 구축이 빠르게 확산되고 있다. 이러한 움직임은 지역 내 국가간의 공생 공영을 위한 정치 경제적 협력뿐만 아니라 민간 차원의 다양한 협력과 교류로 이어지게 된다. 이러한 시대의 흐름에 따라 한국과 일본 간의 협력과 교류는 더욱 확대 심화될 것이다. 그러나 한일 양국은 정치, 경제, 사회, 문화 등 여러 영역에 걸쳐 상호 이해 부족으로 인하여 해결해야 할 과제가 적지 않다. 이와 같은 여러 문제를 원만하게 해결하고 문화의 이질성에서 오는 제반 오해를 해소하여 동아시아 지역의 평화와 번영에 기여하기 위해서는 문화간 상호 이해와 원활한	1. 의사소통능력 습득과 상호 문화의 이해를 통하여 한일 교류에 능동적으로 대처할 수 있는 인재를 양성하기 위해 개설된 과목임을 명확하게 제시함 2. 언어행동 문화의 이해와 상호 행위의 중시를 강조함 3. 인터넷 환경의 변화에 따른 정보의 검색 능력 배양을 강조함 4. 다양한 학습 자원을 이용하여 학습자의 자율성과 문

간의 각종 교류 활동의 일익을 담당할 수 있는 인재를 기르기 위한 기초 과정으로서, 언어의 네 기능을 기초적인 수준에서 모두 다루어, 균형 잡힌 의사소통 능력을 기르는 기초적인 과목이다. 일본어는 경제력과 정보력 면에서 언어 세력이 큰 대표적인 언어다. 현대와 같은 정보의 대량 유통 시대에 있어서 인쇄 매체와 인터넷을 통한 신속한 정보의 수집은 일본의 이해는 물론이고 한국의 발전을 위해서 매우 유익하다.

따라서 '일본어 I' 과목은 정보수집 능력의 바탕을 이루기 위하여, 일본어에 대한 흥미와 관심을 높이고 일본어에 의한 정보 수집에 흥미를 가질 수 있도록 도움을 주는 과목이다.

'일본어 I' 과목은 일본어를 통해 일본 문화의 특징을 이해하고, 한국의 문화를 일본에 소개하여 한일 양 국민의 상호 이해를 돈독히 하며, 양국 간의 정치, 경제, 사회, 문화적 교류에 긍정적이고 적극적으로 참여할 수 있는

의사소통 능력이 요구된다.

'일본어 I'은 이러한 시대적 요구에 따라 한일 교류에 능동적으로 대처할 수 있는 인재를 양성하기 위해 개설된 기초 과목으로서 다음과 같은 성격을 갖는다.

첫째, 일상생활에서 사용되는 의사소통 기능의 기초적인 능력을 습득하는데 중점을 둔다.

둘째, 의사소통 기능과 장면에 따른 언어 행동문화를 이해하고 상호 행위를 중시하는 일본어 학습과 문화간 상호이해력을 기르는데 중점을 둔다.

셋째, 정보 활용의 중요성을 인식하고 필요한 정보를 일본어로 검색할 수 있는 능력을 길러 지식기반사회에 적응해 갈 수 있도록 한다.

넷째, 일본어 학습을 통해 일본 문화를 이해함과 동시에 우리문화를 일본에 소개하는 역할도 수행할 수 있는 기초적인 능력을 기른다.

다섯째, 주변에 있는 일본어 관련 학습 자원을 스스로 활용하여 학습할 수 있는 습관

제해결력을 신장할 것을 강조함

5. 일본어 I 은 일본어 II 와의 수준과 내용의 연계성을 고려하여 연속적이고 상호보완적으로 구성할 것을 제시함

기초적 역량을 기르는 데에 역점을 두고 있는 과목이다.	을 기르는 수업이 되도록 하여 학습자의 자율성과 문제 해결 능력을 신장시키는 데에 기여한다. '일본어Ⅰ'은 '일본어 Ⅱ'와의 수준과 내용의 연계성을 고려하여 연속적이고 상호 보완적으로 구성한다.	

2) 목표

제7차 교육과정	제7차 교육과정 수정 제시안	비고
〈기본목표〉 일상생활에서 사용되는 쉬운 일본어를 이해하고, 쉬운 일본어로 의사소통을 할 수 있는 기초적인 능력을 기른다. 일본어의 말하기 능력의 신장과 일본어에 의한 정보 검색에 적극적이며, 일본인의 일상 언어생활과 문화에 대한 관심과 이해를 깊게 하여 일본인과의 의사소통에 능동적으로 참여하는 태도를 기른다. 〈구체적인 목표〉 가. 일상의 의사소통 기능 수행 과정에서 사용되는 쉬운 일본어를 알아들을 수 있고, 일본어 듣기 학습의 중요성을 깨달아, 듣기학습 활동에 능동적으로 참여하는 태도를 가진다. 나. 일상의 의사소통 기능 수행 과정에서 사용되는 쉬운 일본어를 원어민이 알아들을 수 있도록 말할 수 있고, 일본어 말하기	〈기본목표〉 일상생활과 관련된 쉬운 일본어를 이해하고 표현할 수 있는 기초적인 의사소통 능력을 기르며, 문화의 상호이해와 국제 교류에 적극적으로 참가하는 태도를 기른다. 〈구체적인 목표〉 가. 언어 기능 언어 4기능을 유기적으로 연계하여 장면과 상황에 따라 상호행위가 가능하도록 한다. (1) 듣기 ㈎ 일본어의 발음을 듣고 정확하게 구별할 수 있다. ㈏ 일상생활에 관한 짧고 쉬운 말을 듣고 이해한다. ㈐ 일상생활에 관한 짧고 쉬운 말을 듣고 상황에 맞게 행동할 수 있다. (2) 말하기 ㈎ 일본어의 발음을 정확하게 구별하여 말할 수 있다. ㈏ 의사소통 기본 표현을 중심으로 짧고 쉬운 말을	1. 상호문화의 이해와 국제 교류에 적극적으로 참가하는 태도를 강조함 2. 목표를 언어 기능, 문화 이해, 태도로 항목 분류하여 구체화시키고, 언어 기능은 다시 듣기, 말하기, 읽기, 쓰기로 소항목 분류함 3. 「의사소통기능 예시문」을 「의사소통 기본표현」으로 수정함 4. 언어기능의 서두에 상호 행위를 기술함으로써 언어 4기능을 통합적으로 사용할 것을 강조함 5. 언어 기능의 말하기의 목표로서 상황과 언어행동 문

학습의 필요성을 깨달아, 말하기 학습 활동에 적극적으로 참여하는 태도를 가진다.

다. 일상의 의사소통 기능 수행 과정에서 사용되는 쉬운 일본어를 읽어 그 뜻을 알 수 있고, 일본어 읽기 학습의 중요성을 깨달아, 읽기 학습을 위해 스스로 노력하는 태도를 가진다.

라. 일상의 의사소통 기능 수행 과정에서 사용되는 쉽고 간단한 일본어를 글로 쓸 수 있고, 일본어 쓰기 학습의 필요성을 깨달아, 쓰기 학습 활동에 스스로 참여하는 태도를 가진다.

마. 인터넷을 통하여 일본어에 의한 정보 검색의 기초적인 방법을 알고, 정보 검색에 흥미를 가진다.

바. 일본의 일상생활 문화에 대해 깊은 관심을 가지고, 일본 문화를 이해하고자 하는 자세를 기르며, 일본과의 국제 교류

할 수 있다.
(다) 사용 빈도가 높은 의사소통기본 표현을 상황에 따라 언어 행동 문화에 맞추어 적절하게 말할 수 있다.

(3) 읽기
(가) 히라가나와 가타카나를 바르게 읽을 수 있다
(나) 기본 어휘에 사용된 학습용 한자를 문장 속에서 읽을 수 있다.
(다) 일상생활과 관련된 짧고 쉬운 글을 읽고 이해한다.
(라) 일본문화와 관련된 짧고 쉬운 문장을 읽고 이해한다.

(4) 쓰기
(가) 히라가나와 가타카나를 필순에 맞게 쓸 수 있다.
(나) 기본 어휘에 사용된 학습용 한자를 쓸 수 있다.
(다) 일상생활과 관련된 짧고 쉬운 문장을 쓸 수 있다.
(라) 가나와 한자를 섞어 쓴 짧고 쉬운 문장을 컴퓨터에 입력할 수 있다.

나. 문화
(1) 일본인의 기본적인 언어 행동문화를 이해한다.

화에 맞추어 적절하게 말할 수 있는 능력 배양을 강조함

6. 인터넷 환경의 변화에 따라 컴퓨터에 일본어를 입력할 수 있는 학습을 할 것을 제시함

7. 문화 이해에서는 구체적인 문화 내용을 제시하고 문화의 다양성 인식을 강조함

8. 체험학습과 자율학습의 태도 배양과 아울러 문화의 상호 이해와 교류에 적극적으로 임하는 태도를 갖도록 강조함

| 에 적극적으로 참여하는 태도를 가진다. | (2)일본인의 기본적인 일상 생활문화를 이해한다.
(3)일본의 중요한 전통문화 와 대중문화를 이해한다.
(4)한일 양국 문화의 공통점 과 차이점을 이해하여 문 화의 다양성을 인식한다.

다. 태도
(1)의사소통 기능에 대한 학 습의 중요성을 알고 체험 을 통해 스스로 학습하는 태도를 갖는다.
(2)의사소통 기능을 성공적 으로 수행하기 위해서 상 호 이해의 중요성을 알고 스스로 학습하는 태도를 갖는다.
(3)일본문화에 대한 이해의 필요성을 알고 문화 관련 학습 자료에 관심을 갖고 스스로 학습하는 태도를 갖는다.
(4)한일 문화 교류의 필요성 을 알고 적극적으로 교류 하고자 하는 태도를 갖 는다.
(5)정보 검색의 필요성을 알 고 다양한 매체를 활용하 는 태도를 갖는다.
(6)일본어 관련 학습 자원 활용의 필요성을 알고 스 스로 활용하는 태도를 갖 는다. | |

3) 체제

구분	제7차 교육과정	제7차 교육과정 수정 제시안	비고
교육 과정 체제	1. 성격 2. 목표 3. 내용 4. 교수학습방법 5. 평가 　부록별표 　Ⅰ,Ⅱ,Ⅲ	1. 성격 2. 목표 3. 내용 4. 교수학습방법 5. 평가 　부록별표 　Ⅰ,Ⅱ,Ⅲ	전체 체제는 동일
성격	일본어Ⅰ 일본어Ⅱ의 성격제시	일본어Ⅰ 일본어Ⅱ의 성격제시	
목표		총괄목표 아래 가. 언어기능 　1) 듣기 　2) 말하기 　3) 읽기 　4) 쓰기 나. 문화이해 다. 태도	-현행교육과정에서는 언어기능별 구분없이 6개 항목으로 기술하였음에 반해, 개정안에서는 목표를 세분화하고 위계화 함. -개정안에서는 문화적 목표를 따로이 독립시키고, 태도와 관련된 목표를 신설
내용	내용체제 가. 의사소통활동 　-듣기- 　-말하기- 　-읽기- 　-쓰기- 나. 언어재료 　(1) 의사소통기능	내용체제 가. 언어적 내용 　가) 듣기 　나) 말하기 　다) 읽기 　라) 쓰기 나. 언어재료 　가) 발음	-현행교육과정에서는 가. 의사 소통활동과 나. 언어재료 항목을, 개정안에서는 나. 문화적 내용을 독립시킴. -현행교육과정에서는 언어재료 항목 하에 있던 '문화' 항목을 개정안에서는 '나. 문화적 항목'으로 독립시킴.

	(2)발음 (3)문자 (4)어휘 (5)문법 (6)문체 (7)문화	나)문자 다)어휘 라)문법 마)의사소통 　기본표현 나. 문화적 내용	-현행교육과정에서는 '의사소통기능'이라는 명칭을, 개정안에서는 '의사소통 기본표현'으로 바꾸고 언어재료의 항목 끝에 둠.
교수 학습 방법		교수·학습방법 가. 일반지침 나. 언어기능 　1)듣기 　2)말하기 　3)읽기 　4)쓰기 　5)상호행위 다. 문화이해	-현행교육과정에서는 '가. ~ 야.'에 이르기까지 위계화 없이 22개 항목으로 나열하였던 것을, 개정안에서는, 세 개의 항목으로 구분하여 진술함.
평가	평가체제 가. 평가지침 나. 평가내용 -듣기- -말하기- -읽기- -쓰기- 다. 평가방법	평가체제 가. 평가지침 나. 평가방법 　1)듣기 　2)말하기 　3)읽기 　4)쓰기 　5)상호행위 　6)문화이해	-현행교유과정의 평가방법은 평가방법의 지침 성격을 띠는 항목이 많아, 개정안에서는 이 두 항목을 통합하여 '평가지침'으로 제시하고, 평가방법은 실제 평가 시 응용할 수 있는 방법을 예시함. -현행교육과정의 '나. 평가내용' 항목은 '3. 내용' 항목의 내용을 그대로 평가 하는 것으로 따로이 언급할 필요가 없다는 판단 하에 삭제함.
별첨	-별표1. 　의사소통기능	-별표1. 　의사소통기능	

예시문
-별표2.
  기본어휘표
-별표3.
  표기용한자
	예시문
	-별표2.
	  기본어휘표	

4) '3.내용'의 '가.의사소통활동'－'나.언어 내용': 가. 언어적 내용'

제7차 교육과정	제7차 교육과정 수정 제시안	비고
가. 의사소통 활동 일본어에 의한 의사소통 능력과 대화에 적극적으로 임하는 태도를 기르기 위하여 다음과 같은 언어활동을 전개한다. -듣기- (1)간단한 어구나 문장을 듣고 그 뜻을 알아본다. (2)짧은 말이나 글을 듣고 그 뜻을 알아본다. (3)의사소통 기능에 관한 표현을 듣고 그 뜻을 알아본다. (4)의사소통 기능에 관한 표현을 듣고 그대로 행동하여 본다. (5)상대편의 말을 바른 태도로 듣는다. -말하기- (1)간단한 어구나 문장을 자연스럽게 말하여 본다. (2)모범 대화의 어조를 따라서 말하여 본다. (3)의사소통 기능에 관한 표현을 자연스럽게 말하여 본다.	가. 언어적 내용 (1)언어 기능 【별표 I】'의사소통 기본 표현'을 전반적으로 다루되, 언어 4기능을 유기적으로 연계하여 장면과 상황에 따라 상호행위가 가능하도록 적절하게 사용한다. ㈎듣기 (1)짧고 쉬운 일본어를 듣는다. (2)간단한 교수용 일본어를 듣고 행동한다. (3)인사와 소개 기능과 관련된 짧고 쉬운 대화를 듣는다. (4)감사, 사과 등 배려 및 태도 전달 기능과 관련된 짧고 쉬운 대화를 듣는다. (5)정보요구와 제공 등 정보교환 기능과 관련된 짧고 쉬운 대화를 듣는다. (6)의뢰, 권유·제안 등 행위요구 기능과 관련된 짧고 쉬운 대화를 듣는다. (7)맞장구, 되묻기 등 대화진행기능과 관련된 짧고 쉬운 대화를 듣는다.	1.언어적 내용의 총괄 목표로 상호행위를 기술하여 언어 기능의 통합 사용을 강조함 2. 내용의 하위 항목 분류에 있어서 「가. 의사소통 활동, 나.언어 재료」의 분류를 「가.언어적 내용」으로 통합시킴 3.언어 기능에서는 의사소통 기본 표현과 관련하여 구체적인 내용들을 제시하고 대화 중심의 학습을 강조함

(4)일상의 대화와 관련된 언어 행동을 알고 말하여 본다.

(5)여러 사람 앞에서 자신의 생각을 자신 있게 말하여 본다.

-읽기-

(1)가나와 한자로 된 간단한 어구나 문장을 낭독하여 본다.

(2)글을 보며 말하듯이 낭독하여 본다.

(3)간단하게 설명을 읽고 그 뜻과 요점을 알아본다.

(4)의사소통 기능에 관한 표현을 읽고 그 뜻을 알아 본다.

(5)영상 문자로 된 글을 읽고 그 뜻을 알아본다.

(6)인터넷을 통하여 일본어로 간단한 정보를 검색하여 본다.

-쓰기-

(1)가나와 한자를 바르게 써 본다.

(2)간단한 어구나 문장을 듣고 그대로 적어 본다.

(3)간단한 의사소통 기능에 관한 표현을 쉬운 글로 적어 본다.

(나) 말하기

(1)짧고 쉬운 대화를 한다.

(2)인사와 소개 기능과 관련된 짧고 쉬운 대화를 한다.

(3)감사, 사과 등 배려 및 태도 전달 기능과 관련된 짧고 쉬운 대화를 한다.

(4)정보요구와 제공 등 정보교환 기능과 관련된 짧고 쉬운 대화를 한다.

(5)의뢰, 권유·제안 등 행위 요구 기능과 관련된 짧고 쉬운 대화를 한다.

(6)맞장구, 되묻기 등 대화 진행 기능과 관련된 짧고 쉬운 대화를 한다.

(7)비언어 행동을 대화 장면에 맞게 사용한다.

(다) 읽기

(1)의사소통 기능과 관련된 짧고 쉬운 문장을 읽는다.

(2)의사소통 기능과 관련된 짧고 쉬운 글의 의미를 파악하며 읽는다.

(3)초대장, 메모, 엽서, 표지판, 메뉴, 안내문, 전자우편 등 일상생활에서 접할 수 있는 다양한 학습 자원을 활용하여 짧고 쉬운 글을 찾아 읽는다.

(4)인터넷의 짧고 쉬운 글을

(4)자신의 생각을 영상 문자로 전달하여 본다. (5)일상생활과 자신의 생각을 기록하는 습관을 기른다.	찾아 읽는다. (5)일본 문화와 관련된 짧고 쉬운 글을 읽는다. ㈐ 쓰기 (1)히라가나와 가타카나, 학습용 한자를 바르게 쓴다. (2)의사소통 기능과 관련된 짧고 쉬운 문장을 쓴다. (3)메모, 엽서, 편지, 안내문, 일기 등 일상생활에서 사용되는 쉬운 글을 쓴다. (4)가나와 한자를 섞어 쓴 짧고 쉬운 일본어를 컴퓨터에 입력한다. (5)짧고 쉬운 전자우편을 작성한다. (6)의사소통 기능과 관련된 짧고 쉬운 일본어를 우리말로, 우리말을 일본어로 바르게 옮긴다.	

5) '나.언어재료' ─ '가.언어적 내용'의 '(2)언어 재료'

제7차 교육과정	제7차 교육과정 수정 제시안	비고
나. 언어 재료 (2)발음 　현대 일본어의 공통어 발음으로 한다. (3)문자 　문자는 기본적으로 히라가나, 가타카나, 한자를 사용하되, 한자는 일본어의 상용한자용 글자체를 사용하며, [별표 Ⅲ]에 제시한 표기 한자의 범위 내에서 사용한다. 　다만, 고유명사에 사용되는 한자는 예외로 하며, [별표 Ⅲ]에 제시된 한자는 학습량을 고려하여 읽기와 쓰기를 구분하여 적절히 선택하여 사용하도록 한다. (4)어휘 　[별표 Ⅱ]에 제시된 기본 어휘를 중심으로 500낱말 내외를 사용한다. (5)문법 　문법에 관한 사항은 [별	(2) 언어 재료 ㈎발음 및 문자 (1)발음은 현대 일본어의 표준어(공통어) 발음을 기본으로 한다. (2)사용 문자는 히라가나와 가타카나, 한자를 기본으로 한다. (3)가나의 표기는 '현대 가나 표기법'에 따른다. (4)표기용 한자는 일본의 상용한자 내에서 사용하고, 학습용 한자는 기본 어휘표에 제시한 한자로 한다. 단, 인명이나 지명 등의 고유명사에 사용하는 한자는 예외로 취급한다. (5)우리말의 가나표기는 '국어의 가나문자 표기법'에 따른다. 단, 관용적으로 사용하는 것은 허용 할 수 있다. ㈏어휘 　【별표Ⅱ】에 제시된 기본 어휘를 중심으로 500 낱말 내외를 사용한다.	

표 I]에 제시된 예시문의 해당사항을 참고한다. 다만, 다음 문법 사항은 다루지 않기로 한다. ⑺고어적인 표현 　(예 : べし, まい) ⑻지나치게 복잡한 문법사항 　(예:사역+수동:歌わせられ る,ださせていただく) ⑼지나친 존비어 　(예:さようでございますか) ⑽지나치게 격식 차린 구어 표현 　(예 :ほんじつは, ～であ ります) (6)문체 　문장체와 구어체 및 남성어와 여성어, 공손한 표현을 고르게 사용한다.	⑶문법 【별표 I】에 제시된 '의사소통 기본 표현'에 사용된 문법 사항을 참고한다.	

6) '나.언어재료'의 '(1)의사소통 기능'
  -'가. 언어적 내용'의 '2)언어 재료, (라)의사 소통 기본 표현'

제7차 교육과정	제7차 교육과정 수정 제시안	비고
(1)의사소통 기능 　다음과 같은 의사소통 기능 중에서 '일본어 I' 과목의 수준에 맞는 언어 능력을 효율적으로 기른다. 보다 자세한 내용은 [별표 II]에 제시된 의사소통 기능 및 예시문을 참조한다. ㈎인사 기능: 인사, 소개, 안부, 칭찬, 격려, 축하, 감사, 위로 등의 표현 ㈏정보 전달의 기능: 설명, 정보, 전달, 제안, 조언, 안심, 사과, 대답, 추측, 주장 등의 표현 ㈐요구의 기능: 질문, 허가, 확인, 선택, 설명, 의뢰, 지시 등의 표현 ㈑의사 및 태도의 전달 기능: 반론, 의문, 제기, 부정, 비난, 놀람, 회로애락, 반문, 유감 등의 표현 ㈒담화의 전개 기능: 담화의 시작, 전개, 전환, 종결과 관련된 표현	㈑의사소통 기본 표현 　의사소통 기본 표현은 의사소통 능력을 효율적으로 기를 수 있도록 하되, 【별표 I】에 제시된 '의사소통 기본 표현'을 적극 활용한다. (1)인사: 만남, 헤어짐, 안부, 외출, 귀가, 방문, 식사, 연말, 신년, 축하 (2)소개: 자기소개, 가족 소개, 타인 소개 (3)배려 및 태도 전달: 감사, 사과, 칭찬, 격려·위로, 승낙·동의, 거절, 사양, 겸손·양보, 의지, 희망, 유감, 정정 (4)정보 교환: 정보 요구, 정보 제공, 판단·추측, 상황 설명, 이유 설명, 의견 제시, 비교·대비, 선택, 확인 (5)행위 요구: 의뢰, 권유·제안, 조언, 허가 요구, 의무, 금지, 경고 (6)대화 진행: 말 걸기, 화제 전환, 맞장구, 되묻기	

7) '나.언어재료'의 '(6)문화' – '나.문화적 내용'

제7차 교육과정	제7차 교육과정 수정 제시안	비고
(7)문화 ㉮일상적인 생활 문화를 소재로 선택하되, 의사소통 능력습득에 도움이 되는 것으로 한다. ①개인 생활과 일상적인 인간관계에 관한 것 ②교우 관계와 학교생활에 관한 것 ③기본적인 사회생활에 관한 것 ④취미, 오락, 관광 등 여가 선용에 관한 것 ⑤일본인의 언어 행동을 이해하는데 도움이 되는 것 ⑥일본인의 일상생활을 이해하는데 도움이 되는 것 ⑦우리 문화에 관한 것 ㉯내용 구성에 있어서는 다음 사항에 유의한다. ①학생의 흥미, 필요, 지적 수준 등을 고려하여 의사소통 의욕을	나.문화적 내용 (1)의사소통 기능과 관련된 일본인의 언어행동 문화이해에 도움을 수 있는 것으로 한다. 아래에 제시한 내용은 선택적으로 다룰 수 있다. ㉮언어 행동에 관한 내용: 표현적 특성, 맞장구 등 ㉯비언어 행동에 관한 내용: 손짓, 몸짓 등 (2)일본인의 일상생활 문화 이해에 도움이 되는 것으로 한다. 아래에 제시한 내용은 선택적으로 다룰 수 있다. ㉮가정생활에 관한 내용: 인사, 방문 예절, 가정 내 생활 문화 등 ㉯학교생활에 관한 내용: 동아리 활동 등 ㉰사회생활에 관한 내용: 화폐, 선물, 연호 등	1.「나.언어 재료」의 소항목이었던 「(7)문화」를 「나. 문화적 내용」으로 대항목 분류함으로써 문화 이해를 강조함 2.문화적 내용을 대항목 분류하고 이를 다시 언어행동문화, 비언어행동 문화, 일상생활 문화, 전통문화 및 대중문화로 소분류하고 그 내용에 관한 것을 예시하여 구체적으로 제시함

유발할 수 있는 것으로 한다.
②내용은 실제 생활에서 사용될 수 있는 것으로 한다.
③듣기, 말하기, 읽기, 쓰기는 연계성을 가지도록 구성한다.

(라)교통 및 통신매체에 관한 내용: 교통 사정, 통신 사정 등
(마)의복 문화에 관한 내용: 의복의 종류 등
(바)음식문화에 관한 내용: 음식의 종류, 식사 예절 등
(사)주거문화에 관한 내용: 주택 사정 등

(3)전통문화와 대중문화 중에서 일본인과 일본 사회를 이해하는 데 도움이 되는 것으로 한다. 아래에 제시한 내용은 선택적으로 다룰 수 있다.

(가)지역문화에 관한 내용: 주요 지명, 관광 명소, 정원 등
(나)연중행사에 관한 내용: 마쓰리, 설, 히나마쓰리, 고이노보리, 오본, 시치고산 등
(다)전통 예능에 관한 내용: 다도, 꽃꽂이 등
(라)놀이 문화에 관한 내용: 하나미, 하나비 등
(마)대중문화에 관한 내용:

| | ㈁대중문화에 관한 내용:
만화, 애니메이션 등
(4)다음 사항에 유의하여
문화적 내용을 구성
한다.

㈎내용은 실용적인 것으
로 하되, 최근의 자료
를 기준으로 구성한다.
㈏학습자의 흥미, 필요,
지적 수준 등을 고려
하여 학습의욕을 고취
할 수 있는 내용으로
한다.
㈐언어 표현과 관련된 소
재 영역은 【별표 Ⅰ】
'의사소통 기본표현'
속의 항목들을 참고하
여, 이 표현들이 적절
한 맥락 속에서 활용
되도록 구성한다. 이
렇게 해서 특정한 소
재 영역과 관련된 적
합한 표현 방식이 자
연스럽게 습득되도록
한다.
㈑ 문화 내용 설명 시 필
요한 경우에는 우리말
을 사용할 수 있다.
㈒일본의 일상생활 및 사
회 문화를 올바로 이 | |

	해하고 이를 우리 문화와 비교하여 차이점 및 공통점을 인식하도록 내용을 구성한다.	

8) '4. 교수·학습 방법'

제7차 교육과정	제7차 교육과정 수정 제시안	비고
가. 수업의 전 과정을 의사소통 기능의 습득을 중심으로 구성한다. 나. 의사소통 기능별로 듣기, 말하기, 읽기, 쓰기의 네 기능이 상호 연계성을 가지도록 수업을 계획한다. 다. 듣기와 말하기 활동을 따로 분리하지 말고 통합 기능으로 진행될 수 있도록 수업을 계획한다. 라. 수업의 전 과정을 통해 청각 인지에 의한 일본어 습득에 역점을 두어, 구두 언어 습득의 효율성을 높이는 수업이 되도록 구성한다. 마. 창의력 신장을 위하여 학생의 자율성을 최대로 반영할 수 있는 수업을 계획한다. 바. 학생의 흥미와 욕구를 충분히 반영하여, 학습 의욕을 높이는 수업이 되도	가. 일반지침 (1) 정확성보다는 유창성을 기르는 데 중점을 둔 학습이 되도록 한다. (2) 교수·학습 계획은 언어의 구조를 중심으로 한 학습보다는 의사소통 기능을 습득할 수 있도록 수립한다. (3) 학습 내용의 이해와 적용이 용이하도록 수업을 단계별로 구성한다. (4) 학습자의 지적 발달을 고려하여 나선형으로 학습 내용을 구성한다. (5) 학습자가 학습활동에 적극적으로 참여할 수 있는 협동학습과 체험학습이 이루어지도록 구성한다. (6) 학습자 주도형 자율학습을 활성화할 수 있도록 구성한다. (7) 학습동기를 유발할 수 있도록 학습자의 관심과 요구를 반영한 발견학습을 활용한다. (8) 교수·학습에 도움이 되는 다양한 정보 통신 기술(ICT) 관련매체를 활용	1. 전체적으로 기술되었던 교수·학습 방법을 가. 일반지침, 나. 언어기능, 다. 언어 재료, 라. 문화로 항목 분류하여 각 항목별 교수-학습 방법을 구체적으로 제시함 2. 구조주의 학습 보다는 의사소통 기능 습득에 초점을 맞춘 유창성 중시의 학습을 구성할 것을 강조함 3. 학습자의 발견학습, 체험학습, 자율학습, 협력학습 등이 가능하도록 수업을 구성할 것을 제시함 4. 다양한 학습 자원 활용과 학습자의 흥미 유발이 가능한 학습이 되도록

록 구성한다.

사. 일본어 자료를 통하여 표현 형식과 사용상 특징을 학습자 스스로가 발견하고 학습 계획을 세워 가는 학생 중심의 수업을 계획한다.

아. 학생의 동작과 체험을 통하여 습득효과를 높일 수 있도록 수업을 계획한다.

자. 학생 개개인의 습득 수준에 맞는 학습을 전개하도록 한다.

차. 소집단의 구성원끼리 협력 학습이 가능한 수업이 되도록 구성한다.

카. 각 종 시청각 자료와 멀티미디어 교수·학습 자료를 활용하여 학습 효과를 높일 수 있는 수업을 구성한다.

타. 실제 장면의 체험을 통하여 의사소통 기능의 현장 적용력을 키운다.

파. 듣기 지도는 반복 시행을

한다.

(9) 학습자의 수준에 맞도록 교과서 내용을 재구성하여 사용한다.

(10) 학습자의 수준과 개성을 고려한 개별학습을 활용하도록 한다.

(11) 학습자의 흥미를 높이기 위해 퀴즈, 게임, 노래 등 다양한 학습자원을 활용한다.

(12) 학습 의욕을 저해할 수 있는 오류의 즉각적인 수정은 피하도록 한다.

나. 언어 기능
언어 4기능을 유기적으로 연계하여 장면과 상황에 따라 상호행위가 가능하도록 교수·학습한다.

(1) 듣기
(가) 단음이나 낱말보다는 문장 중심의 자연스러운 일본어를 듣도록 한다.
(나) 듣기 학습에 도움을 주는 사진이나 영상 자료 등을 효과적으로 활용한다.
(다) 짧고 쉬운 문장을 듣고 그것을 행동으로 옮겨보게 한다.
(라) 자연스러운 일본어를 익

수업을 구성할 것을 강조함

5. 언어 기능은 1)듣기, 2)말하기, 3)읽기, 4)쓰기로 구분하여 기술하되 서두에 상호 행위에 관하여 기술함으로써 강조함

6. 문화 이해를 신설하여 문화의 다양성 이해와 한일 문화의 공통점과 차이점에 관하여 학습자 스스로 발견학습이 가능한 수업이 되도록 할 것을 강조함

통하여 많은 학생이 이해
할 수 있도록 한다.

하. 문자 단위의 발음보다 문
장 전체의 음조를 중시
한다.

갸. 말하기 지도는 교사와
학생 간의 대화만이 아니
고, 학생 상호간의 대화
를 활성화하여 개인의 대
화량을 늘리도록 한다.

냐. 읽기 지도는 문장 전체의
의미를 요약하는 능력을
키우도록 지도한다.

댜. 쓰기 지도는 간단한 문장
을 통제 작문 중심으로
지도한다.

랴. 학생의 학습 목표를 높이
기 위하여 즉각적인 오류
의 수정을 피하도록 한다.

먀. 목표와 내용에 따라서는
일본어로 수업을 진행
한다.

뱌. 개별 학습과 자율 학습이
가능하도록 개별화된 자
료를 적극 활용한다.

힐 수 있도록 원어민의
발음을 듣게 한다.

(2)말하기
㈎언어 행동 문화에 맞는
역할놀이, 장면 연습, 게
임 등을 활용한다.
㈏학습자의 학습 참여 기회
를 늘릴 수 있도록 구성
한다.
㈐모둠 활동을 중심으로 학
습자의 대화량을 늘리도
록 한다.
㈑상대편과의 관계, 대화 내
용, 대화 전개, 언어 행동
문화에 맞추어 표현할 수
있도록 단계적으로 학습
하게 한다.
㈒자연스러운 일본어를 익
힐 수 있도록 원어민의 발
음을 따라 말하게 한다.

(3)읽기
㈎짧고 쉬운 일본어를 소리
내어 읽을 수 있도록 한다.
㈏일상생활에서 자주 접할
수 있는 표지판, 짧고 쉬
운 전자우편, 카드 등 다
양한 학습 자원을 활용하
도록 한다.
㈐가나와 한자가 섞인 짧고
쉬운장을 읽고 그 중심

샤. 교과용 도서의 내용은 학
생의 능력과 지역 환경
및 상황에 따라 재구성하
여 지도 할 수 있다.

야. 일본인의 행동 양식에 대
한 이해를 깊게 할 수 있
는 일상 장면을 적극 활
용한다.

내용을 요약하여 발표해
보도록 한다.
㈐ 자연스러운 일본어를 익
힐 수 있도록 원어민의
발음을 따라 읽게 한다.

(4) 쓰기
㈎ 문자 학습은 글자 중심보
다는 낱말 중심의 학습이
되도록 한다.
㈏ 짧고 쉬운 일본어를 통제
작문중심으로 지도한다.
㈐ 가나와 한자가 섞인 짧고
쉬운 문장을 컴퓨터에 입
력해 보도록 한다.
㈑ 짧고 쉬운 전자우편이나
카드 등을 직접 써 보도
록 한다.
㈒ 짧고 쉬운 일본어를 듣고
그 중심 내용을 요약하여
글로 표현해 보도록 한다.

다. 언어 재료
(1) 발음 및 문자
㈎ 발음은 현대 일본어의 표
준어(공통어) 발음을 할
수 있도록 한다.
㈏ 가나표기는 '현대 가나 표
기법'에 따라 표기할 수
있도록 한다.
㈐ 학습용 한자는 기본 어휘
표에 제시된 것을 읽고

| | 쓸 수 있도록 한다.
㈃우리말의 가나 표기는 '국
　어의 가나문자 표기법'에
　따라 표기할 수 있도록
　한다.

(2)어휘
㈎어휘 교육은 낱말을 단순
　암기하는데 그치지 않고
　문장 속에서 쓰임을 통해
　그 의미를 파악할 수 있
　게 한다.
㈏실물이나 그림, 사진 등의
　자료를 통해 낱말의 의미
　를 이해하게 한다.

(3)문법
【별표 I】에 제시된 '의사소
　통 기본 표현'에 사용된
　문법 사항을 참고하여 자
　연스럽게 익힐 수 있도록
　한다.

(4) 의사소통 기본 표현
㈎다양한 학습 자원을 이용
　하여 상황을 설정함으로
　써 학습자가 의사소통 기
　본 표현을 적절하게 사용
　할 수 있도록 한다.
㈏학습자가 의사소통 기본
　표현을 활용하여 창의적
　으로 표현할 수 있도록 | |

한다.

라. 문화
(1)우리 문화와 일본 문화의
공통점과 차이점을 학습
자 스스로 발견할 수 있
도록 한다.
(2)고정관념이나 지식 중심
의 학습보다는 문화의 다
양성을 발견할 수 있도록
한다.
(3)학습자의 능동적인 참여
를 위해 수업에서 다루어
질 문화와 관련된 내용을
개인별 또는 모둠별로 조
사하여 발표하도록 한다.
(4)문화 학습은 이해도를 높
이기 위하여 그림, 사진,
동영상 등 시청각 자료를
적극적으로 활용한다.
(5)문화 내용을 설명할 때
필요한 경우에는 우리말
을 사용하되 문화내용의
핵심어는 가급적 일본어
로 인지하게 한다.

9) '5.평가-5.평가'

제7차 교육과정	제7차 교육과정 수정 제시안	비고
가.평가지침 　일상생활에서 사용되는 일본어의 의사소통 기능을 중심으로 언어의 네 기능을 모두 평가하되, 말하기와 듣기에 중점을 두고 요점 파악 능력과 능동적 태도 등을 평가한다. 나.평가내용 -듣기- (1)간단한 어구나 문장을 듣고 그 뜻을 이해하는 능력 (2)짧은 말과 글을 듣고 그 뜻을 이해하는 능력 (3)의사소통 기능에 관한 표현을 듣고 그대로 행할 수 있는 능력 (4)의사소통 기능에 관한 표현을 듣고 그대로 행할 수 있는 능력 (5)상대편의 말을 바른 태도로 듣는 자세 -말하기- (1)간단한 어구나 문장을 자연스럽게 말하는 능력 (2)의사소통 기능에 관한 표현을 자연스럽게 말하는	가.평가 지침 (1)지엽적인 사항보다는 기본적이고 핵심적인 사항을 중심으로 평가한다. (2)평가 목표에 따라 분리 평가와 통합 평가를 실시하되 가급적 통합 평가의 비중을 높여 간다. (3)학습한 내용을 중심으로 듣기, 말하기, 읽기, 쓰기, 상호행위 능력을 고르게 평가한다. (4)단편적인 지식보다는 원활한 의사소통을 하는 데 도움을 줄 수 있는 언어 행동 문화와 일상생활 문화를 중심으로 평가한다. (5)학습자의 의사소통 활동의 참여도와 태도 등을 평가한다. (6)평가의 객관성을 유지하기 위하여 평가 기준을 사전에 제시하고, 그 기준에 따라 평가를 한다. (7)평가 결과는 학습자의 개별 지도에 활용하며, 다음 단계의 교수·학습 계획에 반영한다.	1.항목 분류에 있어 제7차 교육과정의 「나.평가내용」 및 「다.평가 방법」을 개정 교육과정에서는 「가.평가 지침」 및 「나.평가 방법」에 흡수함 2.제7차 교육과정에서는 말하기와 듣기 기능에 중점을 둔 평가를 권장하였으나, 개정 교육과정에서는 듣기, 말하기, 읽기, 쓰기, 상호 행위 능력을 고르게 평가할 것을 제시함 3.평가지침을 구체적으로 기술하여 다양하고 객관적인 평가가 이루어지도록 제시함 4.정보기기의 발달에 따라 컴퓨터를 이용한 일본어 입

능력

(3)일상의 대화와 관련된 언
    어 행동을 알고 말하는
    능력

(4)여러 사람 앞에서 자신의
    생각을 자신 있게 말하는
    능력

(5)일본어 대화에 적극적으
    로 참여하는 자세

-읽기-

(1)가나와 한자가 섞인 간단
    한 어구나 문장을 자연스
    럽게 낭독하는 능력

(2)인쇄 문자와 영상 문자를
    말하듯이 낭독하는 능력

(3)간단한 글을 읽고 그 뜻
    과 요점을 이해하는 능력

(4)의사소통 기능에 관한 표
    현을 읽고 그 뜻을 이해
    하는 능력

(5)영상 문자로 된 글을 읽
    고 그 뜻을 이해하는 능력

(6)일본어에 의한 정보 검색
    의 기초적인 능력

-쓰기-

(1)가나와 한자를 바르게 쓰
    는 능력

(2)간단한 어구나 문장을 듣
    고 그대로 적는 능력

(3)간단한 의사소통 기능에

나.평가 방법

다음에 제시된 방법 이외
에도 교사가 자율적으로
평가 방법을 고안하여 적
용할 수 있다.

(1)듣기

(가)짧고 쉬운 일본어를 듣고
    그 진위를 판단하는 능력
    을 평가한다.

(나)짧고 쉬운 일본어를 듣고
    글의 상황과 화제를 이해
    하는 능력을 평가한다.

(다)짧고 쉬운 일본어를 듣고
    그 내용에 따라 행동으로
    옮길 수 있는지를 평가
    한다.

(라)짧고 쉬운 일본어를 듣고
    핵심어에 대한 이해 능력
    을 평가한다.

(2)말하기

(가)학습한 내용을 중심으로
    질문이나 대답하는 능력
    을 평가한다.

(나)그림이나 사진을 보고 간
    단하게 설명·묘사하는
    능력을 평가한다.

(다)인터뷰법을 적극적으로
    도입하여 평가한다.

(라)학습한 내용을 역할놀이

력 능력을 평가할
것을 제시함

5.문화 이해의 평가
는 문화 이해 학
습에의 참여도 평
가만이 아니라 언
어 행동 문화의
수행 능력도 평가
할 것을 제시함

관한 표현을 글로 적는
능력
(4)자신의 생각을 영상 문자
로 전달하는 능력
(5)일상생활과 자신의 생각
을 기록하는 습관

다. 평가 방법
(1)학생을 서열화하는 평가
보다 학습 진단을 위한평
가가 되도록 한다.
(2)객관성, 타당성, 신뢰성
을 갖춘 평가가 되도록
한다.
(3)평가 목표와 내용에 따
라 분리 평가와 통합 평
가를 실시하되, 특히 말
하기, 듣기를 중심으로
한 통합 평가에 비중을
두도록 한다.
(4)말하기 평가에 있어서는
필답식 평가를 지향하고,
면접법에 비중을 두어 실
제의 의사소통능력을 효
과적으로 평가하도록
한다.
(5)의사소통 활동과 문화이
해에 대한 적극적인 참여
도를 평가 하도록 한다.
(6)일본어에 의한 정보검색
및 통신과 같은 언어 능
력의 응용력을 평가에 반

와 장면연습 등을 통해
표현하는 능력을 평가
한다.
(3)읽기
㈎가나와 학습용 한자가 포
함된 짧고 쉬운 글을 읽
게 하여 그 능력을 평가
한다.
㈏짧고 쉬운 대화문이나 글
을 읽고 대의를 파악하는
능력을 평가한다.
㈐짧고 쉬운 글을 읽고 핵
심어와 주제어를 찾는 능
력을 평가한다.

(4) 쓰기
㈎받아쓰기, 통제 작문을 중
심으로 평가한다.
㈏학습자의 경험을 중심으
로 한 간단한 글쓰기 능
력을 평가한다.
㈐컴퓨터를 이용한 일본어
입력능력을 평가한다.
㈑다양한 매체를 활용한 정
보 검색활동 결과를 평가
한다.

(5)문화
㈎자연스러운 언어행동의
수행능력을 중심으로 평
가한다.

영하도록 한다. (7)모든 평가의 결과는 질적 결과와 양적 결과를 분석하여 다음 단계의 학습 및 개별학습 지도에 반영하도록 한다.	㈏일상생활 문화는 개인이나 모둠별로 조사한 자료나 발표한 내용 등을 중심으로 평가한다. ㈐전통문화와 대중문화는 개인이나 모둠별로 조사한 자료나 발표한 내용 등을 중심으로 평가한다.	

저자약력　안정자

부산대학교　일어일문학과
부산외국어대학교　교육대학원 석사
부산외국어대학교　대학원 박사
나고야외국어대학교　대학원 파견유학
전)일본후쿠오카PER한국어학교 교사
현)부산외국어대학교　일본어과 강사

저서)　일본어교육입문 / YBMsisaJPT600 / YBMsisaJPT800
　　　정말 쉽다! 어린이일본어 히라가나 편
　　　정말 쉽다! 어린이일본어 가타카나 편

신일본어학총서 **77**

일본어교육과 학습전략
― 제2언어습득 이론을 중심으로―

초판인쇄　2009년 12월　7일
초판발행　2009년 12월 16일

저자 안정자
발행 제이앤씨
등록 제7-220호

주소 서울시 도봉구 창동 624-1 현대홈시티 102-1206
전화 (02)992-3253(대)
팩스 (02)991-1285
전자우편 jncbook@hanmail.net
홈페이지 http://www.jncbook.co.kr
책임편집 조성희

ⓒ 안정자 2009 All rights reserved. Printed in KOREA

ISBN 978-89-5668-747-6 93830　　　　　　　　　　　정가 15,000원